SWALLOWS
AND
AMAZONS

燕子号与亚马逊号

雾海迷航

［英］亚瑟·兰塞姆 著　刘小群 译

山西出版传媒集团　山西人民出版社

图书在版编目（CIP）数据

雾海迷航 /（英）亚瑟·兰塞姆著；刘小群译 . -- 太原：山西人民出版社，2021.2

（燕子号与亚马逊号）

ISBN 978-7-203-11573-1

Ⅰ.①雾… Ⅱ.①亚…②刘… Ⅲ.①儿童小说—长篇小说—英国—现代 Ⅳ.① I561.84

中国版本图书馆 CIP 数据核字（2020）第 168025 号

雾海迷航

著　　　者：	［英］亚瑟·兰塞姆
译　　　者：	刘小群
责任编辑：	李　鑫
复　　审：	贺　权
终　　审：	梁晋华
装帧设计：	仙　境

出 版 者：	山西出版传媒集团·山西人民出版社
地　　址：	太原市建设南路 21 号
邮　　编：	030012
发行营销：	0351-4922220　4955996　4956039　4922127（传真）
天猫官网：	https://sxrmcbs.tmall.com　电话：0351-4922159
E-mail：	sxskcb@163.com　发行部 sxskcb@126.com　总编室
网　　址：	www.sxskcb.com

经 销 者：	山西出版传媒集团·山西人民出版社
承 印 厂：	三河市明华印务有限公司

开　　本：	710mm×1000mm　1/16
印　　张：	15.75
字　　数：	256 千字
印　　数：	1—5000 册
版　　次：	2021 年 2 月　第 1 版
印　　次：	2021 年 2 月　第 1 次印刷
书　　号：	ISBN 978-7-203-11573-1
定　　价：	42.00 元

如有印装质量问题请与本社联系调换

目录 CONTENTS

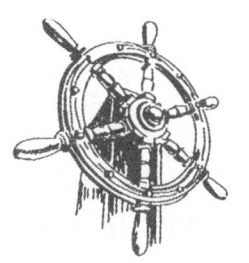

第一章　缆　结　001

第二章　疲惫的船长　011

第三章　我们的承诺　017

第四章　顺流而下　027

第五章　水上酣眠　037

第六章　"一切皆有可能"　046

第七章　"他离开很久了……"　058

第八章　比奇诺浮标　069

第九章　盲目漂泊　079

第十章　出海了　088

第十一章　谁犯的错？　097

第十二章　晕船药　107

第十三章　伍尔沃斯盘　116

第十四章　风磨坊　124

第十五章　不眠之夜　132

第十六章　海上黎明　140

第十七章　遭船难的水手　149

第十八章　陆地呵！这是哪儿？　159

第十九章　引航信号　168

第二十章　大人们的吵闹声　175

第二十一章　惊　喜　183

第二十二章　异国的港口　191

第二十三章　荷兰的下午　198

第二十四章　美妙的航程　210

第二十五章　糟了！船丢了两天！　219

第二十六章　"没什么好申报的！"　228

第二十七章　盘　缆　237

第一章　缆　结 ⚓

　　这是一艘借来的小舢板。约翰坐在船桨旁边；罗杰坐在船头；苏珊和提提并肩坐在船尾。河上的一切都让他们感到新鲜。昨天傍晚，他们沿着一条绿草蔓生的小路散步，一直走到小路的尽头，最后来到河边。河面上有很多来往穿梭的小帆船，褐帆高悬的大驳船，还有巨大的蒸汽船，有的正前往伊普斯威奇，有的正打算出海……这种景象多么让人向往呀！到了晚上，他们就在艾尔玛农庄住了下来，这是他们头一次在这儿过夜。清晨醒来之后，透过鲍威尔小姐窗外盛开的蔷薇花的缝隙，他们首次看清了这个令人愉快的地方。这里的人们几乎个个都穿着一双海靴。和河面相比，陆地在他们眼里似乎不存在了。

　　整个早晨，他们一直望着漫过硬堤拍打驳船的潮水，望着那些乘坐小帆船出发或者返回的人们，心里羡慕极了。到了下午，他们终于找到了一艘旧舢板，这会儿正坐在舢板上，一边划桨四处溜达，一边眼巴巴地瞅着锚地上停泊的那些帆船。

　　潮水开始后退了。刚才还被潮水托起的船只纷纷落下来。不过，就像罗杰说的那样，亮闪闪的河滩上仍然有大片积水，还没有完全变干。码头上有一群人在忙碌着，他们绕着一艘驳船走来走去，有的在刮洗船身，有的在粉刷油漆。中午那会儿，这艘驳船还在河面上漂着呢。远处河岸上的树林里传来六点钟的钟声。河面渐渐恢复了原来的模样，光秃秃的泥滩中间只剩下一条窄线。这时候，一艘拖船突突地从伊普斯威奇方向驶了过来，从他们身旁路过的时候，那些抛锚的帆船猛烈地摇晃起来。

"几乎和海上一样呀。"提提说。

"唉！好想去海上啊，"罗杰说，"如果去的话，你们觉得坐哪艘船合适呢？"

"那艘白色的大船。"苏珊说。

"它的船尾太长了，"约翰说，"我还是喜欢方尾船，就像码头上的那艘平底船。爸爸说，海上航行时，这种船要比那艘白船强一倍。"

"那艘蓝色的呢？"提提问。

"还不赖。"约翰说。

"它的前甲板上装了一架很棒的绞盘机，"罗杰说，"不知道它装没装引擎。"

"船帆才是最关键的。"提提说。

"是的，我知道。"罗杰说，"可在同等情况下，有引擎当然要好多啦。"

约翰使劲儿划了几下桨，好顶住逆潮。

"瞧，就像现在这样，"罗杰说，"如果有引擎的话，你就不用费那么大劲了。"

大家都没有理他。

"那只浮标上写的是什么？"提提问。

约翰回头望了一眼，接着猛划几下，希望看得更清楚些。距他们不远的地方，有一只黑色系泊浮标，在潮水的冲击下不停地摇晃着，浮标上的绿色字迹时隐时现。

"妖精号，"罗杰说，"这样的船名太可笑了。现在它去哪儿了？"

"有一艘船往上游来了，"约翰说，"也许它是要去伊普斯威奇的……"

"它的船帆颜色好可爱呀。"提提说。

一艘挂着红色纵帆的白色小船朝船只下锚的地方驶过来。前甲板上有人在忙着拉扯什么。就在他们盯着它看的时候，高高的红色主帆突然瘪了下去，接着皱成一个大团，落在船舱顶部。

"没有人掌舵。"约翰说。

"喂，"罗杰说，"难道只有他一个人在船上吗？"

"他已经过来了，"提提说，"直接朝我们这儿开来了。"

"我敢打赌，这是他的浮标。"罗杰说。

"小心，约翰！"苏珊大叫一声，"我们要撞上它了。"

约翰从浮标上回过神来，看了看周围，轻轻挥了几下桨，以免小舢板向下游漂去。小纵帆船朝他们驶了过来，速度越来越慢。支索帆和主帆都耷拉下来，只有三角帆还在吃着劲儿，它一直伸展到船首斜桅的末端。船上除了一个壮实的年轻人外，似乎的确没有别人了。他的肩膀十分宽阔，只要看一眼，你就能猜到他刚高中毕业，马上就要去上大学了。他站直了身子，一只脚踩在舵柄上，眼睛紧盯着前方的浮标。突然，就在他距浮标只有几码的地方，他们看到他猫下腰，沿着舷侧的甲板向前跑去。三角帆在风中呼啦呼啦地拍打着，年轻人伸手抓起一支钩杆，正在等待时机，准备钩住船舷下的浮标。

"他会成功的。"提提几乎像耳语一样说。

"干得漂亮。"约翰说。

"噢，"提提吸了一口气说，"还差一点了。"

也许河水退潮的冲击力太强了，远远超出了这位船长的预想。风已经停息了。只靠一面三角帆的话，这艘小纵帆船的速度本来就十分缓慢。这时候，三角帆只是无力地拍打着，船身失去了前进的动力。年轻人伸出钩杆的时候，小船完全停顿下来。他只好拼命往前一伸，希望能钩住浮标，但钩杆恰好短那么一寸。他试了一次又一次，最后反而距离浮标有一英尺远了。退潮已经把这艘小帆船冲回去了。

"完啦！"

他迅速环视一眼四周。附近挤满了下锚的帆船。他扯紧三角帆，但很快就发现已经没有办法让自己的小帆船再前进一点了，看来，他不可避免地要撞上那艘停在船尾的黑色大帆船了。

"嗨！你！"他大吼一声，"你能抓住绳子，然后把它绑在浮标上吗？"

"好的，好的，遵命。"约翰大声回答说。

"坐稳了，罗杰。"苏珊大声叫喊。

"当心你们的脑袋。"约翰说。

一盘缆绳扔过来，一边飞一边散开了。约翰一把抓住这根缆绳，把绳头递给了罗杰。接着他又迅猛地划了两三下，小舢板很快就靠近了那只顶部装有一个环索的浮标。

"从环索中间穿过去，"约翰急切地说，"穿长点，把绳头递给我。"

"嗯，好的，好的。"罗杰说。他把绳头穿进环索，穿过去之后，又把它递给了约翰，约翰抽回船桨后，已经给缆绳绾了个环，正等着他递过来的绳头。他从罗杰手中接过绳头，穿过刚才已经绾好的环，先把它绕了一圈，接着又从环中穿过去，最后把它拉得紧紧的，整个过程一气呵成。

"都固定好了。"他大声说。看到那个年轻人开始双手交替着往回拽缆绳，他急忙把小舢板划开。不一会儿，浮标慢慢靠近那艘帆船的前甲板，年轻人不停地拽动那根湿漉漉的缠着一条绿海草的粗锚缆。就在距离那艘黑船仅仅几码远的时候，妖精号终于停了下来，不再向船尾方向后退。接着，它又向前移动了。

"他一定很强壮。"罗杰说。

"瞧啊，"约翰说，"它的船尾是方形的。"

"妖——精——号。"提提念着它的名字。

他们紧张地看着眼前的一切，每个人都屏住了呼吸。甲板上有一条锈迹斑驳的铁链，穿过导缆孔后，一直延伸到水面。一码……两码……妖精号船长就要成功了。他站在那儿，喘了一口气，然后弯下腰，不知从脚下拉了一下什么，接着就看到三角帆卷了起来，就像百叶窗一样。随后他又站直身子，扫了一眼周围的船只，最后把目光落在小舢板上的四个人身上。

"好险啊，"说完，他脸上慢慢绽开笑容，"你们刚才干得太好了。谁教你的单套结？"

"我老爸。"约翰说。

"他是海军军官。"罗杰说。

"我真走运啊！"妖精号船长说，"如果你们的动作稍慢一点，我就麻烦大了。"

他探出身子，拎来一只拖把，把手上的污泥在拖把上蹭了蹭，那是他刚才拉锚链时弄脏的。接着，他又开始清理甲板。约翰不停地划桨，一直跟在妖精号左右，四个人目不转睛地盯着它，仿佛是他们自己乘坐它刚从海上返航一样。他们盯着妖精号船长的一举一动，看到他固定好舵柄，接着爬上桅杆，把支索帆卷成一卷，抛进前舱口，然后自己也钻了进去，不见了。过了一会儿，他们看到他又爬了上来，但不是从前舱口而是从船尾的驾驶舱出来的。他身后拖着一个木架子，看上去就像一把巨大的木头剪刀。他打开那个木架，将它立在尾甲板上。就在他转身走向升降吊杆的时候，木架"咚"的一声滑倒了，于是他又回到船尾，重新把它扶起来。

"我上船去帮你扶住它好吗?"约翰平静地说,尽量让语气听上去不那么急切。

"再好不过了。你的小舢板装有防撞垫吗?小心别把油漆碰掉了。"

约翰小心翼翼地划了一下桨,把小舢板横过来,避免两船相撞。罗杰和苏珊牢牢抓住妖精号的船舷,约翰顺利地爬上了它的甲板。

"身手不错呀,"妖精号船长说,"你们可以把舢板停在船尾,只要不碰到我的淘气鬼就行了。"

"淘气鬼是他的小舢板?"提提说着,望了一眼妖精号船尾拖着的一艘黑色平艚小艇。

"是不是因为它是黑色的,所以就叫它淘气鬼呀?"罗杰低声说,"要不就是因为它是淘气鬼,所以才把它刷成黑色的?"

约翰站在船尾的驾驶舱里,一只手扶住木架。船长站在桅杆的脚下,慢慢降下吊杆,约翰牵引着它,把它放进木架的两根丫杈之间。

"好了就说一声。"船长说。

"好了。"约翰说。

吊杆的一端又降下六英寸,最后落在木架的叉口上。接着,约翰把夼拉下来的主帆收了回来,船长走到船尾的时候,他已经把它收好了。

"哈罗,"他惊讶地说,"你一定在船上待过吧?"

"我们开过一些小船,"约翰说,"我是说,只靠我们自己。"

"把扎帆带拿出来吧。在右舷储物柜里……用手就能打开。"

约翰找到一捆扎帆带,就像一根根的宽布条。随后他跟在船长后面,爬上了舱顶。他们两个人一起用力拽动堆在一起的红色船帆。"拉紧了,别松手……我把这堆东西拉直,你拉好了……用劲儿,使最大的劲儿……"慢慢地,主帆卷成一卷,顺着吊杆滚过来。他们把帆卷立起来,然后从上到下把它捆得结结实实。

"哈罗!那是最后一根扎帆带吗?应该还有一根吧。"

"是这根吗?"尾舱传来急切的声音。罗杰站在尾舱里的一只凳子上,手里握着那根失踪的带子。提提也钻进了尾舱,甚至还有苏珊,她本来有些犹豫,但又不能一个人落在后面。你从来猜不到罗杰会惹出什么麻烦来,所以她就跟了上来。

"你们什么时候上来的?"约翰说,"我觉得,你不会介意的,对吗?"他转身看着妖精号船长，补了一句。

"他吩咐我们把舢板停在船尾，"罗杰说，"我们按照他说的做了。"

"人越多越好啊，"年轻人说，"每个人都有活儿干。尾甲板上的所有缆绳都要盘起来呢。"

他捆好最后一根扎帆带后，又走过去清理前甲板，约翰紧跟其后。

"喂，快看下边。"提提说。

他们一起向甲板下的船舱望去，船舱里边有几张铺着蓝色垫子的床铺、一张小桌、一张用线连在桌腿上的航海图。其中一张床铺上堆着毛毯卷儿，另一张床铺上摆着一支雾角，走廊对面的小水槽里堆满了没洗过的盘子、茶杯、勺子，旁边的小灶台上立着两只火炉，有只炉子上搁着一口炖锅，锅里的水就要沸腾了，正在丝丝地往外冒热气。

"别看了，"苏珊说，"不如帮他把这些缆绳盘好吧。其实我们不该到这儿来的，一会儿赶不上晚饭了……"

他们先把驾驶舱的地板上绕成一团的缆绳一根一根地解开，接着又把它们分别盘成盘，整整齐齐地码在凳子上。与此同时，约翰和船长一直在前甲板上忙个不停，合上舱盖，盘好浮标缆，往船舷外扔掉一大把海草，又在舷外涮了涮拖把，在甲板上洒了一些水，把锚链上的污泥清理干净，最后把污泥从排污口冲走。大约十分钟后，甲板就被清理得干干净净，谁能看出妖精号是一艘刚从海上返航的帆船呢？

"水要开了。"一直很羡慕那只小火炉的苏珊说。

"关掉燃烧阀门，"船长回应说，"把旋钮向右转一下。没必要把水烧开，烧水只是为了洗碗。"他站在船舱顶上，伸手去够侧支索上的围板，不一会儿，他和约翰从舱顶下来了，一人提着一盏红色的大灯，另一人提着一盏绿色的大灯，走进船尾的驾驶舱。

"干得不错，"看到盘得整整齐齐的缆绳，他哈哈笑了起来，"把它们搬到储物柜里去吧，免得碍事。"

"这是侧舷灯吗？"罗杰问。

"是的。是空的。今早上把煤油烧光了，不过当时天已经足够亮了，因此也不要紧。我早该把它们收进来的，一时半会儿没想起来。"

"天啊！"罗杰说，"你航行了一夜吗？"

"我是昨天夜里两点离开多佛的。"妖精号船长回答说。

"他航行了一整夜,"罗杰说,"你们听到了吗?"

"而且船上只有他一个人呢。"提提说。

船长看了看他的主帆、升降索,又看了看甲板。"都整理好了,"他说,"现在我要去洗碗了。这艘船上有一条规矩,不洗完碗绝对不能上岸。然后……"他打了一个哈欠,揉了揉眼睛,"我去看看巴特旅馆给我准备早饭了没有……"

"早饭!"

苏珊、提提、罗杰一起惊叫起来。

"现在已经是晚上七点了。你难道一整天都没吃过东西吗?"

"吃过一些饼干,"他说,"还有一大瓶热汤,是我出发前做的。不过,我可没想到我会航行这么久。"

"我们替你洗碗吧,"苏珊同情地说,"要不了几分钟就洗完了。"

"好啊,跟我来。"他又打了一声哈欠,"我从来不愿拒绝别人的好意。"

他们钻进船舱,沿着陡峭的水手梯向下爬,梯子的一旁是个小水槽,里面堆满了要洗的东西,另一旁是一个小小的厨房,里边摆放着小火炉。

"这儿有一台引擎!"罗杰大声欢呼,眼睛盯着梯子下方,"当心点儿,提提,别踩到我的脸了。"

"对不起。"提提说。她刚伸下去一只脚,就发现那不是楼梯,而是罗杰的额头。

"你快下来呀,"船长说,"先躲到那个角落里去,这样别人才能下来。晚点再看引擎。"

"我坐在引擎旁边吧。"罗杰说。

很快,他们都进了船舱,在床沿上坐了下来。他们先瞄了一眼前舱内的另外两张床铺,又看了看书架、气压计、闹钟、桌子上的航海图,以及一个上面写有"船舶证件"的大信封。妖精号的主人俯下身子,从厨房下方的碗柜中摸出一块洗碗布,接着把炖锅里的热水倒进水槽,又从铁罐里抓出一把洗涤碱,然后丢进水槽搅了搅,最后,他给苏珊腾出位置,自己走去收拾那张小桌。他把那些船舶证件收好后,掀掉铺在桌面上的航海图,重新铺上一大块白得耀眼的美国油布。每当苏珊洗完一只碗碟,其他人就把它摆在桌子的一头,然后抓起一块抹布擦拭一遍，晾干之后，又把它码放在桌子的另一头。

"你们不是风磨坊本地人吧。"年轻人站直身子，低头看着这几个忙碌的小帮手，脑袋几乎要碰到舱顶了。

"我们昨天才刚到呢。"罗杰说。

"要在这儿待很久吗？"

"这可说不准，"提提说，"不过，也许会待上很长一阵子。我们是来看爸爸的。他要驻扎在雪特里，离这儿非常近。"

"他正在从中国返回的路上。"约翰说。

"他随时可能到这儿。"苏珊说，"罗杰，那只水杯还没干呢。"

"他给我们发电报了，"罗杰说着，又把水杯擦了一遍，"为了节省时间，他可能要走陆路。"

"我们去哈里奇接他。"

"你们自己去吗？"

"不，不是。妈妈和小布莱基特也在这儿。我们住在艾尔玛农庄。"

"是鲍威尔小姐的农庄吗？你们找不到更好的地方了。对了，我叫吉姆·布雷丁，你们怎么称呼？"

"我叫约翰，"约翰说，"这是苏珊，这是提提，我的全名是约翰·沃克……"

"我是罗杰，"罗杰说，"你的引擎好用吗？"

"好用极了，"吉姆·布雷丁说，"不过，如果能用船帆的话，我就从不用它。"

"哦。"罗杰说。约翰说得一点没错，船帆才是最重要的。就在上个学期，罗杰又开始琢磨引擎了，因为他新交了一个朋友，除了引擎外，别的东西他们一概不谈。

提提早就拿定了主意，她要问一个问题。

"你一直住在妖精号上吗？"她最后开口说。

"我倒希望那样，"吉姆说，"我下个月要去牛津大学读书。去之前我会一直住在船上。"

"你家住在风磨坊吗？"罗杰问。

"住在妖精号上的时候才会来这儿，"吉姆说，"风磨坊就是它的船籍港。我们不出航的时候，它就一直停在这儿。我叔叔周一会过来，我们打算去苏格兰。"

他总喜欢从风磨坊出发。最近十天,我开着它去了南海,因为和我一起航行的人要回去上班,所以船上只剩下我一个人了。"

"你们的船最远去过哪儿?"约翰问。

"最远去过法尔茅斯,我和鲍布叔叔一起开过去的,一年之后才返回来。"

"老爸休假的时候,他会带我们去那儿,"约翰说,"不过我们坐的是敞篷船,从没在船上睡过觉呢。"

"想在妖精号上过一夜吗?"吉姆微笑着问。

"当然想啦。"所有人都异口同声地说。

"看不出来你们为什么不能那样。"吉姆说,"不,别放在那儿。我来放吧。我知道那些吃饭的家伙该放在哪儿。每只盘子都有自己的位置,每只杯子都有自己的挂钩。"他从小桌旁挤了过去,其他人连忙把腿挪开,给他让出一条路。

"我们当然想来,可是得有机会才行啊。"苏珊说,"哦,我说,约翰,瞧瞧几点了。鲍威尔小姐肯定早就把晚饭准备好了,我们答应过她,不能回去晚了。"

吉姆宽大的后背正对着他们,他把餐具放进厨房和水槽下方的碗柜,啪的一声合上柜门,插好门闩,然后转过身子。"好了,"他说,"这样就行了。十分感谢。现在上岸去吃早餐吧。不过,要是我告诉你们的妈妈,我需要几个船员陪我一起出几天海,你们觉得怎么样呢?你们所有人都能挤下,我可以睡在地板上。"

"哦,天啊!"罗杰惊呼一声。

然而,就在这时,他们听到外边传来说话的声音以及船桨击水的声音。

"他们可能上这艘船了,夫人。"那是弗兰克的声音,就是那个借给他们小舢板的船夫。

"哦,依我看,"苏珊说,"妈妈一定下河来找我们了。"

每个人都跳了起来。

"约翰!苏珊!"妈妈的呼喊声从外面传来。

"啊嚆唷,罗杰!"那是布莱基特的尖厉嗓门。

过了一会儿,妈妈、布莱基特,还有船夫弗兰克,靠上这艘看似空无一人的帆船,它的尾部拴了两艘小舢板。现在,罗杰、吉姆·布雷丁、苏珊、提提,还有约翰,一个接一个地从船舱里爬了上来。

"真希望他们没有打扰您。"妈妈对妖精号船长说。"你们知道,"她接着对其他人说，"我可不希望你们爬上陌生的船只，多碍事呀。"

"我们没有呀，"罗杰说，"他对我们说了好多次'谢谢'呢，还要我们来给他当船员呢。"

"他们可帮了我的大忙，"吉姆说，"他们不但帮我停稳船，还帮我洗了碗碟，有他们在，我高兴还来不及呢。"

"他叫吉姆·布雷丁，"罗杰介绍说，"他昨天从多佛驾船出发，刚刚到达这儿。"

"船上只有他一个人呢。"提提说。

"他独自完成的航行。"约翰说。

"那他一定累坏了，"妈妈说，"这会儿你们不该来打扰了。"

"一路顺风吗，先生？"弗兰克问。

"风力不够强，"吉姆说，"过沉船湾的时候，还遇上了大雾。"

"从昨天起，他都没吃过饭，只喝过一碗汤，吃过几块饼干。"苏珊说。

"他现在要去吃'早饭'了，去小旅馆那边吃，"提提说，"我们马上也要去吃晚饭了。"

妈妈看了看吉姆。她喜欢面前这个小伙子，而且也知道他们想请他去吃饭。

"晚饭在等着我们呢，"她面带微笑地说，"如果他愿意，你们就把他带过来。鲍威尔小姐肯定给我们做了很多晚饭，所有人都吃不完。"

"一起去吃饭吧。"提提说。

"求你了。"苏珊说。

"我们大家都希望你来。"约翰说。

"我猜，她一定准备了汤。"罗杰说。

"你们太友好了，真的。"吉姆说。

弗兰克驾着小舢板，向岸边划去，这样的话，沃克夫人和布莱基特就可以先回岸上去，然后告诉鲍威尔小姐，他们来了客人。其他人随后也爬下船，登上自己的小舢板，尾随而去。不过，他们并不指望弗兰克在硬堤上等他们。吉姆登上自己的淘气鬼，紧跟在他们身后，挥桨向岸边划去。因为潮水再次涌来了，他们看到他把淘气鬼往上游划了很远一段距离，然后才靠岸。过了一会儿，他们簇拥着这位新朋友，就像四艘拖轮拖带一艘邮船进港一样，一块走上硬堤。

第二章　疲惫的船长 ⤏

"哦，吉姆先生来了，"他们刚一爬上小巷的石梯，就听到站在农庄门口迎接的鲍威尔小姐的声音，"从你的脸色看，你得好好睡一觉了。"

"我昨天一夜没睡，"吉姆·布雷丁说，"你好吗，鲍威尔小姐？鲍布叔叔下周会过来。"

"你们俩认识吗？"提提说。

鲍威尔小姐笑了："认识吉姆·布雷丁？我想是的。他像你们这么高的时候，我就认识他了，他叔叔常带他坐小船到这儿来，他下船之后，涉水上岸，就把小吉姆夹在他的胳膊下边，吉姆的小脚丫子老是踢腾个不停。现在你比你叔叔还高一大截了，不是吗，吉姆？进来吧。晚饭都准备好了，我敢说，你的肚子也准备好了。"

"嘘！"

"别把他吵醒了！"

妈妈走进这间静得出奇的房间。

苏珊站在一把椅子旁边，打算坐下来，但又伸出一根手指放在嘴唇上。提提和罗杰早就跑到一张铺着白色桌布的圆桌旁边坐下来。桌子上整齐地摆放着碟子、刀子、叉子、勺子，就等晚饭开始了。约翰背对着窗口站在那儿，一只手拉着小布莱基特。他们五个人都盯着吉姆·布雷丁，尽量不弄出一丝声响来。此时的吉姆·布雷丁已经睡熟了。他坐在餐桌旁边，正好在提提和罗杰之间，那是他们专门给他留的位置，希望离他更近点儿。吉姆斜靠在餐桌上，渐渐地，他的脑袋越垂越低。现在，门口的妈妈只能看见他蓬松的头发，还有宽阔的后背，背上罩了一件蓝色衬衫。他的胳膊肘张得开开的，横在他的碗碟旁边。在吉姆·布雷丁的眼中，世界已经消失了。

"我们刚才还在和他说话呢，"提提小声说，"突然他就睡着了。"

"他太累了。"苏珊低声说。

罗杰轻轻地从一只蓝色胳膊肘下面挪开盘子，要是再挪远一点，它就可能落在桌子下边了。

"等他睡醒了再吃饭吧。"小布莱基特说。

"嘘！"苏珊说。

约翰看着他，心里有点惊讶。看来，这就是独自驾船航行一夜之后的感觉了。要过多久他才能像他一样独自一个人扬帆出海，经过一天一夜的航行，安然返回港口呢？下了锚之后，再清理完甲板，然后心无挂碍地放松下来，尽情享受久违的倦意袭来时的感觉。

妈妈离开门口，去叫鲍威尔小姐把晚饭送进来。

鲍威尔小姐悄声笑了。她小心放下托盘，生怕惊醒了吉姆。"吃了东西之后，他马上就会恢复过来，"她说，"他和他叔叔经常过来喝茶，有好多次茶都没有喝完就睡着了。如果我早知道他要过来和你们一起吃晚饭……我就准备豌豆汤和蘑菇炒鸡蛋……那是他们最爱点的菜，如果他们有时间的话，会提前通知我的。他们会给我发一封电报，'请准备豌豆汤和炒蛋'，这样我就知道他们要出发了。"

约翰、布莱基特、苏珊一起悄悄溜过来，找到各自的椅子坐下来，妈妈也坐了下来，然后把汤碗里的汤舀出来，倒进柳叶形的蓝色汤盘内。

"要把他叫醒吗？"罗杰说，"我想，他一定饿了。"

"汤太烫了，"苏珊说，"过几分钟再叫他吧。"

然而，吉姆·布雷丁突然醒了似的，伸了伸胳膊，一只玻璃杯被撞翻了，骨骨碌碌地滚向桌沿，提提手疾眼快，一把抓住了它。

"北半偏西，去长沙角。"吉姆嘟哝了一声，似乎在念叨着什么。那只挥舞的手好像要去抓舵柄。他的脑袋颤了一下，猛然惊醒了，瞪大眼睛望着周围：

"哦，哎呀……太对不起了……哎呀……我不该睡着的……我睡多久了？"

"只睡了几分钟。"提提说。

约翰和苏珊看着妈妈，似乎在说："他是忍不住了才睡着的。"毕竟他是他们请来的客人呢。

你知道，妈妈总能理解他们的。她呵呵地笑了。

"没关系的，"她说，"我知道你们是怎么想的。这其实没什么。我还记得我小的时候，住在澳大利亚，有时候跳完舞之后，自己骑马回家，走着走着，就在马背上睡着了，到了马厩门口，我的马不停地打响鼻，这才把我吵醒。喝点儿热汤吧，你很快就会感觉好多了。"

事实上，尽管他们当时可能意识不到，但吉姆这一觉睡得十分了不起。你还能想到哪位陌生的客人会趴在你的餐桌上入睡呢？妈妈的眼睛里荡漾着笑意，默默地看着眼前这位新朋友。虽然他个子高大，已经上过多年学，但她还是把他看作是和约翰一样的孩子。就在他埋头趴在盘子上入睡的短短几分钟里，他竟然还在想着驾驶妖精号，穿越茫茫的夜色。不知怎么了，她一下子觉得他就是他们家庭中的一员。

这时候，他们你一言我一语地和他聊起来，他仿佛就是他们一辈子的朋友似的。他告诉他们说，要叫他吉姆，用不着叫他"布雷丁先生"。不仅是约翰、苏珊、提提和罗杰在不停地问他问题，就连妈妈也问了他很多问题。在鲍威尔小姐的热汤和煎蛋的帮助下，吉姆打开了话匣子，一会儿谈到他和叔叔第一次远航时的情形，一会儿又谈到他叔叔如何慢慢放手交给他驾船的活儿，还谈到叔叔最后怎么把妖精号完全交给了他，后来，他叔叔只在偶尔不犯风湿的时候才和他一起航行，而且还给他这个新船长当船员呢。

"你叔叔多好呀。"罗杰说。

"是的，"吉姆说，"你瞧，我上学期离开了拉格比，幸运地获得了牛津大学的奖学金，所以他就承诺把妖精号送给我，如果我想要的话，它现在就是我的了。那样的话，他的风湿病就会没有了。其实，那是他在开玩笑，他下周就要过来。"

不过，他只字不提让他们在妖精号上过夜的事。他们心想，也许，当时吉姆说他们可以在他的船上过夜只是出于礼貌罢了，所以，他们也没什么好失望的。

接着，他突然又提起请他们去船上过夜的事，妈妈当时也在场，她也听到了。不知怎么的，吉姆趴在餐桌上睡了一觉之后，他的邀请听起来格外让人兴奋，仿佛更加真实，似乎有更大的可能性了。

"在你叔叔来之前，你打算做什么呢？"罗杰问。

"随便逛逛，"吉姆说，"在附近看看，我是说真的。为什么你们不和我一起玩几天呢？我那艘船挤得下你们四个……"

"睡在甲板上，"提提说，"哦，妈妈……"

"他们当然高兴去，"妈妈说，"可我现在不能让他们去。他们的爸爸就要回来了，我们到这儿就是为了去哈里奇接他，等见到他的时候，我可不能向他抱怨说，他的其他家人都出海了。"

"我不会带他们出海的，"吉姆说，"就在奥威尔河、斯陶尔河、哈里奇港周围兜一圈。如果你允许我带他们玩三天，不用去比奇诺的最后一个浮标，我们就有许多做不完的事。"

"求你了，妈妈，让我们去好吗？"约翰说。

"他还有一台引擎呢。"罗杰说。

"可以感觉一下真正的船舱。"提提说。

"我有四个铺位，"吉姆说，"唯一的问题就是没有足够多的铺盖。毯子只够两个人用……我想，我还可以去借几套……"

"罗杰！"

但罗杰已经一溜烟地跑了出去，走廊另一头传来一阵急切的交谈声。转眼间，他又回来了。

"鲍威尔小姐同意了，"他说，"我们可以把我们四个人床上的毯子都带过去。"

"哦，罗杰！"妈妈扑哧一声笑了，"我没让你去问她呀。我不能冒这个险，我们随时都会收到爸爸的电报，你们不想错过和他在哈里奇重逢的机会吧？"

"可你不是说过吗？你觉得他不可能在周六之前回来。"提提说。

"要是到了周六，你们还在河面上游逛怎么办？"

吉姆·布雷丁扫了一眼桌子周围的人，他们个个脸上都是渴望当船员的神情。他最开始的提议几乎是在开玩笑，可现在如果他们去不了的话，他们一定很遗憾。他心里倒也很希望船上有几个比自己年轻一点的小船员。

"如果你想让他们什么时候回来，我敢保证，他们一定有足够多的时间回到风磨坊。"他说。停了一下，他又说道，"我们每天可以通过电话向你报告，从伊普斯威奇到菲利克斯托港，或者雪特里，无论我们在哪儿，都可以给你电话……"

"我不能去吗？"小布莱基特说。

"你太小了，"妈妈说，"何况船上也没有你的位置。"

约翰几乎要从椅子上跳起来了。

"妈妈就要答应我们了。"他脱口而出。

"好吧，可这不公平，"布莱基特说，"我一直都在尽快长大呢。"

"也没人问我能不能去呀，"妈妈说，"何况，小布莱基特，总得有人留下来陪陪我，照顾我吧。"

"我晚上可以睡在驾驶舱里，"吉姆有点拿不准，"可就算这样，船上还是不够六个人睡。"

"不，不，不是的，"沃克夫人说，"我不是那个意思。布莱基特和我还有好多事要做呢。不过，我可要提醒你，我还没答应让他们去呢……"

"可你就要答应了。"罗杰说。

"爸爸常说，机会来了就要抓住它，这样你就不会因为错过它而感到遗憾了。"提提说。

"我们领教过很多次了。"约翰说。

"我也睡在船上，"妈妈说，"布雷丁先生也睡在船上。这样的话，他早上起来之后就不会被一船孩子吵晕了。"

"妈妈！"苏珊终于开口说话了，到目前为止，她还没有开过一次口呢。

但妈妈似乎不为所动。"我们都睡在船上，"她说，"明天早上再考虑考虑吧……如果他没有因为走得匆忙而把你们落下就好了。现在，布莱基特该上床睡觉了，布雷丁先生也该睡了……要知道，他可一夜没有合过眼呢。"

"我们会和他道晚安的。"罗杰说。吉姆·布雷丁一想到睡觉，眼皮立马就睁不开了，他站起身来，感谢沃克夫人的丰盛晚餐。

屋外已经天黑了，什么也看不见了。他们打开手电，借着手电的灯光，找到淘气鬼号,然后又帮吉姆把它推下硬堤。

"非常感谢你,允许我们登上你的帆船。"约翰说。

"我也要谢谢你们啊。"吉姆·布雷丁说。

他们所有人,甚至包括罗杰,都没有再提议去妖精号上。不知怎么了,他们觉得那样不公平。妈妈说过,吉姆要去睡觉了,而且他必须要睡觉了。

"晚安!"他们一边推船,一边道别。

"晚安!"他回应说。

他们四个人站在黑暗笼罩的硬堤上,看着他渐渐划向远处。夜晚十分宁静,就连唱歌的虫儿也去休息了。他们已经看不见他了,却还能听到他划桨的哗哗声。不一会儿,他们听到一阵轻微的碰撞声,接着桨声就消失了。

"他一定是太困了,要不他不会碰上船舷的。"约翰说。

过了一会儿,一束灯光从妖精号的舷窗射出来。他已经在船舱里点了灯。他们又在硬堤上徘徊了一会儿,盯着远处的那盏灯光。不久,灯光灭了。

"喂,"罗杰说,"你们觉得他会脱衣服吗?"

第三章　我们的承诺

"妈妈哪儿去了？"

妈妈的卧室门大开着，但里面一个人也没有。约翰砰砰地敲响苏珊、提提和布莱基特的房门，她们还在慌忙穿衣服呢。

"我们马上就下楼，"布莱基特喊了一声，"苏珊快把我的最后一根辫子编好了。"

"妈妈出去了。"罗杰也大声喊起来。这时约翰从楼上跑下来，走进小小的客厅："她的烤面包要凉了。"

后来，他们又走进那间门口正对着花园的房间，正好瞧见妈妈从船库那边穿过来，于是他们急忙跑下楼梯，过去迎接她。

"哈罗！"她跟他们打了一声招呼，接着，她看见他们在眺望晨曦中的硬堤，想知道妖精号是不是还和其他帆船一样，停泊在原地，于是告诉他们说，"我刚才去打听了一下人们对那个年轻人的评价。"听到她这么一说，他们心中立即又燃起了希望。

"他为人怎么样呀？"

"周围每个人似乎都认为他很不错。鲍威尔小姐说，他是她所认识的最热心的年轻人；那个名叫弗兰克的船夫说，如果他不懂开船的话，他就不会帮助别人了；造船的人说，他们完全信任他；那个老刮漆工也说，和吉姆·布雷丁在一起，他们不用担心遇到任何麻烦。"

"你打算让我们去吗?"约翰说。

"过了一夜之后,也许他又不愿带你们去了。"妈妈说。

"可他还是需要我们的……"

"看来我只能让你们去了,"妈妈说,"不过,我还是得问问你们的爸爸……"

"爸爸会说:'去吧,去吧……'"

"我相信他会同意的。"妈妈说。

"妈妈同意我们去了。"从门口迎上来的罗杰欢呼起来。

"等着他来叫你们吧。"妈妈说。

他们远远地望过去,白色的妖精号收拾得十分齐整。它安静地停在泊位上,船尾还系着那艘黑色的淘气鬼。是的,吉姆·布雷丁还在船上,否则他那艘小舢板不可能留在那儿。可是,大家都尽量抑制住自己的激动心情。

"他还在睡觉呢,"妈妈说,"我们进屋去吃早饭吧。"

就在他们吃着橘子酱面包的时候,一个高大的身影出现在窗子边上,他们看见吉姆·布雷丁正朝里边张望。

小布莱基特第一个从椅子上跳下来,冲向门口。

"快请进呀。"她高兴地说。

"你昨天晚上睡得香吗?"罗杰一本正经地问。

"香极了,谢谢你,今天早上我还绕着帆船游了一圈泳。现在感觉棒极了。沃克夫人,昨天晚上我在餐桌上睡着了,真是太对不起了。"

"胡说什么呢,"妈妈说,"看到你睡得那么熟,我们可羡慕了。快进来坐吧。罗杰,再从橱柜里拿一套杯子出来。壶里还有很多咖啡呢。好了,你都瞧见这几个小动物了,你不想把他们四个全塞进你的小船吧?我告诉过他们,你不会带他们去的,所以呀,你不用担心他们会失望。"

罗杰差一点就要抗议了,但又忍住了,手中端着一只杯子,等待着。

"要过多久他们才能上船呢?"吉姆问。

五个小时之后,约翰、苏珊、吉姆·布雷丁已经坐在妖精号的驾驶舱里休息了。他们忙碌了整整一个上午,中午只吃了一点面包和奶酪,喝了几口姜汁啤酒。

"一开始就干了这么多洗洗刷刷的活儿,真是够呛啊,"吉姆说,"好在你们帮我把水槽洗干净了,还把地板打扫得干干净净。"接着,他们各自又啃了几块面包,在船舷外边冲洗盘子和杯子,擦干净之后,又把盘子放回原处,然后把杯子挂在水槽上方的钩子上。沃克夫人和其他人去了伊普斯威奇,去买储备品了。"船首舱当然要喂饱啊。"沃克夫人说。此时,吉姆、苏珊、约翰都坐在驾驶舱内,眼睛盯着不远处的海滩,潮水刚退去不久,浪花还在轻轻舔着巴特奥伊斯特的堤脚。

吉姆小心翼翼地点燃烟斗,每次捏住烟管的时间都要超过一分钟。其他人都充满敬意地看着他。

"我是这个假期才开始抽烟的,"吉姆坦白地说,"我叔叔要我保证毕业之后就不抽了。"

"你喜欢抽烟吗?"苏珊说。

"干完活后抽支烟,舒服极了。"吉姆说。

"那要浪费多少火柴啊?"看到又一根火柴被扔过船舷,苏珊忍不住说道。河面上的火柴汇成了一长串,随着潮水向远处漂去。

"烟草有点受潮了,"吉姆说,"真讨厌,又灭了。"

"我在清理油灯的时候,找到一罐擦铜油,"苏珊说,"我去舷窗那边看看,可以吗?"她看了看那个舵手用来观察罗盘的舷窗,罗盘挂在船舱里边,恰好处在水槽的上方。

吉姆吐了一口烟,盯着那个舷窗,好像第一次发现它似的。

"有点锈了,"他说,"你没法子让它们一直保持光亮。我一年都没碰它们了。要知道,你们走了之后,我和鲍布叔叔可没法子把这里保持这么整洁。"

约翰没有说什么,但他了解苏珊。他们已经忙了一个早上,先把从鲍威尔小姐那儿借来的毯子和枕头运上了船,又提上来四只背包,里面装满了睡衣、浴衣,以及换洗衣服。这些东西全部从水手舱口抛进船舱之后,他们几乎连个转身的地方都没有了。后来,苏珊留在了船舱内,其他人则划着小舢板上岸去了。他们去造船匠的院子里接了两次自来水,把水罐装得满满的。就在他们把第二罐水倒进驾驶舱的储水箱的时候,他们向船舱里边望了一眼,里边竟然变得空旷起来。那些毯子都被干净整齐地捆成了卷儿,每张床铺的床头都放了一个毯子卷儿。苏珊跪在地上,身旁放着一只小桶,她手里抓着一块抹布,正在擦洗地板,看上去非常认真，似乎不愿被任何人打扰。所以，他们没有叫她，而是走到前甲板上忙开了。"最好学学怎么使用缆绳。"吉姆吩咐说。他们升起主帆，然后又把它降下，就这样，他们反复练习了三遍，但约翰独自完成了最后一遍。吉姆一直默默地看着他操作，直到最后，他才提醒他要松开千斤索，这样船帆的重量才会压在吊杆上。此后，吉姆又给他们解释了收帆轮的用法。他从驾驶舱的箱子里摸出一把小小的黄铜把手，然后把它拿到前甲板上，安装到位后，给约翰展示了如何利用它收帆。他一边摇动把手，一边一寸一寸地松开主升降索，吊杆开始慢慢地转动，船帆跟着就卷了起来。后来，约翰还学会了其他操作，比如怎么收卷三角帆，怎么固定支索帆的帆脚，怎么才能把纵帆环夹在前桅支索上。这时候，温暖的夏日已经把升降索上挂着的旗帜晒干了，因此升降索就松弛下来了，那面固定在桅顶的三角旗呼啦呼啦地摆动起来。于是吉姆就吩咐约翰把它拉紧了，然后又向他展示如何双手交替着把它降下，同时不会剧烈摇晃；然后又以同样的方法把它升起来，还教他怎么用轮结把升降索绑紧。他们反复练习了很多遍，现在终于坐了下来。约翰抬头看了一眼桅杆，虽然桅顶的止滑块在明亮的阳光下很难看清，但他还是记下了每个止滑块的作用，以及每根缆绳的走向。妖精号上的缆绳数量真多啊！他开过的任何一艘小帆船上的缆绳都没有这么多。不过，经过升缆、固定、解开、拆卸、再固定的半天练习之后，约翰非常开心，觉得自己已经不是一名毫无用处的船员了。苏珊这会儿在忙什么呢？她先擦完地板，又整理好床铺，还在每个人的床头放了一个枕头、一床毯子、一个背包，然后又去打扫橱柜，清理炉灶，还把各个角落里的灰尘都清扫了一遍。可以说，她干得非常起劲，一点也不愿意停下来，而且当她看见其他人在驾驶舱内休息的时候，她仍然不愿浪费一点时间。罗盘上了铜油之后，再用抹布擦一遍，从舷窗这边看过去，罗盘上的指针能够看得更清楚了。

"他们来了！"吉姆·布雷丁第一个发现了那艘借来的小舢板，妈妈、小布莱基特、罗杰以及提提都坐在上面。他们正从硬堤那边划过来。"我觉得，你妈妈还挺会划船的。"吉姆说。

"她可是个划船的好手呢。"约翰说。

沃克夫人正在挥动船桨。小舢板干净利索地穿过硬堤一旁下锚的其他船只。罗杰坐在船头，提提和小布莱基特坐在船尾的甲板上。

"他们带了很多包裹来，"苏珊说，"我要另找时间打扫舷窗了。"她三步并作两步地再次钻进船舱，进入船首舱，把手中的擦铜油放回原处。过了一会儿，她又爬上了甲板。真让人遗憾呀，刚整理干净的船舱又要弄成一团糟了。不过，她觉得妈妈带来的东西应该有专门的地方存放。

吉姆收起他抽了一半又熄灭的烟斗，小心放进驾驶舱内的一只箱子里。

妈妈挥动手中的船桨，满载着物品的小舢板划了过来，靠在帆船的一侧。

"把系船索扔上来，罗杰。"吉姆说，"哈罗！你手里拿的是什么呀？"

"六音笛，"罗杰说，"它可不便宜呀，花了一个多便士呢。"

"他偏要买的。"小布莱基特说。

"怎么了？我就是要买。弗林特船长的船屋里还有一把手风琴呢。"罗杰说。

"你会吹吗？"吉姆问。

"只会一点，"罗杰说，"我原来那个在学校弄丢了。"

"运气不错呀。"约翰说。

"运气一点也不好，"罗杰说，"可我真的会吹六音笛。有个男孩在学校教过我。"他不解地看了一眼周围。然而，没人说他不会吹，但妈妈笑着说："要是他吹出的声音太吵，也许布雷丁先生会把他扔下船舷。我和小布莱基特过一会儿要和各位船员说再见了。我们想去看看那艘要进港的汽船。"

"好的，"吉姆说，"去吧，小布莱基特。"

"我待会儿再去，"妈妈说，"提提把包裹拿上去。别压那个装有腊肠卷的袋子，也别动那个装有甜甜圈的，当心那块猪肉馅饼。"

"我们不可能吃得下这么多东西，"吉姆说，"我想说的是，夫人，你真是太好了，可是……"

"你可能不了解这帮小馋猫呀，你见识了之后就会知道的，"妈妈说，"这是今天晚上吃的，这是明天一整天吃的，这是后天的。"

"下来瞧瞧船舱吧，"苏珊说，她非常希望妈妈能下来看看，船舱里仍然十分整洁，"瞧那只火炉，有两个燃烧阀呢，旁边还有一个真正的水槽。"

"这是最令人感到舒服的小船。"妈妈沿水手梯下到船舱里，扫了周围一眼后说道。

"提提和我睡在那儿，"苏珊说着，给她指了指前舱，"罗杰也睡在那儿，约翰睡这儿。"

"可怜的布雷丁睡在哪儿呢?"妈妈问,"地板看上去很硬。"

"我在哪儿都能睡得香,"吉姆站在驾驶舱里望着下边,脸上挂着微微的笑容,"即使我的脑袋放在别人的餐桌上,我也能呼呼大睡呢。"

"你再瞧瞧这些铺位后边是什么,"苏珊说,"是个超大号的橱柜。"

"什么?"妈妈有点惊讶,"熟梨、桃子、意大利面条、番茄汤、豌豆汤……"

"我和鲍布叔叔最爱吃罐头。"吉姆说。

"现在还能买到这么多好吃的罐头,真是太棒了。"妈妈说,"这是什么……满满一架子的牛排和腰子布丁?"

"它们很好加热。"吉姆说。

"我给你们买的那些食物更省事。"妈妈说。

"有甜甜圈,"罗杰说,"有腊肠卷、岩石烤面包,还有一大堆火腿呢。"

"这是猪肉馅饼。"布莱基特说。她已经沿着水手梯爬下来了,而且只用一只手扶住栏杆,另一只手紧紧捏住那块猪肉馅饼。

"我们还买了一大堆苹果呢,"罗杰说,"全是最好吃的苹果,个个圆滚滚的。另外还有两打鸡蛋,一磅黄油。"

"还有两条面包……"提提说。

"我早该想到的,"吉姆说,"不过我自己平时都在吃饼干,所以就没想到去买面包。倒是鲍布叔叔经常会给我带一条面包来。"

"还有樱桃蛋糕。"罗杰说。

苏珊已经把橱柜上的一个架子清理干净了,这会儿正忙着把他们带来的包裹堆上去。

"最好把火腿挂在舱外。"妈妈说。

"我会把它装进驾驶舱的箱子里。"吉姆说。

"面包和蛋糕怎么办?"

"水槽下边有个橱柜,那儿有个专门放面包的盒子。"苏珊说。

一切都准备就绪了,所有的储备品都存放妥当了,橱柜的门也关上了,船舱又恢复了苏珊之前收拾的样子,又干净又整齐。"现在好了,"妈妈说,"你有航海图吗?让我看看,你们要去哪儿?"

吉姆从一张垫子下边抽出哈里奇海港的地图。"把航海图摊平。"他一边把垫子放好,一边解释说。他在桌子上摊开航海图,开始给大家讲解起来。

"现在我们在哪儿呀?"妈妈说。

"在这儿,"吉姆一边说,一边用手指了一下,"旁边就是风磨坊,这是流向伊普斯威奇的小河。我们明天沿着这条小河往上走,去看看码头。然后掉转船头,去雪特里的斯陶尔河。"

"他们早就想去雪特里了。"妈妈说。

"这两条河的交汇处就是哈里奇港,"吉姆说,"这些都是浮标……比奇诺和崖脚浮标……那儿是港口的末端,再过去就是大海了。"

"你们不会去更远的地方吧?"妈妈问。

"不会的。"吉姆说。

他们一边观看航海图,一边聊着他们的航行计划和安排,约翰和苏珊分别担任大副和二副,提提和罗杰是一等水手。就这样一边看航海图,一边聊着天,时间一晃就过去了。

"希望你们不会变卦,按照你们说的去做。"妈妈说。

"我们一定会的,"提提高兴地说,"不然的话,他会把我们当成铁锈,拿系索栓刮下来,丢进大海里喂鱼,就像歌里唱的那样。"

"我完全赞同他那样做。"妈妈说。

"哦,依我看,"罗杰顿了一下说,"他也许没有铁质的系索栓。"

"我倒希望他有一根,"妈妈说完,扫了一眼正在看挂钟的吉姆,然后继续说道,"船上的时间过得真快啊。走吧,布莱基特。哎呀,她去哪儿了?"

一阵模糊的"嘟噜"声从前甲板舱里传出来。布莱基特蜷缩在提提的床铺上,假装已经睡着了。

"不,不,这可不行,"妈妈说,"不准偷渡……我承认,我也希望一起去。"

"我们一起去吧。"布莱基特说。

妈妈望了一眼吉姆·布雷丁的脸,呵呵地笑起来。虽然他一言不发,她却知道他的想法。妖精号上有五个人,太挤了,如果再挤两个人,什么事都干不成了。

"他们可不想让我们去哦。"妈妈说。

"我们的确想让你们去,"吉姆说,"只是……"

"我知道，"妈妈说，"像沙丁鱼挤在罐头里一样。你忙你的吧。我和布莱基特会给你们留下一片干净的甲板。"

吉姆扫了一眼挂钟，然后透过舷窗看了一眼硬堤。退潮了，一半的硬堤已经干了。

"没关系，"他说，"潮水退到雪特里沙嘴后，我们就可以起航了。"

"不是有人要去岸上吗？"驾驶舱的罗杰嚷嚷说。

"就来啦，来啦。"妈妈回应说。

妈妈爬下船，登上那艘借来的小舢板，在船长的帮助下，那个小偷渡客也被抱了下来。妈妈吻了吻大副、二副，又吻了吻两个一等水手，和他们挨个道别。

"对了，苏珊，"她说，"还有你，约翰，晚上不要航行……不要出港……后天爸爸就回来了……你们不想错过迎接爸爸的机会吧……能保证吗？"

"我们保证……"

"我也保证，"吉姆说，"周五四点钟涨潮，到时候，我会准时把他们送回风磨坊，正好赶上喝下午茶。"

"我们都保证过了。"苏珊说。

"那就好，"妈妈说，"一路顺风。不管你们是在哈里奇，还是在雪特里，或者在伊普斯威奇，或者在其他的偏僻港口靠岸，你们都可以给鲍威尔小姐家里打电话……"

"还可以寄风景明信片。"布莱基特说。

"嗯，"提提说，"我们一定要给南希、佩吉还有爸爸寄几张明信片。"

"我今天晚上就给你们寄一张……"

"船上现在就有明信片，"吉姆说，"不过样子都很普通。"

妈妈和布莱基特等在船身旁，吉姆从箱子里摸出一张明信片。提提在明信片上画上妖精号，它高挂着船帆，在巨浪中飞速前进，然后又写下地址："风磨坊，妖精号快船，船长……""你在这儿签个名字。"吉姆签上了自己的名字。"大副和船员……""我们都签上名字吧。"铅笔从一只手传到另一只手。提提又加了一句："现在我们停泊在港口，马上准备出发。"最后她在明信片上写下南希·布莱凯特船长在贝克福德的详细地址，然后把它递给了妈妈。"他们一定会高兴得跳起来，"她说，"他们绝对想不到我们这么快又要航行了，而且也不会想到我们竟然会在船上过夜。"

罗杰抓起那一卷盘好的缆绳，丢在那艘小舢板的船头上，妈妈推了一把船舷，小舢板离开了帆船。妈妈抬头望去，船长和船员们又忙开了。他们升起主船帆，展开三角帆，而且还准备好了支索帆，只要一起航，就会把它升上去。看到一切井然有序、顺顺当当的样子，吉姆船长也非常能干，妈妈心里既踏实，又高兴。干活不求急，一次干好，不用再返工。

突然，大伙儿都停了下来。吉姆船长走到船尾的舵柄旁边，抬头看了看。是的，一切都就绪了。主帆已经升起来了，吊杆也在轻轻地前后摇摆，三角帆已经在迎风舞动。他们准备好了。

"约翰！"

"来啦，船长！"

"你去解开锚缆好吗？解开系在浮标上的船首侧支索。我一喊你，你就把它抛过船舷。我们准备右舷抢风航行，从那艘蓝色帆船的船头绕过去。"

"好的，好的，遵命！"

"听约翰说'好的，好的，遵命'是不是很好笑啊。"布莱基特对妈妈说。

"他做得没错，"妈妈说，"他是一名大副，不是船长。"

海风灌满主帆，妖精号开始缓缓移动。船头转过来后，主帆开始啪啪地拍打起来。吊杆慢慢横了过来，主帆又一次灌满海风，鼓了起来。

"现在，"吉姆大声命令说，"解缆！"

"哗啦"一声，系泊浮标沉入水下。

"解开了，船长！"约翰大声说。

"升起支索帆，"吉姆喊了一声，"拉紧左舷三角帆，苏珊。对，就那样。我们起航了。"

妖精号转过船身，速度越来越快。它绕过蓝色的康诺尼拉号，又从一排帆船中间穿了过去。这时候，约翰已经双手交替着把支索帆升了起来。他们的红色船帆扫过康诺尼拉号的时候，它的船舱里探出两只脑袋。

"要出海吗？天气不错，适合出海。"

"只是在港口里转一转。"吉姆大声回应。

"再见，"小舢板上的妈妈和布莱基特一边叫喊，一边挥手，"再见。"

"再见，再会了。"提提说。

"再见，再会了。"其他人也大声叫喊。

他们正式起航了。约翰沿着侧舷甲板飞快地跑回船尾，一钻进船舱，他就立即挥手向堤岸告别。转眼之间，巴特奥伊斯特就消失在一艘驳船身后。过了一会儿，最后一艘停泊的帆船也被抛在身后。提提、苏珊和罗杰回头望了一眼妈妈和布莱基特，她们坐在小舢板上，朝硬堤方向划去。

"哈罗！"罗杰叫喊起来，"鲍威尔小姐也来给我们送行了。"

鲍威尔小姐站在远处的硬堤上，不停地朝他们挥手。午后的阳光洒在河面上，泛出点点金光。妖精号的船长和船员们一边顺流而下，一边挥手向鲍威尔小姐告别。

妈妈和布莱基特拴好小舢板，来到鲍威尔小姐的身旁。

"你不想去吗？"鲍威尔小姐对布莱基特说。

"总要有人留下来照顾妈妈吧。"布莱基特说。

"但愿我没有做错什么，"妈妈说，"既然有这样的机会，不让他们去也太可惜了。我想，他们的爸爸一定也会同意他们去。"

"他们不会给吉姆·布雷丁添麻烦的。"鲍威尔小姐说。

"不管怎么样，他们不会出港。"沃克夫人说。

妖精号张开红色的船帆，船尾拖着那艘黑色的淘气鬼号，一路沿着河道顺流而下，渐渐地，越去越远，最后在一艘抛锚的汽船背后消失了。

第四章　顺流而下

他们出发了。经过一阵忙乱之后，吉姆终于松开了主帆索，苏珊也在全力应付前桅帆索。驾驶舱的地板上堆满了缆绳，几个水手已经顾不上收拾了。不过，手头上的工作总算告一段落了。妖精号沿着河流向下游缓缓驶去，河水静静地流淌着，河面上几乎没有涌起一朵大的浪花。只有盯着淘气鬼的船头激起的细浪，或者盯着船舷下的平缓水面，或者河岸上的树木，他们才能感觉自己在慢慢地前进。

"两天前我们在哪儿呀？"提提轻轻地问。

"我们当时还在火车上呢。"罗杰说。

"我那会儿还在唐斯，盼着快点起风哩。"吉姆哈哈笑起来。

"现在我们都在这儿了。"提提说。

"你来掌舵吧，约翰，"吉姆吩咐说，"我去船头收拾一下。"

"我能掌舵吗？"约翰一边说，一边不安地看着前方河面上停泊的一艘巨大的汽船。汽船旁边还系着一条驳船。船上的水手们正在忙着卸货，卸下的货物又被转运到驳船上。

"你当然能掌舵，只管保持前进就行了。从汽船旁边驶过去。从迎风这一侧过去，不然的话，风会被挡住的。"

现在，约翰的双手已经握住了舵柄，吉姆越过船舱顶，快步往船头走过去，接着就忙碌起来。约翰升完支索帆后一直干得不错，但他的确不知道该把那盘缆绳放在哪儿才不会碍事，所以吉姆得把前甲板上的升降索收拾好。现在，约翰开始驾驶妖精号了。提提和苏珊紧盯着他的一举一动,似乎有点担心。他能做到吗?不过,船舵一点也不像他担心的那么难掌握,就像那艘燕子号一样,很容易操作。他望了一眼远处的河面,选定远处的一个地标作为掌舵的参照。虽然海风只是轻轻吹拂着船帆,船在水面上的速度并不快,但退潮推着他们不断前进,没过多久,他们就来到了汽船的黑色船舷下,高耸的船舷看上去又陡又直。约翰不愿去看那艘大船,不过他从眼角的余光里,可以清楚地看到汽船的舷墙,旁边那艘驳船看上去小多了。头顶传来吊杆的"嘎嘎"声,还有装卸工们热闹的叫嚷声。一袋又一袋的谷物被卸下来,又装进驳船的船舱。转眼之间,他们已经从汽船旁边驶过去了。

"拉普拉塔号。"罗杰抬头看了看船尾,念出声来。

"这是普拉特河。"提提说完,又抬头看了一眼。她和约翰的神情完全一样,仿佛妖精号即将横越大西洋,前往遥远的南美洲海岸。

吉姆·布雷丁回来了。约翰松开舵柄,给他让出位置。

"你继续吧,"吉姆说,"你干得好极了。"

于是,他们继续前进。两岸的树木越来越稀疏了。近处的河岸边是一片绿色的田野,对面是一道长长的防波堤,堤上长满了高大的芦苇,再往远处去是一片盐碱滩。潮水退下去后,白亮亮的泥滩露了出来。泥滩上站着几只鸬鹚,看上去就像几个穿着黑衣服的哨兵。不远处还有一只苍鹭,正在浅水滩里漫步。一群海鸥展翅飞入高空,盘旋了几圈之后,又在原地纷纷落下。现在没有树木的遮挡,风势更强了,妖精号开始有点侧倾。提提必须抓住驾驶舱旁边的护栏才能站稳身子。罗杰也想伸手抓住栏杆,不过,他刚一伸手,却发现只要把两只脚叉开,就能站得稳稳当当,没有必要去抓任何东西了。

"我可以去前甲板上逛逛吗?"罗杰等了片刻,确定妖精号不会继续倾斜下去,开口问道。

"最好别去。"苏珊说。

"如果我们还能像这样站稳,他就不会有事。"吉姆说。

"那就从上风舷一侧过去吧,"约翰说,"走过去的时候,要扶住栏杆,然后抓住升降索。"

"千万要小心啊,罗杰。"苏珊嘱咐说。

其实他们没有必要交代那么多。罗杰一从驾驶舱里钻出来后,几乎立即就想再去一次前甲板，不过他还是慢慢挪动身子，坐在舱顶的前沿上，然后小心翼翼地爬下来，站直了身子。

"我能听到船头撞击河水的声音。"他回过头说。

吉姆坐在驾驶舱的护栏上，又把烟斗中没有抽完的烟草点燃了，开始给大家讲起航行课来。

"红色浮标和锥形浮标是右舷浮标，"他说，"黑色筒状浮标是左舷浮标……涨潮的时候，船去上游要靠它们指示航道，"他解释说，"现在锥形浮标在我们的左舷，因为我们现在是出港，不是进港。"

"那个是锥形浮标吗？"提提说。

"是的。它位于莱文顿港湾外的泥滩旁边，另外一个浮标就在前面一点，就是顶部站着一只鸬鹚的那个，它是锥形标。那边那个也是锥形标，是黑色的，距克里莫点不是很远。"

"我们的左舷从它旁边驶过去吗？"

"紧挨着它驶过去。现在你只管把船头对准它就行了。"

这时候，前甲板上传来一阵叫喊声，"我看见汽船啦，"罗杰叫喊着说，"我们要和它相撞了。你们看啊，它在河道右侧的那个弯角上……"

"它在我们右舷。"提提喃喃地说。

"我们离它还远着呢。"吉姆说。那艘汽船的烟囱上冒出一道黑烟，白色的舰桥驶过绿色的克里莫点。"它的尾流会把我们的船身掀起来。一等水手罗杰，你最好来船尾。海风要转向了，马上要刮南风了。我们马上就要进入下一个河段。一条长长的弯曲河道和一条短一点的……"

罗杰小心谨慎地挪了回来，脸色十分严肃。然而，当他安全地钻进拥挤的驾驶舱之后，笑容很快又在他的脸上绽开了。

"靠近那个浮标，"吉姆说，"然后我们就可以多借点风势。"

沙嘴旁边那只黑色的扁平浮标越来越近了。

"浮标顶上有一盏红色的灯。"罗杰说。

"那是左舷灯。"吉姆说。

"可我们要从右舷过去呀。"罗杰说。

"因为我们现在是往下游走，不是去上游。"约翰回答说。吉姆听到他的话，咧开嘴巴笑了，这家伙太机灵了，一学就会了。

虽然还没有路过那座浮标，他们已经能看见下游的宽阔河道了，那是通往哈里奇港之前的最后一段河道。更远的地方，他们可以看见一座灰色的小镇，镇上矗立着两座高塔，一座是教堂的尖塔，另一座是灯塔。大海一样宽阔的水面上停泊着好几艘汽船。光秃秃的河岸上一棵树也没有，看上去有点怪异，就像河流似乎已经彻底告别了陆地。从远处望去，哈里奇就像一座孤岛。在这最后一段河道上航行几乎就像在海上航行一样，他们很快就迎来一艘从海上返航的汽船。

这艘汽船不大，两侧的船舷布满了锈迹，此时它正溯流而上。它要去伊普斯威奇码头，吉姆一边肯定地说，一边小心盯着这艘汽船。他已经把主帆收拢了，还吩咐约翰要留意三角旗，小心掌舵。近了，更近了，汽船越来越近了。不行。那艘汽船的航速不够快，不可能从船尾通过了。妖精号的航速也很慢，从船头过去似乎也不大可能。

"我们要让一让。"吉姆说。

"可是汽船该给帆船让路呀。"罗杰不服气地说。

"如果帆船的航道足够宽，而且汽船无法避让时，它就不用给帆船让路。我们能在航道上转一圈，但它必须待在深水航道上。"

提提、苏珊、罗杰和约翰立刻屏住了呼吸。一声短促的汽笛声突然响起，整个河面为之一震。

"天啊！什么意思呀？"罗杰问。

"是短汽笛声，"吉姆一边解释，一边把烟管放在一个安全的角落，"它要向右转舵。来吧，我们给它让出左舷。"他跳下护栏，准备调整缆绳，"给你，苏珊。我一喊，你就解开后牵索。提提解开前帆索。其他的我负责。掉转船头，约翰，动作麻利点……"

"嗯，"约翰说，"是不是由你来……"

"别怕，"吉姆说，"你就当它是一艘小舢板好了，不过别转太快了。现在就……"

"准备转向。"约翰一边坚定地说一边压下舵柄。

"解开前帆索，"吉姆喊道，"后牵索……干得好，罗杰，解开支索帆。"

妖精号在汽船锈迹斑斑的船舷下方掉转了船头，回到河流的西岸。他们头顶上方是汽船高耸的舵手室,里边有个人举起一只手,然后向前平放下来,这是东海岸水手们的庄严敬礼。看到那个人在敬礼,妖精号上的船员们连忙欢快地挥手回礼。

现在,他们又把船头转了回来。

"真不错,像钟表一样精准。"所有的活都忙完后,船长赞了一句,妖精号再次顺流而下,"我说啊,苏珊二副,让大副休息一会儿吧,我们来瞧瞧你这个二副的驾驶技术吧。"

约翰把船舵交给了苏珊。船开了这么远,他没有犯下一次重大错误,真让人高兴呀。当然了,如果他犯下错误,不是很严重的话,船长也不会把它放在心上。

"满帆前进,"苏珊接过船舵后,吉姆命令说,"最好不要让船帆迎着海风。我们必须得转弯,不管怎样,马上要过菲戈贝利沙嘴了。"

"别让船身晃来晃去,苏珊,"罗杰说,"你晃一次,提提和我就提醒你一次。"

"不要和掌舵的人说话,"吉姆说,"你别理他们,苏珊。"

可是苏珊一直在盯着三角旗,根本没听见他在说什么,当然也没有听见罗杰的话。怎么操纵船舵呢?不能让船帆拍打,不能让三角旗偏离主桅帆。约翰和爸爸一起驾驶过钓鱼船,去过法尔茅斯,她却没有那样的经历。不过,她开过小小的燕子号,技术和约翰不相上下。她知道约翰在旁边紧盯着她,掌舵的时候,可千万不能出任何岔子。

吉姆又爬上了护栏的边缘,在护栏上坐了下来。提提和罗杰看到一阵蓝色的烟雾从他的烟斗里冒了出来,海风一吹,散开不见了。

"哈罗!"他突然开了口,"菲戈贝利沙嘴的泥滩上好像有人。望远镜在哪儿?"

"我知道。"提提说完,一头钻进船舱,去取望远镜了。不一会儿,她又上来了,"给你。嗨,约翰,你不知道吧,船在行走的时候,待在船舱里的感觉真有趣。"

吉姆透过望远镜,观察远处的泥滩。"是的,"他说,"有只船在泥滩上搁浅了,等到涨潮之后,才能重新浮起来。"

"船只失事了!"提提叫了一声。

"他们在那儿不会有任何危险,"吉姆说,"好像不是在船上站着……"

就在这时，一等水手罗杰突然从驾驶舱的座位上跳了下来，不过，约翰一把把他拉住了。

"快看！快看！"他大声叫嚷着。

"在哪儿？"

"不见了……又出来了……"

"到底在哪儿呀？"

有那么一会儿，他们什么也没有看见，提提和约翰心想，罗杰只是在逗大家玩罢了。过了一会儿，大约在三十码外的水面上，绽开了一圈水花，一个黑色的团块浮出水面，很快又沉了下去，接着又翻了上来，最后消失不见了。

"是一头黑色的小猪，"罗杰说，"它在水里游泳呢。"

"那是海豚，"吉姆·布雷丁说，又点燃了他的烟斗，"右舷那儿还有一条。"

"靠近我们了。"罗杰喊了起来。

"钻到我们船身下了，"约翰说，"在那儿……从那边又冒出来了。"

"像一条鲸鱼，"提提说，"几乎和鲸鱼一模一样……"

"总的来看，"吉姆说，"他们是一种鲸鱼……也是哺乳动物，你知道，它们不属于鱼类。"

"就像在大海上一样，"提提嚷嚷说，"它们又来了，在追我们呢。左舷有一条，右舷也有一条……哦，真希望南希也在这儿。"

海豚太奇妙了，就连苏珊也觉得很少见。

"那儿有一条小海豚，"她大声说，"它独自一个在游呢……"

"小心掌舵。"约翰说着，伸了一下手，不过并没有真正碰到舵柄。

苏珊心里一惊，吸了一口气，耳边传来船帆发出的"哗啦哗啦"的拍打声，听上去有些不正常。"对不起，"她说，船帆很快又灌满了风，"瞧，又来一条。是海豚宝宝吗？好的，约翰，我不会再看了。"

"哎呀，"提提叹出声来，"它们超过我们了。"

那些海豚已经把妖精号抛在身后了，黑色的鳍偶尔会划开水面，黑黝黝的脊背在水中打着滚儿。它们越游越快，渐渐地远去了。

"它们游进大海了。"吉姆说。

"幸运的黑色小猪，"罗杰说，"哎呀！它们夜晚会浮出水面，可以看到汽船……我希望我们也……"

"什么？也从水下浮上来？"吉姆问。

"我们也去海上吧。"罗杰说。

"哦，我们不能去，"苏珊说，似乎有点不乐意，"我们向妈妈保证过的，这样对每个人不是都很好吗？"

吉姆笑了："我当然想带你们去海上。也许等你们爸爸回来了，鲍布叔叔和我去接你们……当心，苏珊二副。现在又要转向了，我们再次转向的时候，就可以到达菲戈贝利浮标，看看提提说的'船只失事'是怎么一回事。"

苏珊看了一眼约翰，但约翰、提提和罗杰都在忙着对付那些缆绳，有的缆绳要解开，有的要收回来。她狠狠咬了一下嘴唇，"准备转向。"她大喊了一声，然后稳稳地掉转妖精号的船头。有那么一会儿，驾驶舱里有些忙乱，因为船头迎着风，前桅帆一下子被吹横了，吊杆也翻转过来。接着，妖精号的所有船帆都耷拉下来，船头横过河面以后，缆绳也卷成一团，似乎一切都静止了。

不过，这样的情况并没有持续太久，"准备转向"的喊声又在耳边响起，"升起三角帆……后支索……还有支索帆。"妖精号转过船头后，立刻向菲戈贝利沙嘴一旁的红色浮标驶过去，一秒钟也没有耽搁。那艘绿色的小船静静地停在泥滩上，有点向一侧倾斜，吊杆垂在船舱顶部，船上没有一片船帆的影子。

"真希望我们一直这样忙下去呀。"提提说。

"你们的手会红肿疼痛，"吉姆说，"尤其是第一次操作缆绳。"

罗杰和提提急忙看了看各自的双手。

"火辣辣的，不过还没有肿。"罗杰一边说，一边轻轻搓了搓双手。

他们距离那艘搁浅的小船越来越近了。有两个人正站在倾斜的船舱顶，一面不停地平衡自己的身体，一面绝望地看着不断后退的潮水。他们的船身高高露出水面，船舷已经变干了。就在妖精号逐渐靠近的时候，那两个人先后从舱顶滑了下去，斜扭着身子，从舱门钻进了船舱。

"船舱是斜的，待在里边肯定不好受。"罗杰说。

吉姆咧开嘴巴笑了。"他们可顾不上难受，"他说，"我也不会同情他们。在那种地方搁浅真不该原谅。他们太走运了，幸好是在河滩上搁浅的。"

"为什么这么说呀？"罗杰问。

"如果在别处搁浅的话,他们会失去这艘船。更不用说,它们一定会被海盗抢劫的,就像可怜的老艾尔维特遇到的那些……"

"海盗?"提提说。

"'巡岸鲨',"吉姆说,"或者类似的东西。没错,苏珊,继续往前开。一直开到雪特里沙嘴浮标那儿去。对,那个大浮标就在前边,不远了。从沙嘴那边延伸出来一条浅湾。看见那片水波和泥滩上的海鸥没有?"

"给我们说说海盗的事吧。"提提说。

"等我们下锚了,我把航海图拿出来,给你们讲讲这里发生过什么。"吉姆说。

"我们要在哪儿下锚呢?"约翰问。

"去一个很不错的地方,"吉姆说,"就在斯陶尔河的雪特里突堤附近,然后我们可以上岸去告诉你们的妈妈,你们没有一个人落水。"

"给她打电话吗?"苏珊说。

"是的。在码头一头不远处就有一间电话亭。瞧,那儿就是码头。你们现在都看见了吧。不过,在掉转航向之前,我们先要绕过沙嘴浮标。"

妖精号已经离开了主河道,正往哈里奇港的宽阔水域驶去,那儿是斯陶尔河和奥威尔河流入大海之前的交汇处。远处蓝色的水面上泛着柔和的波光,岸上是菲利克斯托港的大棚屋。吉姆告诉他们说,那些蓝色的棚屋是专门停泊水上飞机用的,巨大的吊机可以把飞机从水面上吊起来。沙嘴的一侧建有低矮的石垒和土台,另一侧的地势较低,哈里奇港的办公楼就坐落在这里,水边耸立的那座白色建筑是灯塔。防波堤是由黑乎乎的木桩搭建而成的,旁边停泊着一艘艘驳船。紧挨驳船的是三艘大船,因为相距不远,船上的旗杆看上去十分清晰。吉姆指着那些大船说,其中一艘是荷兰的内燃机船,另外一艘是挪威的木材船,甲板上堆满了金黄色的木板,还有一艘是希腊船,船舷上布满了锈迹,桅杆上挂着一面蓝白条纹相间的旗帜,旗帜边缘裂开了几道口子。

"去荷兰的船在哪儿?"提提问。

吉姆指了指斯陶尔河的上游说,它们都停在哈里奇港的另一侧,就在帕克斯顿码头旁边,从这儿可以看见那些邮轮的高大桅杆和烟囱。

就在这时,一艘小汽船从哈里奇防波堤方向疾驰而来,甲板上挤满了人。

"那是一艘轮渡船,"吉姆说,"它在雪特里、哈里奇和菲利克斯托港之间往返接送旅客。"

"马上要从它旁边经过了，"罗杰说，"如果知道爸爸什么时候坐船回来，我们就可以来哈里奇接他了。"

他们继续往前航行，快接近那些大汽船当中的头一艘之后，他们掉转船头，驶入斯陶尔河。

"我们的船怎么不走了？"罗杰说。

"逆着潮水呢，"吉姆说，"不过，没关系。很快就能过去了。"

河水打着漩儿流过妖精号的船舷，他们只能慢慢前进，驶过沙嘴浮标，驶过哈里奇镇，接着驶过港务局的汽船，最后又驶过一排下锚的驳船。

"看见那些船了吗？"吉姆问，"那艘红色的，桅杆中间挂着一盏灯，那是等待维修的灯塔船。远处那一艘是加莱波尔灯塔船，大概在三十英里之外……还有奥华特平底灯塔船。每艘船的灯光信号都很特别，你们知道，我们可以通过一闪一闪的信号把它们分辨出来，不同灯塔船的海雾信号也不一样。"

"我们见过这样的灯塔船，"提提说，"在法尔茅斯见过。爸爸过去经常开玩笑说，如果灯塔船的嗓子发炎了，它们就会咳嗽，然后灯光就会变得模糊起来。"

"我忘了你们了解它们，"吉姆说，"那么，你们听说过科克灯塔船吗？它是我们当地最有名的夜莺呀。"

"一分钟鸣四次笛，"罗杰说，"约翰给它们计过时，我们刚来的那个晚上，鲍威尔小姐给我们说过。"

"如果有雾的话，晚上能听得更清一些，"吉姆说，"船走到这儿之后，距离那座灯塔就更近了。往码头那边靠过去，苏珊。只要能和最后那艘船保持一段距离就行了。好啦，你们觉得雪特里怎么样？如果你们的老爸碰巧从这儿上岸的话，我想你们就有机会坐上这些船去海上逛逛了。它们都是海军船。"

他们放眼望去，雪特里沙嘴一览无余。这里有鳞次栉比的楼台、房舍、水塔，最引人注目的是海军学校的一根旗杆，一直伸到半空中，几乎和帆船上的桅杆一样高。黑色的木码头旁边，整齐地排列着军舰、捕鲸船、消防艇。如果爸爸来雪特里的话，他们就可以乘坐这些军舰四处转转了。站在高大威武的军舰上，不仅可以看见整个哈里奇港，还能看见进出港口的各种船只，那种感觉一定很美。他们打量着眼前的景色，就像打量一位陌生人，每个人心里都在想，一定有很多有趣的东西在等着他们吧。

妖精号缓缓驶过最前面的几个码头。

"风力大小正合适，"吉姆说，"不到最后时刻不要降帆。像这样一直往前走，接近最远处的那个码头。我喊一声，你就把船调成迎风状态。我去前甲板看看，把锚具准备好。"

"我也一起去，看看你是怎么做的，好吗？"约翰说。

"来吧。"

驾驶舱里只剩下苏珊、提提、罗杰他们三人。苏珊使出浑身解数，全力稳住船身。

"我们要在最后一刻解开前桅帆的缆绳，"她说这话的时候，眼睛仍然盯住前方的码头，"你抓住这一根，提提。罗杰抓住另外那一根。准备好，听到船长发出命令后，大家就一起动手拉。"

前甲板上，吉姆正在翻动一只大铁锚，甲板上堆了一大堆铁链子，约翰坐在舱顶，全神贯注地看着他。

吉姆把铁锚举过船头，慢慢放了下去。"你必须小心，不要让锚杆钩住斜桅支索。"他说。约翰抓住一根前桅支索，从吉姆的肩头望过去，看见那只船锚挂在船头的龙骨前面，吊在空中来回摇晃着，现在只等一声令下，它就会落入河中。

"降下支索帆。"吉姆命令说。

罗杰和提提不时从驾驶舱里往外张望，但苏珊只能聚精会神地掌好船舵，不敢有半点分心。支索帆"呼啦"一声降了下来。约翰急忙跑过去把它卷起来，以免挡住大家的路，吉姆船长仍然站在船头，心里默数着他们走过的码头。

"对准风向，"他大声叫喊，"解开三角帆索。"

"就是你手里的那根。"提提说。很快，罗杰就把它解开了。三角帆自己卷成一团。这时候，吉姆弯下了腰。锚链滑下去的时候，一阵"咔咔"的声音过后，突然传来一声"扑通"声，锚具落了下去，已经沉入河底。

"我们到了。"提提说。

"苏珊还抱着船舵呢。"罗杰说。

苏珊长舒一口气，松开了舵柄。

"谁要去岸上？"吉姆·布雷丁在前甲板上喊了一声。

第五章　水上酣眠 ⚓︎→

"谁想去岸上逛逛呀？"

"我想去。"罗杰大声说。

"我们都去吧。"提提说。

透过船舱的窗口，苏珊瞄了一眼挂在隔板上的挂钟，挂钟上面是一支气压计。

"吃过晚饭再去好吗？"她说，"要是过了吃饭时间还不吃饭，妈妈一定会责怪的。"

"嗯，没错。二副，"吉姆说，"如果晚饭很快就能做好的话，约翰和我就去把船帆收拾起来，再给船舱灯加满油。你准备给我们做些什么美味呢？"

"就吃那些腊肠卷吧。"苏珊说。

"再来一份热番茄汤怎么样？"吉姆说，"右舷橱柜下还有一排罐头。"

"好哇。"罗杰说。

"我待会儿再去给舱灯加油，"吉姆说，"哦，对了，还要给炉子加油，加一次油能管好几天。不过，这会儿我先去把主帆降下来吧。"

那张红色的大帆降下来了，吊杆也落入吊杆架了。他随便卷了一下船帆，然后就把它捆上了。"没必要包扎整齐，"吉姆说，"明天早上还要把它升起来。"接着，吉姆又从驾驶舱座椅下的某个角落里掏出一罐石蜡油来，给火炉的储油罐倒满油。苏珊点燃灶头，架上一只水壶，准备烧一壶开水给大家泡茶喝。接着，她又坐在水手梯上，手里拿了一只长柄勺，轻轻搅拌另外一个火炉上的一锅番茄汤。苏珊忙着做饭的时候，吉姆已经给船舱灯和系泊灯加满了油。"明天还能给系泊灯再加一次油。"他摇了摇手上的大油罐说。

"怎么不给红色的和绿色的侧舷灯加油呀？"罗杰有些不解，他一直待在船舱里，紧跟在他们后边，关注他们的一举一动，"你不会点燃它们吗？"

"我们用不上它们，"吉姆说，"因为我们不是在海上航行。晚上不用开船。"

黄昏刚一临近，舱内已经陷入了黑暗。吉姆点燃了船舱灯，柔和的灯光顿时照亮了船员们的脸蛋，看上去暖暖的。晚饭已经结束了。大家不仅认为番茄汤的味道美极了，而且还认为香肠卷的味道也不错。罗杰说，没吃过的人永远不会知道，船上的香肠卷要比其他地方的香肠卷好吃几千倍，每个人都同意他的说法。苏珊洗净一个餐具后，就把它递给提提和罗杰，他们负责把餐具上的水渍擦干。

"幸好这些都是伍尔沃斯盘，打不碎的。"吉姆笑着说。一只可爱的淡红色的盘子从罗杰的指尖滑下来，"砰"的一声落在脚下的地板上，滚了几个圈之后，钻进引擎背后不见了。吉姆俯下身子，趴在地上，举着一只大号手电，四处寻找那只盘子。"多棒的手电呀！"罗杰赞叹说。过了一会儿，吉姆从地上爬起来，手里除了手电之外，还多了一只盘子。手电的灯光穿过那只红色的盘子，射出红彤彤的光芒。看见吉姆手中的盘子变亮了，罗杰觉得十分惊奇。"就像左舷灯一样。"吉姆说。他一手握住盘子，一手打着手电，让光线穿过红色的盘子，然后朝每个人的脸上照了一会儿。红光照上去的一刹那，每个人的脸立马就变红了。"神奇吧？"他一会儿打开这盏新式电灯，一会儿又把它关掉，"没见过这种舷灯吧？前天晚上我还用过两三次，给一艘汽船发过信号呢。"

"给我们讲讲吧。"

"讲什么呀？"

"你是怎么从多佛过来的。"约翰说。

"不值一提。"吉姆一边说，一边把盘子放了回去，然后又把最后一把汤勺丢进勺盒里，接着给苏珊指了一下橱柜里的一个角落，要她把勺盒放在那个角落里，这样它才不会碰得叮当作响。在大家渴求的目光下，他给烟斗装了一锅烟草，点燃了。

"快讲讲呀。"罗杰迫不及待地说。

"你一个人就把船开过来了。"提提说。

"我非常了解我的老朋友妖精号，"吉姆说，"所以一点也不感到孤单，只是晚上没睡觉。如果我不在外边逗留那么久的话，情况可能不会那么糟糕。"

"外边？那是哪儿呀？"

"浅滩那边，"吉姆说，"当时起了雾，我不想像瞎子一样在雾里转悠。如果看不到浮标，那些浅滩十分让人讨厌。就是在这儿，你们看看航海图就明白了。站起来，约翰。你坐在上面了。"

约翰站了起来。吉姆·布雷丁掀起左舷铺位上的垫子，抽出几张航海图。

"每个地方的航海图你都有吗？"提提问。

"不是，"吉姆说，"我只有南安普敦至哈里奇一带的航海图。如果我们需要的话，鲍布叔叔会给我们带一些其他地方的航海图过来。他有好几百份航海图呢。瞧，这里就是唐斯。哦，我不是说过要给你们讲讲老艾尔维特和海盗的事吗？他就是在这里被困的，靠近拉姆斯盖特地区。瞧这些虚线。这一片就是浅滩。他当时遇上大雾。如果他避开海岸的话，他就不会遇到任何问题。眼尖的人在海上更安全。"

他在桌子上摊开航海图，大家一起围了过来，都想看一眼灯光下的航海图。嘭！所有人的脑袋都碰到了一起。吉姆·布雷丁打开他的大手电，灯光立即在航海图上投下一个巨大的明亮白圈，那些浅滩的标记线和小小的浮标标记看上去更清晰了。

"可海盗到底是怎么回事呀？"提提问。

"是'巡岸鲨'，"吉姆一脸严肃地说，"唉，可怜的老艾尔维特就是从这儿靠岸的，我手指的这个地方。当时风平浪静，一点危险也没有。他仅仅抛了一只小锚，然后在那儿等待涨潮。起雾之后，'巡岸鲨'的一艘小艇跟了过去，他们主动提出帮他离开那片浅滩，把他拖进港口。他第二天要回去上班，听到'巡岸鲨'这么一说，他心里高兴极了。不到两分钟，他们就拖着他离开了那里，不一会儿就进了港，他很感激他们，打算给他们十个先令……"

"天啊，这么多！"罗杰说。

"可是他们并不接受，"吉姆说，"他们说，他们救了他的船，如果他们不把它拖回来的话，它一定会沉没，当然了，这不是真的，因为没有风，它只可能会搁浅。"

"你是说，他们一分钱也不要吗？"提提说。

"他们太有绅士风度了。"罗杰说。

"不是吧？"吉姆说，"的确。他们一点也不想接受他的十先令。他们连一英镑也不要。他们说，他们救了一艘船，所以他们必须得到这艘船的总价值的三分之一。老头儿去哪里能弄那么多钱呢？他只好卖掉自己的船，然后给他们支付费用。你瞧，他允许那些人上船，然后绑上一条缆绳之类的东西，接着又让他们接过舵柄替他掌舵，仅此而已……所以呀，如果你遇上了麻烦，千万不要让人来拖你。如果自己能解决的话，千万不能让别人登上你的船。你要举起你的钩杆，把他们的臭手打开。你自己想怎么做就怎么做，就是不能让那些人插手。如果他们得到一个救你的机会，他们绝对不会放过你。"

"他只能卖船吗？"罗杰问。

"是的，"吉姆说，"在他付完那些鲨鱼钱之后，他还要给他们的律师，还有他自己的律师付钱，到了最后，他身上分文不剩了。他再也买不起船了。"

"这帮畜生！"罗杰愤愤不平地说。

"要懂得生存之道，"吉姆说，"绝不能学老艾尔维特。你只能允许引航员上船。如果你能自己解决问题的话，最好连引航员也不要求助。我永远不会那样做。我可承受不起呀。"

"哈里奇附近的浅滩到底在哪儿呢？"约翰说。比起吉姆的朋友弄丢船的伤感故事来，约翰似乎对那片浅滩更感兴趣。他现在真真切切地坐在妖精号的船舱中，可就在两天前，妖精号还在海上等待进港呢。

"在另外一张航海图上，"吉姆说完，在第一张航海图上又摊开一张航海图，"这是哈里奇港。这是雪特里，我们目前就在这儿……哦，那里……那里……是外港的浅滩……到处遍布浅滩……有西岩、干弗里、科克滩……低潮的时候，这些浅滩就会露出水面……那些大型船只从这儿进港。小船从科克过来容易多了……穿过这些浅滩中间的一个大豁口，然后从科克浅滩、普拉特浅滩、安德鲁斯浅滩三者之间迅速通过。嗯。妖精号也会这么做，尤其是起了雾或者天黑之后……如果小船撞上浮标可不是好玩的。船很容易沉，即使没有搁浅也会那样。

不。妖精号只信奉这样的信条，如果担心过不去，就避开浅滩……去海上待一会儿。"

约翰听了吉姆的话，暗自对自己说，有一天，如果自己有了船，也要遵循那样的信条。他自己也会照吉姆那样去做……他抓起想象中的舵柄……右边有浅滩……左边有浅滩……出海了……

"你当时是怎么做的呀？"罗杰问。

"开船出海呗，"吉姆说，"什么也不管了，开始往一侧抢风航行，接着又往另一侧抢风航行，直至避开所有的浅滩。后来，我绕过沉船湾的灯塔船，又越过科克滩，到达比奇诺浮标（明天你们就能见到它），后来又进入哈里奇港，然后溯流而上，最后抵达风磨坊，后来我下锚的时候遇到了麻烦，不过有几个好心的小水手帮了我一把，他们当时正坐在小舢板上游玩呢……"

"你怎么知道我们不是海盗呀？"提提说。

"或者鲨鱼？"罗杰说。

"我猜的。"吉姆说着哈哈笑起来。

"我们当时真幸运，"罗杰说，"不然的话，我们现在可到不了这里。"

"依我看，"吉姆说，"说说现在吧。天快黑了，我们应该把系泊灯点上了。如果半夜里有驳船过来靠岸的话，也许一下子就把我们撞个底朝天，那样就不妙了。"

"那我们赶紧去打电话吧，"苏珊说，"明天九点出发，我们还要去买牛奶当早餐呢。"

几分钟之后，系泊灯已经挂上了前支索，燃烧的系泊灯发出白色的光芒，在茫茫的暮色中十分显眼。小淘气鬼号被牵了过来，停靠在船身的一侧。五个人同时坐在这样的一艘小舢板上，显得非常拥挤。约翰和罗杰坐在船头，苏珊和提提坐在船尾，吉姆划着船桨，一直把他们送到突堤附近的木梯旁边。妖精号经过码头的时候，突堤看上去又低又矮，可当他们坐在淘气鬼上靠近之后，却发现它又高又陡。

"我来系缆绳好吗？"罗杰问，"我经常给燕子号系缆绳呢。"

"好的。"吉姆同意了，在他的注视下，罗杰拴紧了淘气鬼的尾缆。

古老的码头上铺着一层木板。他们踏着高低不平的木板上了岸。虽然离开风磨坊只有几英里远,但他们仿佛觉得自己到了国外。

"那个袋子有什么用呀?"看见吉姆手中拎着一个卷了边的绿色皮袋,罗杰好奇地问道。

"装着喝的东西,"吉姆说,"我差点忘了,妖精号的饮料桶已经空下去了一大截。"

"格罗格酒。"提提说。

"雪特里的格罗格酒远近闻名。"吉姆说。

约翰看了一眼苏珊。

"我们来付钱吧,"苏珊说,"我相信妈妈会要我们付钱。"

"我的钱足够付了,"吉姆哈哈笑了起来,"况且,鲍布叔叔周一就会过来。"

他们走进一家小酒馆。不一会儿,吉姆就买了一打瓶装姜汁汽水,装进袋子里。女店主接过苏珊手中的牛奶罐,给她装了满满一罐牛奶。接着,她又领着他们进入一个小房间,房间里有一台电话机。吉姆拨通了远在风磨坊的鲍威尔小姐家的电话,然后往盒子里投了两便士。他们围在他身边,想听听他和妈妈的通话,但他们只能猜测妈妈说了些什么,因为他们只能听见电话这头的声音。

"是鲍威尔小姐吗?你好啊!我是吉姆·布雷丁。我可以和沃克夫人说句话吗?……你好!我们晚上在雪特里突堤旁边下锚了……是的,雪特里……很棒,真的……是的,他们已经吃完晚饭了……都在身边呢……我们一会儿回去了就睡觉。"

"我们对妈妈说一声晚安吧。"提提建议说。

"得快点,"罗杰说,"不然的话,又要多花两便士了。"

电话听筒从一个人的手中传到另一个人的手中。每个人都说了一声"晚安",而且还听到了妈妈的声音,虽然听上去近在咫尺,但又相隔那么遥远,这一声"晚安"多么亲切呀,它温暖了小水手们的心。最后,吉姆再次接过电话。

"明天有空的话,我们还会给您打电话,"他说,"我们可能要去看看伊普斯威奇的潮汐。我们经过风磨坊的时候会给你发信号……什么?请再说一遍……谁?苏珊?……"他转向苏珊,"是布莱基特,她有话要对你说。"

接过听筒后,苏珊听了一会儿。"好好照顾她,"她说,"晚安,布莱基特。"然后她又把听筒递了过来。大家听见吉姆也道了一声"晚安",然后又说:"我会好好照顾他们的，放心吧……晚安。"

"这两分钟还挺久的。"罗杰说。

"布莱基特想干什么呀？"提提问。

"她说她要睡在妈妈的房间里。"苏珊回答说。

离开小酒馆后，他们向码头走去，一路上大家都很安静。刚才那句简单的话竟然让他们觉得自己成了逃兵，真好笑啊！他们乘坐妖精号远行后，布莱基特去陪妈妈睡了，家里只剩下她们两个人了，艾尔玛农庄似乎成了一座孤岛。

他们走进酒馆的时候，天色临近黄昏。然而，没过多久，眼前的景象就变了。数不清的灯光一下子从四周冒了出来。河对岸的帕克斯顿码头上亮起一排耀眼的灯光，哈里奇小镇上空已是灯火通明，远处的菲利克斯托港上也亮起了朦胧的灯光。那些白天不易看见的浮标灯纷纷亮起来，这里闪一下，那里闪一下，让人目不暇接。雪特里沙嘴浮标发出的是白色闪光，格德浮标发出的是红色闪光，还有许多不知名的浮标闪光也在不断跃入他们的眼帘。那些在港口抛锚的大小船只个个都挂上了明亮的系泊灯。风停了，灯光倒映在平静的水面上，拉成一条条细长的光带，一直延伸到河对岸去。码头上方不远的地方，静静地停泊着妖精号，它的前桅索上也亮起一盏灯，舱灯也从舷窗口射了出来。

借着暮色的余光，他们爬下梯子，登上淘气鬼号，推了一把，离岸了。

"我们要去船上睡了。"提提说，声音压得很低。他们静静地划向挂着系泊灯的妖精号。天空越来越暗了，妖精号高大的桅杆变得朦胧起来，似乎不再真切。

"时间过得好快呀，"苏珊说，"一转眼就该睡觉了。"

他们爬上船。

"抓住缆绳，待会儿再松开，约翰，我去给淘气鬼的船头拴一只水桶。"

"为什么呀？"

"为了挡住潮汐，这样船头就不会绕着我们的船身蹭来蹭去，半夜也就不会把我们吵醒了。"

拴好水桶后，淘气鬼又被牵到船尾，安静地躺在漆黑的水面上，看上去就像一个小黑点。

罗杰跳上甲板后，一溜烟地钻进了船舱，接着又从前舱口爬了上来。其他人还在驾驶舱里驻足的时候，一阵清脆的笛声划破了寂静的夜空……"我们一直飞驰到天亮——到——天——亮——"小音乐家坐在舱顶，手里握着新买的六音笛，打算声情并茂地吹下去，然而，还没等他吹完，就被人拦住了。

"闭嘴，罗杰。"约翰说。

"别打扰他的雅兴。"提提说，不过她说的可不是罗杰的音乐。

"哦，好吧，"罗杰吹了一串长音符后，终于结束了他的演奏，"如果你们不让我练习，我就永远学不会。"

"好吧，"提提说，"不过这会儿可不行。"

"晚上露水大，"苏珊说，"舱顶都打湿了。你在哪儿坐着呀，罗杰？"

"老地方，"罗杰说着，用手摸了一下屁股下面，"有一把钳子。"

"我们明天早上要早起呢，"吉姆说，"我们跟上最后一波退潮，去海港的入口转一圈，去看看大海。"

"去睡觉啦，你们俩。"苏珊说。

吉姆和约翰又在甲板上待了一会儿。后来，他们进了驾驶舱。吉姆抽了一口烟，踩在一把椅子上，轻轻一跃，就舒舒服服地躺在吊杆上了。船舱里的水手们听见头顶传来一阵细碎的脚步声，然后是一段短促的笛声，接着一切都安静下来。苏珊冲上面喊了一声："我们去睡觉了。吉姆船长，你的毯子怎么叠呀？你睡在地板上一定很难受吧。"

"就来啦，"吉姆说，"我来叠吧。"

他敲了敲手中的烟斗，烟灰落入水面时，约翰听见"嘶"的一声。

约翰独自在驾驶舱里多待了几分钟，妖精号仿佛是他自己的船一样，经过长途跋涉，现在终于要靠岸休息了，这样的情景多么让人愉快呀。进舱之前，他忍不住又看了最后一眼。

"约翰，"船长的声音从船舱传了上来，约翰猛然一惊，马上回过神来，"该下班了。快点下去吧。我的脑袋一挨到枕头就睡着了，如果你上床的时候，不小心踩到我的脑袋，就会打扰我的美梦，那样可不好呀。"

吉姆下来了。罗杰已经爬上了左舷床铺，借着舱灯的光线，约翰发现他的眼睛还睁得大大的，还没有睡着。吉姆坐在右舷铺位上，铺位上堆着毯子，他在等着约翰下来呢。约翰抬眼往前舱看了一眼，每张床铺上的毯子下面都蜷了一个人……提提和苏珊快睡着了。

"抱歉，"他说，"一会儿就好了。"这时候，船长有点放心不下系泊灯，转身又上甲板上去了。约翰迅速脱掉衣服，套上睡衣，把衣服卷成一个小卷，塞在枕头下面，然后扭动身体，爬上床铺。

船长从甲板上下来了，脱掉了脚上的鞋子。

"你不脱衣服吗？"罗杰问。

"不脱。"吉姆说。

"天啊！"罗杰觉得太意外了。

"得有人值班，"吉姆说，"事实上，我要值锚更。不过我还是会和你们一起睡觉的。大手电放哪儿了？"他找到手电之后，吹灭了船舱灯，把毯子往身上一裹，躺在船舱的地板上，准备睡觉了。

他们都睡着了。夜晚十分宁静，妖精号静静地漂在水面上，一动不动，几乎就像在陆地上一样。然而，一个小时之后，他们才想起自己睡在船上，不远处就是广阔的大海。

一阵"咚咚"的撞击声打碎了寂静。突然，妖精号仿佛被人抬了起来，猛地抛向一侧，然后又被抬起来，抛向另一侧。每个人都惊醒了。

"发生什么事了？"罗杰问。

手电的白光从地板上照了上来。

"帕克斯顿码头上的汽船要起航了，"吉姆说，"真抱歉，我事先没有告诉你们。再过一两分钟，还有一艘要离开……它们过来了……一艘是去荷兰，另一艘是去丹麦……每天晚上它们都会从这儿动身。"

第二艘汽船经过的时候，妖精号又一次剧烈摇晃起来。罗杰跪在他的床铺上，一只手紧紧抓住床后的架子，透过舷窗望了一眼汽船炫目的灯光。

"海豚能不能看见它们呢？"他说完，又躺了下来，裹了裹身上的毯子。不过，没有人回答他的问题。几分钟之后，妖精号停止了摇晃，船舱内唯一可以听见的声音就是平静的呼吸声。

第六章 "一切皆有可能" ⚓

哗啦！哗啦！哗啦！

早上七点，他们被前舱传来的叫喊声吵醒了："快醒醒，水手们！有人要洗澡吗？没有时间耽搁了。我们必须赶在涨潮之前把整个港口转一遍。"吉姆早就站在前甲板上了，他身上穿了一件浴衣。伴随着一阵慌乱，其他人纷纷加入他的行列。

"下去吧。"话音刚落，他就"扑通"一声跳入水中。

然而，只听见四声水花溅起的声音。约翰、苏珊、提提，还有他们的船长，一个接一个地从水下冒了上来，他们吐了吐嘴巴里咸涩的海水，又摇了摇脑袋，接着长呼一口气，就像一只只可爱的海豚。

"快下来呀，罗杰！"约翰说。

"有梯子不用，你们真是浪费。"罗杰说。

吉姆在船舷上吊了一副绳梯，一头固定在侧支索上，一头垂在水面上。有了这副梯子，大家上下船就容易一些。特别是罗杰，可不愿意让它闲下来。

"快点，罗杰！头朝下，跳下来！"约翰说。

然而，罗杰的一只脚早就落在了最后一级梯子上，另一只脚伸了下来，正在用脚趾试水温。

"水还不算太冷，真的。"他说。

"有点烫人啊，"提提说，"快点呀。"

罗杰放低身子，滑入水中，然后丢开梯子，向提提游去。

"别忘了，现在是退潮，"在水中浮上浮下的吉姆说，"靠近船身，手脚不停地拨一拨，动一动。万一退潮把你们冲走了，我可不想划着淘气鬼去追你们。来吧。用点劲，逆着潮水游。只洗一会儿就上去吧。我们晚点再洗一次……现在来不及了。我们要起航了。"

苏珊已经游到了船舷旁边，一只手拽着绳梯。

"该上船了，罗杰。"她说。在侧支索的帮助下，她已经爬了上去，接着拾起一条丢在前甲板上的浴巾，开始擦拭身上的水珠。

剩下的人一个接一个地跟在她身后爬上了船。细线一样的水珠从他们身上流淌下来，不一会儿就在前甲板上汇成了一条小溪。

"不像在北海，"提提说，"这里只是一条河。"

"还不一样能把身上打湿呀？"苏珊笑着说。站在妖精号的船舷上，纵身往河水里一跳，那种感觉十分有趣，可她忽然担心起来。虽说罗杰已经会游泳了，但这里是深水区，稍一疏忽，潮水就可能把你带走。在湖面上游泳则不同，因为湖水是静止的。每个人都安全上船之后，她那颗悬着的心才放下来。现在她要点燃火炉，为大家做一顿丰盛的早餐，然后开始美好的一天。

然而，事情又变了。她穿好衣服后，去船舱里灌了一壶水，突然看见了罗杰。他腰里扎着一条浴巾，像个小野人一样，沿着舱顶往船尾爬过来，此刻正站在水手舱口往下看着她。

"嗨，苏珊，"他说，"把我的衣服和约翰的衣服递上来吧。吉姆已经穿好衣服了，他们马上要升帆了。"

"喂，听我说，"苏珊急了，"不能一游完泳就起航吧，大家还饿着肚子呢。"

"是呀，我的肚子已经咕咕叫了，"罗杰说，"可吉姆说，没有时间吃早饭了。"

苏珊探出头，看见吉姆已经穿好了衣服，约翰和罗杰一样，看上去就像个穿着草裙的野人，正在忙着整理桅杆脚下的缆绳。

"你们必须先吃早饭……"她说。不过，他们似乎没有听见她的话。

"好啊，"约翰说，"苏珊也准备好了。"

"抓紧那副架子，苏珊二副，"吉姆命令说，"再把那根细一点的主帆索松开。"

一旦上了船,你就得服从命令。苏珊牢牢抓住那副架子,一直忙着拧干泳衣的提提也跑过来,帮忙松开主帆索,吊杆的一头立刻翘了起来。

"还没有吃早饭呢,"苏珊又说,"起航前,你们必须吃点东西。"

"我们路上吃吧。"吉姆大声说,"交给你了,约翰,握住这个,别松手,我来把主帆升起来。苏珊!你把那根绳子扔下来好吗?就在你的头顶上。"

主桅帆一层一层地展开,接着就在舱顶上方缓缓升起。罗杰已经从舱顶爬下来了。船帆升上去了。苏珊听见吉姆说:"松开千斤索。对,就那样……"接着,又听见他说:"哈罗,过来,苏珊二副,你来掌舵好吗?一等水手提提,你来拉紧左舷三角支索……不,不。我起锚之后你再拉。拖把在哪儿,一等水手罗杰?"

接下来,她听见船下传来"嘎嘎"的铁链声。看来,说什么他们都不会吃早饭了。锚链一寻一寻地被拉了上来。罗杰已经解开了拖把,约翰接过拖把,举过船舷,把锚链上的雪特里淤泥擦得干干净净。"喂,罗杰,展开三角帆。对的。就是那样。只要松开就可以了。它已经被风吹起来了。"吉姆越过船头,往水面上看了一眼,然后拽了一把锚链。"锚出水了,"他大声说,"让三角帆回位,约翰。"现在锚链更容易拉了,他双手交错着继续往上拉,突然,船下传来"哐当"一声巨响,"锚到位了。抓住三角帆,拉到右舷去,一直拉到头为止。那样就行了。拉起来。一等水手提提,拉紧你手中的帆索。"吉姆命令道。

他们终于忙完了。吊杆已经横过来了。主桅帆鼓了起来,妖精号马上就要启程了。苏珊转动船舵,帆船慢慢驶过雪特里的突堤,离开码头之后,潮水就带着他们往前走。吉姆在湿抹布上擦掉手上的泥巴,快步走向船尾。他先把主帆索松开一点,然后又用手推了一把吊杆。

"风还不够大。"他说。

"可我们的船在走呀。"提提说。

"主要是退潮水推的,"吉姆说,"看看主桅帆的操纵索,还没有吃上劲儿呢。"

吊杆又转了回来,主桅帆操纵索松弛下来,弯成一个又一个圈,无力地垂在水面上。风力不够强劲,没能把它绷直。然而,妖精号转舵了,潮水带着它,一路飞奔,向港口方向驶去。

"谁来掌一会儿舵呀？"苏珊说，"该吃早饭了。先来点麦片粥和牛奶，垫垫肚子应该也不错的……"

"不用去船舱吃吗？"提提说。

"在驾驶舱吃就行了。"苏珊说。

"喂，吉姆，"提提说，"我能掌一会儿舵吗？"

"去吧，"吉姆说，"风很小，你也不会弄出什么岔子。"

然而，苏珊正准备下去拿盘子、勺子和玉米片，忽然想起另外一件事来，而且必须在早饭之前完成。

"大家还没刷牙吧，"她说，"有刷牙的淡水吗？"

吉姆哈哈大笑起来，"每人半杯吧，"他说，"不过，要拿咸水漱口哦。船上的淡水就像流动的金子，珍贵着呢。"

接着，他从船舷下边打了一桶水上来。就在苏珊往盘子里舀玉米粥的时候，妖精号的船员们先后刷过了牙齿，约翰从提提手中接过船舵。

"约翰大副，我们要干的活可多着哩，"吉姆说，"我们还没有清理前甲板上的泥巴。最好不要踩上去，冲洗干净之后再过去吧。"

妖精号已经驶出斯陶尔河的河口，正在缓缓驶过哈里奇港。此时此刻，谁能想起船上还有很多活要干呢？船舷下的水流十分平缓，水面上几乎看不见一朵浪花。初升的太阳穿过一片薄雾，爬上了菲利克斯托港的上空。哈里奇镇上的人们都在忙着做早饭，袅袅的炊烟从烟囱上方笔直升起，然后再慢慢飘散开来。水面上倒映着各种船只、灰色的防波堤以及镇上的房舍。潮水静静流过的时候，那些倒影轻轻摆动着，显得婀娜多姿。

"水桶还用吗？"吉姆说，"我们要把它拿到船头上去，把甲板冲洗一下。"

"那艘驳船的系泊灯怎么还亮着呀？"罗杰说。

"他们入睡晚了，"吉姆笑了，"如果有风的话，他们应该起锚了。我敢打赌，还要过一阵子才会起风。也许会起雾，也许风和雾同时来。遇上这样的早晨，你永远猜不到接下来会是什么天气。"

他的话音未落，海上忽然传来一阵号角声。

"呜……呜呜呜！"

"那是科克灯塔船的雾角声，"吉姆说，"那边已经起雾了，已经能让他们每小时收两便士的费用了。"

"一小时两便士?"罗杰说。

"如果那种噪音钻进了你的耳朵,你就要给他们支付两便士。"

"第一道早饭,玉米片加牛奶,"苏珊一边说,一边给每个人递过去一只装得满满的盘子,"谁喝完了?"

"我。"罗杰说。

"大家都喝完了,"吉姆说,"你自己怎么不喝?"

"我想把炉子点燃……煮点茶水和鸡蛋。"苏珊说。

"别急呀,"吉姆说,"如果厨师自己不吃的话,我们也不吃。"

听他这么一说,苏珊只好也爬了上来。冲洗甲板的工作已经结束了,妖精号的船员们放松下来,有的惬意地坐在舱顶上,有的坐在驾驶舱里,每个人手里都端着一个深口盘,里面盛满了牛奶和玉米粥。

"呜……呜呜呜……"

每隔十五秒钟,那种拖长的呜咽声就会在菲利克斯托港之外的某个地方响起,大概在海面上的某个地方。

"可能是从港口外边传来的,"吉姆说,"现在的天气可没有昨天晚上那么好了。即便我们一直走到比奇诺浮标,我们也无法看见灯塔船。天晴的时候,你一眼就能瞧见它。不过,我们从这儿应该能看见尼嵫海角。"

妖精号已经驶过了格德浮标,不过他们没有掉转船头,而是继续往前航行,仿佛要出海似的。偶尔吹来一阵微风,主桅帆便会鼓上一会儿。看着漂浮在水面上的海藻,他们知道自己还在继续向前航行,陆地在不断地往后退去。一架水上飞机从他们头顶飞过,发出震耳欲聋的轰鸣声。没过多久,它又俯冲下来,"轰"的一声落在水面上,身后激起一道长长的水浪,飞溅到半空中。"好像一只里约湾的大天鹅呀。"提提说。在他们前方更远的地方,可以看见两座浮标,一只是比奇诺浮标,另一只是崖脚浮标,它们都是汽船出海航道的标记。浮标之外就是大海,海面上笼罩着一层薄雾,根本分不清何处是天空,何处是大海。然而,回头望一眼港口,菲利克斯托港和哈里奇镇上的房屋依然十分清晰。

"看上去不会起浪。"提提一边说,一边看着远处一望无际的光滑水面。

"我觉得大海就像一大块玻璃,"吉姆说,"再过一两个小时,我们就要收帆了，否则就会进入大海。"

"哪儿是大海呀？"罗杰问。

"在驾驶舱看不清大海。"吉姆微笑着说。

当然，从驾驶舱望去，的确看不清大海，只能看见薄雾。宽敞舒适的驾驶舱周围装有一圈护栏，护栏之外是甲板，甲板之下就是海面，看上去很低。海水几乎不可能突然涌上来，海浪也不可能越过船舷扑上甲板。

"有海浪涌上来过吗？"提提问。

"怎么没有？"吉姆说。

"如果海浪淹没了甲板，你会怎么办？"约翰问。

"必须把水抽干。"吉姆说，然后他给大家展示了座位下的一个小方盖子，水泵的手柄就装在那个盒子里。他把罗杰叫过去压了几下手柄，让他体会一下抽水的感觉。

习习的凉风不断吹来，让人感觉十分惬意。在最后一波退潮的推动下，他们飞快地驶向港口的入口处。从远处看过去，那些浮标就像几个模糊的黑点。可是，没过多久，他们就能看清它们的区别了，那只尖顶的是比奇诺浮标，另外一只平顶的是崖脚浮标。罗杰指着那两座浮标说，船只进港的时候，比奇诺浮标应该在右舷，崖脚浮标应该在左舷。记性真好呀，大家都夸他说，应该得满分。他们渐渐接近港口和大海的交汇处，即便是苏珊，也想走下甲板去瞧瞧大海的模样。

"我们要去浮标那儿吗？"约翰问。

"我保证过的，不能再往前走了，"吉姆说，"像这样航行一天不值得，什么都看不到……"

"可是能看见大海呀。"罗杰咮咮地笑着说。

"起雾了，看不远，"吉姆说，"不过别介意。我们上午去伊普斯威奇，回来的时候，雾就散开了。"

"你说过，经过伊普斯威奇的时候，我们会给他们发信号，是吗？"提提问。

"为什么不呢？"吉姆说，"我们有信号旗……可是沃克夫人没有旗语密码书，怎么办呢？"

"她懂旗语。"约翰说。

"太好了，"吉姆说，"我们就在十字桁上挂两面分别代表O和K的旗帜吧，告诉她一切顺利。"

"我们能看一下旗帜吗?"提提问。

"它们都卷起来了,放在你们铺位上方的架子上。"吉姆说。过了一会儿,提提抱来一个白色的帆布卷儿,打开之后,一堆叠得整整齐齐的旗帜露了出来,每一面旗帜都装在一个贴有标签的小袋子里。她先找到红黄色的 O 字旗,然后又找到黄蓝色的 K 字旗。

"你用过这些旗帜吗?"约翰问。

"只是拿出来玩过,"吉姆说,"鲍布叔叔需要引航的时候,或者遇到其他情况的时候,他就会把它们挂起来。"

"哪面旗帜是引航旗?"提提问。

"S 旗。"吉姆说。

提提找到那面 S 旗,抽了出来。这是一面蓝黑色的方形旗子[1],周围包着白色的宽边。接着,她又把它折叠好,放回原处。"这样的航行用不上它。"她遗憾地说。

"不到万不得已,我从不接受引航。"吉姆说。他似乎想到了别的什么,站起身子,看了看周围的天空。

"我们现在必须升上支索帆,不管甲板干没干,不能再等了,"他说,"再过一会儿,我们必须回头。现在风力还不够,抗不住退潮的冲力,可我不想随波逐流,一直漂到浮标外边去。"

"现在就转向吧。"苏珊说。

"嗨,依我看哪,我们过了浮标再转过来吧。"约翰提议说。

"当——"

"怎么啦?"

苏珊、罗杰、提提几乎异口同声地问,语气中充满了不安。

"有人给我们鸣笛吗?"提提问。

"也许是吃早饭的钟响了。"罗杰说。

"是比奇诺浮标,"吉姆说,"水太浅了,浮标不能正常上浮。注意了,约翰。

---

[1] 在新的代码规则中,引航信号旗是 G 旗,旗面上饰有蓝黄色竖条。

我们要升支索帆了。你下到船舱里，把它从前舱口递上来好吗？"说完，他沿着船舷走向前甲板。

"掉转船头，提提。"他命令说。

"可船头没有动呀。"提提一边说，一边把舵柄横着转了一下，接着又绝望地转向另一侧。主帆无精打采地挂在桅杆上，一半的帆索都慢慢垂了下来。风完全停了，四周一片死寂，妖精号的船舵无法操纵了。

前舱口递出来一卷红色的支索帆。

"不用了，还是收起来吧，"吉姆说，"现在一丝风都没有了。"

他赶紧向船尾走去，一边回头看了一眼浮标。退潮仍然不断涌来，他们距离那些浮标越来越近了。

"大家别挡住路了，"他说，"我要发动引擎。对，别挡住路了。"

"我来做机械师好吗？"罗杰问。

"没问题。去把右舷柜子里的扳手拿来，卸掉船尾轴承套上的油帽。起航之前就该检查检查。"

他掀开驾驶舱里的一块船板，俯下身子，钻了进去，罗杰跟在他身后，眼睛眨也不眨地看着他。过了一会儿，他才爬上来，抓起一团废棉纱，擦了擦双手，又把船板合上。

"希望引擎发发慈悲，顺利启动。"说完，他顺着水手梯走了下去，进入船舱。

"当——"

"我们几乎要出港了。"苏珊说。

"你来试一下。"提提说完，把纹丝不动的船舵交给约翰。

从船舱下面传来一阵说话声，似乎提到了油脂和燃油。先是罗杰的声音："哦，让我倒进去吧。"然后是吉姆的声音："那就快点吧！"还有"我摇把手的时候，你离远点"。突然，引擎声打破了这个寂静无风的清晨。一阵缓慢的"突突"声之后，节奏明显快了起来，变成了连续的"突突突，突突突，突突突"的声音，最后声音稳定下来。这时，他们已经接近崖脚浮标了。

吉姆从下边快步跑上来，罗杰紧随其后。

"老朋友还不错，"他说，"现在还来得及信守我们的诺言。"他靠在一根吊杆上，观察退潮是否结束了，接着又拉了拉淘气鬼的系缆，担心螺旋桨会撞上它，然后他又转向了罗杰，"现在，机械师，我们要靠引擎开船了，去把控制杆往前推一下。"

"小心你的腿，提提。"罗杰说。提提挪了一下腿，给他让开路，罗杰走了过去，推了一下驾驶舱地板上翘起的控制杆。引擎开始提供动力，吉姆松开淘气鬼的系缆，轻轻调了一下油门，"突突突"的声音节奏越发快了。

"船动了。"罗杰望了一眼船舷，立即宣布说。

"没错，约翰，掉转船头。我们去菲利克斯托港那边。"他咔咔地拉了几下主帆索，然后将它牢牢地捆在吊杆上。接着，大家听到他长长地舒了一口气。

"如果引擎发动不了会怎么样？"提提说。

"我们可能漂到海上去。"吉姆说。

"会往哪个方向漂？"

"过了科克灯塔，就是大海，"吉姆说，"退潮都向东北方向流过去了。我们不该走这么远。水位降得太厉害了，一旦涨潮，我们就可能被冲到大海上去。我向你们的妈妈保证过，我们不会去浮标以外的地方。"

"我们都保证过。"苏珊一边说，一边望着船尾方向的崖脚浮标。

"呜……呜呜呜。"雾角声从灯塔船方向传过来。

"谢天谢地，幸亏引擎启动了，"苏珊高兴地说，然后又以同样愉快的口吻说，"我去把炉子点燃，我们的早饭还没吃完呢。我去给大家煮一些鸡蛋，再泡一壶茶。"

"好极了，"吉姆说，"我们降下主帆，把三角帆也卷起来，船帆现在只是装装样子，一点作用都不起。我们只靠引擎就能到达伊普斯威奇。"

"我来驾船好吗？"罗杰说。

"去吧，"吉姆说，"直接前往菲利克斯托码头上的造船厂。是的，就是那一片最高大的建筑。"

"你们别站在我前面呀，挡住我了，我什么也看不见。"罗杰说，这是他第一次发号施令，心里别提有多高兴了。

除了罗杰之外，一般情况下，也许没有别人会对妖精号的引擎运转感兴趣。可今天的情况不同，虽然约翰一心只想着航行，但他也很感激水手梯下方的那台小引擎发出的"突突"声。它在最关键的时刻救了他们，带上他们离大海越行越远，让他们避免了背弃诺言的危险。

约翰和吉姆高高兴兴地卷起三角帆，把吊杆的重量压在千斤索上，又将毫无用处的主帆降至舱顶。由于担心会把主帆弄乱，吉姆拿出几根绳子把它捆起来，不过仍然让它处于升帆状态，一旦起风，就可以很快把它升上去。

水手舱旁边的厨房里的炉子燃烧起来，火苗欢快地跳动着。苏珊递上来一口炖锅，她要取一些咸水，给大家煮鸡蛋。

"船还能再快些吗？"罗杰大声问，引擎的噪音让他不得不大声叫喊。

吉姆笑了，他弯下腰，打开节流阀。妖精号迅速向前冲去，两侧的船舷掀起白色的浪花，不断往后退去，淘气鬼仍然拴在船尾，它的船头也掀起一阵阵浪花。

"天啊，"罗杰说，"我们再过一两分钟就要到达风磨坊了。"

"大概还要一个小时。"吉姆说。

妖精号沿着航道不断向上游推进，已经抵达菲利克斯托码头的突堤外端。他们甚至能够看清码头旅馆的招牌了，还能看见码头入口处停了一辆红色的公共巴士。

"水开了，"苏珊说，"我应该煮几个鸡蛋？"

她站在水手梯的梯脚旁边，因为太靠近引擎，所以驾驶舱里没人能听清她说什么。他们斜过身子，想听听她在说什么。

"船长要吃几个鸡蛋？"她大声问。

"两个！"吉姆扯着嗓子回答说。

"煮得嫩一点儿，还是老一点儿？"

"老一点儿。"

他们往船舱里看过去，看见她把鸡蛋一个一个地丢进冒着水泡的炖锅中，然后又把炖锅放回火炉上。这时候，他们互相看了一眼。引擎发出的欢唱声突然变了。那种快速呼啸着的"突突"声慢了下来，越来越微弱，接着顿了一下，然后又响起来，听上去无精打采，最后，声音完全停息了。大家都愣住了，周围陷入一片寂静。罗杰首先打破了沉默。

"嗨，苏珊，是你把引擎关了吗？"

"我根本没有碰它。"苏珊的声音从下边传上来。

吉姆跳进船舱，抓起把手摇了几圈。引擎"突突"地"咳嗽"了几下，又不吭声了。他爬上甲板,走进驾驶舱,把提提从右舷座位上赶下来,掀开一个类似水泵盖的小盖子,然后拧开盖子下边的一个油箱帽,朝油箱里边瞄了一眼。

"完全干了,"他说,"我太蠢了。前天晚上耗掉的汽油比我想象的要多。出发前我应该再加一箱油。嗨,罗杰,小心喽……"他扫了一眼菲利克斯托码头的突堤外端,然后又望了望另外一个方向。妖精号继续向前滑去。他慢慢掉转船头,然后让罗杰继续把住舵柄。

"就像这样,保持前进,看着哈里奇教堂的塔尖。它会继续前进,直到驶出这段航道。我们一会儿在沙洲旁边抛锚……"

苏珊从船舱下边爬上来。他们四个人都站在驾驶舱内,妖精号仍然由罗杰驾驶,悄无声息地向前滑去,驶过一只名为"北礁"的大型平顶浮标之后,速度越来越慢了。吉姆已经去了前甲板,他们听见他正在甲板上拖动锚链。

"船几乎不动了。"约翰喊了一声。

水花飞溅的声音从船头传来,接着又听见锚链下落的"咔咔"声。吉姆拴紧锚链,回到了船尾。

"我们现在该怎么办?"罗杰问。

"等风。"约翰说。

"我去买些汽油来,"吉姆说,"我们和菲利克斯托港之间有一座车库。如果我能赶上那辆巴士的话,要不了十分钟就能赶到那儿。"他在驾驶舱的座位下翻找了一会儿,很快就翻出一只空汽油罐来。"在这儿没油了,太不凑巧了,"他不停地说,"不到万不得已,我从不使用这个老朋友,可它竟然在关键时候掉链子,真让人讨厌啊。需要它的时候,它却临阵脱逃。如果我下次再错过了系泊筒,也许就不会有一船的水手来帮我了。我必须去买两加仑汽油来,然后才能顺利航行。我真是一头蠢驴,昨天应该看看油箱里还剩多少油。"

"顺便买点煤油回来好吗?"苏珊说。

吉姆掏了掏裤子口袋,掏出半个克朗,一个先令,两三个铜币。"老天啊,"他说,"幸好我昨晚只买了一打汽水,没有买两打,不然的话,身上一个子儿都不剩了。不用,不用买煤油。船舱灯里还有很多,炉灶里也有很多。我把系泊灯取下来的时候,也给它装了满满一壶油,别的地方也用不上煤油。"

"我身上带着钱呢。"约翰说着,把手伸进裤袋里,摸出来一根细绳,还有缠在细绳上的半个克朗。

"没关系，"吉姆说，"返回风磨坊之前，我们不需要煤油了。"

"我能和你一起去吗？"罗杰问。

"不行，"吉姆说，"我一个人走起来更快。"

他把淘气鬼拉到船舷一侧，沿着船舷滑了下去。接着，约翰把那只红色的汽油罐给他递了下去。

"解开缆绳，"吉姆说，"船上的一切你来负责，约翰。千万别让任何人下水游泳。如果有人想下水，你就送他几个爆栗子吃。潮水马上要转向了。现在是低潮期。船停在这儿不会有事，避开了航道。我要不了多久就回来了。不会有事的……"

约翰解开缆绳，盘成一圈，"啪"的一声丢在淘气鬼的船头。吉姆掉转淘气鬼的船头，往菲利克斯托码头方向划去。他每挥一次船桨，船头就撞击一次水面，激起一圈圈涟漪，它们横过油光闪亮的水面，渐渐地向远处散开。

"他会不会划船呀？"罗杰问。

第七章 "他离开很久了……" ⚓

在他们目光的注视下，那艘黑色的小舢板驶进菲利克斯托码头的外端突堤，消失在突堤背后。这时候，苏珊忽然想到炖锅里还煮着鸡蛋。

"那些鸡蛋一定煮得像石头一样硬，"她惊叫了一声，"现在已经八点过十分了，我什么时候开始煮的……糟透了。引擎什么时候停止的？"她把沉重的炖锅从火炉上端下来，然后用一把汤勺把鸡蛋捞了出来。看来，抛锚也有抛锚的好处，不但震耳欲聋的引擎声平息了，而且那两个大忙人也可以顺利地吃完一顿早饭了。她打开船舱里的那张折叠餐桌，把它摆好后，又从架子上取下那张美国桌布。

吉姆已经在视线中消失了，只要一想到船上的一切都归他们管了，约翰的心里就充满了喜悦。船已经抛锚了，不会有什么事了。此刻他们就是它的主人。他把那一盘主帆索挂在舵柄上，心里默想着自己驾驶妖精号的样子，仿佛他刚从多佛赶过来，等到涨潮之后，即将溯流而上。

"约翰，"提提喊了一声，"我们打哪儿来呀？"

约翰吓了一跳。她仿佛听见了他的心里话。

"普拉特河。"他说。多佛似乎太近了，如果依提提的想法，他们应该从大海上返航。

"经过长达几个月的航行，"提提说，"最后回到家乡的水域，应该很美好吧？"她望了一眼远处灰蒙蒙的哈里奇古镇、抛锚的汽船、驳船，然后又回头看了一眼高大的船厂，还有那两道遮住船长和小舢板的突堤。没错，那辆红色巴士仍然停在那儿。他应该能赶上它。于是她继续说："我们上次抛锚的地方有很多棕榈树，还有吓人的大鳄鱼。依我看，我们没把鹦鹉带在身边，真是太遗憾了，每次只要听见它的'八片币'叫声，心里就会觉得踏实。"

"还有吉博尔，"罗杰说，"它坐在桅杆十字桁上多舒服呀，比待在动物园里快乐多了。"

提提抬头看了一眼十字桁，仿佛看见猴子和鹦鹉并肩坐在上面。

"每次穿过大雾回到港口，它们都很快乐。"她说。这时候，海边的科克灯塔船再次发出"呜……呜呜呜"的雾角声。

"妖精号在转向。"罗杰说。

不仅仅是妖精号，其他抛锚的船只也在转向，就连那些大汽船和驳船也在随着潮水摇摆船身，所有的船头现在已经不再指向内陆，而是纷纷指向大海方向。

"现在几点了，苏珊？"约翰问，"潮汐变向了。水位马上要涨起来了。"

"八点十六分，"苏珊说，"看见他回来了吗？早饭早就准备好了。"

"巴士刚走，"提提说，"他的时间多着呢，能赶上它。"

"如果巴士刚走的话，等他回来之后，他的鸡蛋已经凉了。你们都下来吧，来吃你们的鸡蛋。"

尽管这只是早餐的下半场，但苏珊尽力要把它做成一顿完美的早餐，不过，她心里多少又有点失望，因为吉姆不在，无法看见餐桌是怎么摆放的。她在餐桌上摆了五套餐具，提提一套，罗杰一套，她自己也有一套，这三套放在餐桌的一侧，吉姆和约翰的两套餐具放在餐桌的另一侧；五个红色的伍尔沃斯盘，五只蓝色的蛋杯，每只杯子里装有一个煮得老老的鸡蛋，另外一个鸡蛋放在盘子上，那是专为吉姆留的，此外还有五把勺子、五个口杯、五片黄油面包、五个苹果。再过一会儿，大家吃过早饭之后，桌面上的这些东西就会变成一片狼藉。他不在这儿，不能亲眼看见这张摆得如此漂亮的餐桌，真让人感到遗憾呀！当然，这也是没办法的事。罗杰和提提应该趁热吃，鸡蛋从开水中捞出来之后，就该立即吃掉。虽说等吉姆回来看看这一切最好不过了，可是苏珊不能再等下去了，她开口说话了："小心点，我们尽量不要把他的座位弄乱了，注意保持干净整洁。"因此，大家在吃黄油面包、剥鸡蛋壳（罗杰还拿起鸡蛋在桌面上敲了敲，为了证明鸡蛋的确煮得很老）、给口杯添茶水的时候，吉姆的位置仍然空着，仍旧保持刚摆好时的样子。

苏珊透过舷窗口向外边望了两三次，想看看吉姆是不是回来了。她心里有些着急，很担心那些鸡蛋，"要煮老一点。"他当时是这样说的。不过，他可没说过要煮这么老，哎呀，他的鸡蛋放在那儿有一会儿了，不会变嫩吧？她探过身子，摸了一下。没有刚出锅时热乎乎的感觉了。大家吃过鸡蛋，又开始吃面包，吃完面包，又开始吃橘子酱，吃过橘子酱之后，又开始吃苹果了，就连茶水也开始喝第二杯了。她又透过舷窗向外望了一眼。她有了主意。

"谁想吃他的鸡蛋呀？"她问。

"他随时会回来的。"罗杰说。

"我们不介意吃煮老的鸡蛋，也许他会介意。我再给他煮两个吧。这一次你们可要帮我看好时间。你吃吧，罗杰，你喜欢吃老一点儿的。你吃一个，约翰吃另一个。再煮的时候，只煮四分钟，而且要等能看见他回来之后再开始煮。"

"如果没煮好的话，我们就把他留在甲板上聊一会儿天，拖一会儿时间，"提提说，"那样的话，他就不知道你又重新给他煮了鸡蛋。"

于是，约翰和罗杰吃掉了那两个鸡蛋。后来，他们又吃了一串香蕉，苏珊把所有的鸡蛋壳都扫进盘子里，吩咐罗杰把蛋壳倒掉，接着要他留在驾驶舱里，注意周围的动静。后来，她把要洗的东西都放进了水槽。

"现在雾更浓了，"罗杰说着，把那只空盘子递了回来，"还是不见他的影子……哈罗！他回来了。"

"快！"苏珊心想。她急忙把两个鸡蛋丢进炖锅，"你注意好时间，提提，免得我忘了，到八点三十九分，你就喊我一声。"

"不是他，"罗杰突然说，"那艘船比淘气鬼大一些，朝汽船方向划过去了。"

"哦，罗杰，"苏珊说，"可是鸡蛋已经下锅了……"

"我敢打赌，鸡蛋煮好之前，他一定会回来。"罗杰说。

"哦，好吧，"苏珊说，"他去了这么久了，也该回来了。鸡蛋应该不会凉的。"

"时间到了，苏珊。"提提说，她的眼睛一刻也没离开那只挂钟。

再过一分钟，如果吉姆回来了，他就可以坐在餐桌旁边吃早餐了，那两个煮鸡蛋既不老又不嫩，刚刚出锅，而且还冒着热气，一个装在他的蛋杯里，另一个放在旁边的盘子上。

然而，他们还是没有见到他的影子。苏珊拿起勺子，把两个鸡蛋的顶端都敲破了，因为她听别人说过，这样鸡蛋就不会煮得太老。

一个小时过去了，吉姆的早餐还在船舱里等他回来。船员们都爬上了甲板。苏珊拿上来一罐擦铜油，把舷窗擦拭了一遍，因为舵手必须透过这个窗口查看罗盘。无所事事地坐在那儿没有任何意义。约翰站在主桅杆旁边，正在把吊索从钉子上取下来，然后又小心翼翼地把它们放回原处。他在了解这些缆绳的用途，等到吉姆回来之后，他们就可以再次扬帆起航了。这时候，一阵微风从哈里奇方向吹过来，越过潮水渐渐上涨的水面。他心里清楚，如果有风的话，即使油箱里还有两加仑汽油，吉姆也不会使用引擎。在苏珊的鼓励下，罗杰和提提也在四处擦擦洗洗，他们甚至把那些悬挂前帆索的铜钉擦得闪闪发亮。然而，他们不时越过明净的水面，观察对面的突堤。

"巴士又回来了，"提提说，"已经是第二趟了。"

"他遇到什么事了？"苏珊几乎有些生气地说。

"早知道会起风的话，他就不会去买汽油了。"约翰说。

"他说过，无论如何他都要买些汽油回来。"罗杰说。

"好吧，可他为什么还不回来？"苏珊有些疑惑，"他现在应该早买到了。"

"他很可能遇到了一位老水手，"提提说，"你知道，老水手伸出干柴棍一样的双手，两眼放光，一把抱住约翰，神采飞扬地谈论各种船只，吉姆走不掉了。如果他能听见灯塔船的雾角声，他还以为那是巴松管的音乐声呢。"

"他们想省下口袋里的两便士，"罗杰说，"现在真起雾了，我们周围也有蒙蒙白雾了。"

毫无疑问，的确起雾了。他们清早朝港口入口方向航行的时候，灯塔船发出的哀怨号角声听上去有点滑稽可笑，但现在他们一点也感觉不到好笑了。海上的大雾随着潮水漂了过来，刚才还看得清清楚楚的景物一转眼就成了模糊的影子。虽然近在咫尺的北礁浮标看上去还很清楚，但其他外港浮标一概都不见了。他们甚至分辨不出港口入口处的陆地和大海了，不知道它们是从哪儿开始，延伸向何方,就连朝阳也模糊起来,在大雾中渐渐变成了一个白色的光点。

"也许他并没有往回赶。"罗杰说。

"瞎说!"苏珊说。

"别犯傻。"约翰说。

吉姆离开太久了,刚开始那种拥有妖精号的快乐早就烟消云散了。罗杰岔开了话题。

"那只渡船又过来了。天啊,如果我们去接爸爸的话,不是也很好玩吗?"

小渡船上挤满了乘客。它穿过悬浮在哈里奇和雪特里之间的水面上的迷雾,进入他们的视野。它急匆匆地往前赶路,不一会儿就消失在菲利克斯托港的突堤背后,那儿也是吉姆和他的淘气鬼消失的地方。

"再过一会儿他就会回来了,"罗杰说,"谁会先出来呢,是小渡船还是淘气鬼?"

大家再也没劲儿去擦那些铜件了,苏珊手中擦洗罗盘舷窗的活儿也停下很久了。约翰走到船尾,呆呆地坐在舱顶上。他们四个人都在注视着那些突堤。谁会先出来呢?是那艘嘈杂的小渡船,还是妖精号船长的小舢板?他为什么耽搁了这么久?现在他们只想听听他的解释。

海上科克灯塔船的雾角仍然在哀鸣,长长的"呜……呜呜呜"声不断从大雾中传来,每分钟响四次。

小渡船出来了,从他们的北边穿过,白色浓雾中现出一团黑影,越过一艘抛锚的汽船后,看不见了。

这时候,伴着涌动的潮水,大雾突然朝他们扑来。

"哈里奇不见了。"罗杰说。

"汽船也模糊了。"提提说。

"菲利克斯托港也在消失,"罗杰说,"我看不见那些造船厂了。吊机也不见了。"

"哦,约翰!"苏珊吸了一口气。

"如果他的速度不够快的话,得等雾散了才能返回。"约翰说。

"那些突堤也不见了。"罗杰说。

那两道突堤看上去模糊不清、若有若无,几乎被大雾完全吞没了。提提和罗杰指着那个方向，仿佛是指着另外一个地方，那儿只有一堵灰色的雾墙。有那么一会儿，他们还能看见北礁浮标，但刚一转身，它就消失了。他们什么也看不见了。无论朝哪个方向看过去，除了灰色的浓雾，还是灰色的浓雾。

"这难道不好笑吗？"罗杰说。

"现在已经是十一点半了。"说完，苏珊看了一眼挂钟，又看了看餐桌，吉姆的早餐还在等着他呢，那两个新煮的鸡蛋已经凉了，"他到底遇上什么事了？"

忽然，大雾中又传来一阵噪音，仍然是科克灯塔船的雾角声——"呜……呜呜呜"，一分钟四次，一直没有停下来。他们已经习惯了这种"呜呜"声，而且还习惯了菲利克斯托码头上嘈杂的吊机声。现在又有新的噪音传过来。大概在斯陶尔河上游的某个地方，有一艘拖船在轰鸣。接着，"当当"的船钟响起来了，一会儿在这儿响，一会儿在那儿响，渐渐地连成了一片。远处的轰鸣声又传来了，接着又是船钟的合唱，有的听上去细腻，有的粗犷，有的悠长，有的短促……

"他们害怕撞船。"约翰说。

"我们也要吹响号角吗？"罗杰问，"吉姆有一只超级大雾角呢。"

"我们已经抛锚了，"约翰说，"不用吹雾角，应该敲钟……有钟吗，苏珊？怎么没见到钟呀？"

"我也不知道。"苏珊说。

"要不就敲炖锅吧？"提提说。

"不能敲炖锅，"苏珊说，"会把上面的搪瓷敲掉。敲煎锅应该没事，它是全铁的。可以拿一把长柄勺敲它。"

"我来吹六音笛怎么样？"罗杰说。

"哦，随便你吧，"苏珊一边说，一边拎起一只煎锅，当当地用力敲起来，节奏很快，"是的，罗杰，你最好吹响你的六音笛。在他划船回来寻找妖精号的时候，听到笛声后，他就知道我们在这儿了。"

罗杰冲进驾驶舱，很快又钻了出来。不一会儿，《故乡，甜蜜的故乡！》就在大雾中奏响了。

大家的心情愉快多了。如果你在大雾中抛锚，即便只听见六音笛演奏的《故乡，甜蜜的故乡！》和煎锅敲出来的"当当"声，你也会倍感安慰，至少其他船只撞上你的借口要少了许多。

约翰钻进船舱，从书架上取下一本《骑士航海记》，翻找记有船舶大雾信号的那一页。

"嗨，苏珊！"找到之后，他大喊了一声，"不要一直敲个不停。书上说，'大雾、阴霾、下雪时，若船只不在行进途中，钟声信号间隔时长不应超过两分钟。'"

"没有说怎么吹笛子吗？"罗杰问。

大型汽船似乎都没移动。他们抛锚的地方是浅水区，不在大船的航道上，所以不必担心被它们撞上。时间已经过去了一个小时，他们心想，根本没有必要再发声音信号了。然而，就在这时，他们听见前方某个地方传来一声长长的雾角声。

"有一艘船在移动。"约翰说。

"不会是吉姆吧，他是不是在找我们呀？"苏珊说。

"他的小舢板上没有雾角，"约翰说，"不是他。有人从海上过来了。小心。我来敲煎锅吧？"

"我来敲，我敲得一样响。"提提说，现在轮到她敲了。几乎就在同时，罗杰也开始卖力地吹响他的六音笛，有几个调子都被他吹成了八度音阶。

他们又听见了雾角声，越来越近了，接着又听见一台小引擎发出的缓慢的轰鸣声。

"他们现在很近了。"约翰一边说，一边用力睁大眼睛，希望能看穿这张灰蒙蒙的雾帘子，即便是一两码远的地方，一切都被这张帘子遮得严严实实，什么也看不见了。

虽然那艘船距离他们非常近，他们却看不见它，只能听见它的引擎的轰鸣声，仿佛那是他们自己的船发出的……那艘船上的说话声也像是从妖精号上的驾驶舱里传过来的一样。

"保持慢速前进……"

"该死的，一点也看不见……"

后来又听见有人说："哈罗！那边有一艘船吗？有人在吹笛子。啊嗬唷！谁在那儿呀？"

约翰犹豫了一会儿，但立即就想起来了，他现在是船上的负责人。

"妖精号！"他大声回应说。

"是小布雷丁的船……啊嗬唷!你在赶路吗?"

"抛锚了。"

"这是在哪儿啊?"

"过了航道就是菲利克斯托码头,"约翰骄傲地报出地名,"靠近北礁浮标。"

"太感谢了。雾太大了,不是吗?……好的,汤姆。节流阀稍微加大一点。现在知道我们的位置了。涨潮了,水深也够,我们正好可以去上游。"

"他们是谁?"提提小声问。

"啊嗬唷!"约翰大喊了一声,"你们是谁呀?"

"艾米丽号!"浓雾中传来一声回应,"我们刚从外边打鱼回来。遇上了大雾,又要费点事。"引擎的轰鸣声加快了。一声长长的雾角声再次传来,渐渐地,声音越来越远了。现在他们已经听不见引擎声了。周围又剩下他们孤零零的几个水手,陪伴他们的只有科克灯塔船定时发出的雾角声,还有港口内的船只不时敲响的钟声。

又过去了一个小时。罗杰也开始有点绝望了,他不再认为吉姆会划着小船,穿过大雾回到这里,也不再认为《故乡,甜蜜的故乡!》会帮他找到妖精号。所以,他不再吹奏那只六音笛了。煎锅的"当当"声也没有最初那么有趣了,也没有人去争论该谁敲锅了。他们都认为吉姆可能不得不待在岸上,一直待到大雾消散才会回来。约翰独自坐在驾驶舱里,翻看那本《骑士航海记》。另外三个人都待在船舱下边,盘算着要做一顿什么样的午饭。

他们打开主舱床铺背后的橱柜,查看柜子中储备的食物。

"有四种汤。"罗杰说。

"还有五种水果罐头呢。"提提说。

"是的,我知道,"苏珊说,"那是他和他叔叔航行时吃的。"

"他说过,他叔叔还会带很多来呢。"罗杰说。

"妈妈交代过的,甲板舱里也装了很多食物,"苏珊说,"我们还剩下一半腊肠卷……"

"腊肠卷还没吃完吗?"罗杰说,"最好给吉姆留一点吧。他昨天晚上说,腊肠卷很香。我敢打赌,他想让我们尝尝他的汤。"

"还有猪肉馅饼，"苏珊说，"是我们带来的。"

"留着当晚饭吧，晚上他应该回来了，"提提说，"留一两根腊肠卷给他，没关系的，如果我们吃猪肉馅饼的话，就只能给他留一片了。他应该在这儿分馅饼。"

"这里边装的是什么呀？药用？"罗杰拿起一只瓶子，好奇地问。

"别动那只瓶子，"苏珊说，"那是吉姆叔叔的朗姆酒。吉姆说，他叔叔喜欢在标签上写上'药用'两个字。万一在甲板上摔了跤，或者受了风寒，他就可以拿酒来擦一擦，不是拿来喝的。"

"我们不会喝，"罗杰说，"可是，我觉得，苏珊，我相信他一定想让我们在这样的大雾天喝点热汤暖暖身子。"

苏珊看了看罐头上的标签，一只手抓起一罐蘑菇汤，另一只手抓起一罐番茄汤。她抬起头，透过水手舱口，看了一眼外面的浓雾，罗杰说得没错，应该喝点汤。

"我们喝点汤吧，"她说，"外边的雾挺冷的。"

"我要喝蘑菇汤。"罗杰说。

"还有那两只鸡蛋，"看见吉姆的早餐还放在那儿，苏珊说，"你去把鸡蛋壳剥掉吧，提提。他不会吃凉鸡蛋，鸡蛋和汤配在一起，美味极了，还有腊肠卷，完了还有香蕉吃。"

虽然午餐比早餐丰盛，但却没有早餐那么正式。甲板上必须留下一个人，每隔两分钟就敲几下煎锅。既然他们不能同时坐下来吃饭，就没有必要太在意餐桌的摆放了。而且苏珊不想再给吉姆留位置了，也许留了也是白留，所以，他的餐具全被拿走了。于是，在船舱里喝完汤后，他们就把腊肠卷和香蕉拿到驾驶舱里，站在蒙蒙大雾中吃起来。

"那艘渡船一直没有回来，"约翰说，"我们听过它的声音。如果雾太浓了，渡船就无法摆渡，那么任何一个没带罗盘的船夫也会遇到同样的问题。"

尽管如此，还是出现了两次假警报。第一次是苏珊说她听到了桨声，结果让大家空欢喜一场。第二次是罗杰，又让大家失望了一回。话说回来，也许每个人都在心里期盼吉姆早点回来。大家喝完汤后，一边享用其他食物，一边快乐地谈论这些美味，可他们并没有忘记吉姆。

然而，吉姆始终没有回来。

"他已经离开近六个小时了。"苏珊洗刷餐具的时候，对约翰抱怨说。提提和罗杰待在驾驶舱里，仍然在值守锚更，每隔两分钟，他们就敲几下煎锅，再吹几段六音笛，以免万一有船过来撞上他们。苏珊洗完一只碗碟或勺子，就把它递给约翰，约翰负责把它们擦干，他很乐意待在船舱里帮忙，可以避开外面呛人的浓雾。

"我们只能等下去。"约翰说完，看了一眼气压计，"哈罗！"他说，"吉姆今天早上设定过气压计吗？如果设过，现在气压竟然下降了十分之三。"

"要下雨吗？"苏珊问。

"很可能要起风了，"约翰说，"尤其是风已经停了那么久。"

苏珊突然爬上水手梯，向雾中张望了一会儿。"还是不见他的影子。"回到船舱后，她焦急地说。

"这会儿他不可能回来，"约翰说，"除非雾散了。雾一散，他就回来了。他把淘气鬼划走了。我们不可能游到岸上去找他。他应该知道我们还在这儿等他回来。"

这时候，六音笛和煎锅的合唱声忽然停了下来，约翰和苏珊听见驾驶舱里传来说话声。

"看不见东西似乎更有趣。"没错，这是提提的声音，"如果在大西洋上航行，遇到了大雾，也可能看不见任何东西。喂，罗杰，你知道要航行多久才能到达大西洋吗？应该什么时候离开港口？"

"今天早上。"

"别傻了。怎么可能是早上出发呢？大西洋该有多远呀。"

"哦，好吧，几个月前。"罗杰说。

"就算一个星期吧。我们一直在前进，小心避开危险的冰山。"

"你可以想象一下，我们一路上劈波斩浪，在海上飞驰的感觉多棒呀。"

接下来，就在约翰和苏珊还想继续听他们说话时，甲板上又响起煎锅的"当当"声和六音笛吹奏的《还乡曲》的第一节，调子听上去既像又不像，似乎是一个音符一个音符拼凑而成的，后来他又重复了一遍，节奏比之前快多了。

"目前来看，他们的心情还不错，"苏珊说，"我总感觉吉姆一定是遇上什么事了。现在已经是下午两点了。"

"正好是高潮时间，"约翰说，"只要一退潮，雾就会散开。也许吉姆这会儿正坐在码头上的系船桩上，一边抽烟斗，一边等待雾散开。"

"他走的时候没带烟斗，"苏珊说，"他忘了带烟斗，里边还有半锅烟丝呢，我把它靠在水槽旁边了。"

不知怎么了，一想到吉姆没带烟斗，事情似乎就变得更严重了。他本打算只离开几分钟，可现在已经整整过去了六个小时。

"风快把雾吹散了。"约翰说。

"什么东西在啪啪响？"苏珊问。

"是升降索拍打桅杆的声音。"约翰回答说。

"我真希望他没去岸上。"苏珊说。

"嗨，苏珊，"约翰说，"我们大家不都安然无恙嘛。这个锚地很安全。他知道我们不会有事。不会出任何岔子，他自己也这样说过。"

接着，苏珊看见约翰的眼睛突然亮了一下。她自己也听见了那种令人吃惊的声音，那是锚链撞击斜桅支索时发出的"叮叮当当"的金属声。

"哦，没什么。"约翰说。他本来已经要站起来了，但现在又坐了下来。不管发生什么事，他必须保持镇定，绝不能让苏珊知道自己也很担心，"潮水转向了，船身也转过来了，正迎着退潮。昨晚潮水转向的时候，船身也发出过这种声音。"

又过了一会儿，那种声音再次响起，接着又传来一声噪音，船身跟着猛一抖。苏珊看了一眼约翰，没有出声。他静静地坐在那儿，仔细倾听外面的动静。驾驶舱里的值班人员也听见了异常响声，他们跑到水手梯口，望了一眼约翰和苏珊，想看看他们是否也听见了什么。苏珊挥了一挥手，示意他们保持安静。过了一会儿，船身又是一抖，接着他们不是听到什么声音，而是明显感觉有东西刮了一下船身，船身随后又是一抖。

"不好，可能是走锚了！"约翰叫了一声，"快让开路。"他腾地一下跳起来，一个箭步就冲上了水手梯。

第八章　比奇诺浮标 →

"发生什么事了？"

"怎么回事呀？"

约翰冲出船舱的时候，提提和罗杰连忙给他让开路。约翰自己也不清楚到底发生了什么事，他不是十分肯定，但船身猛烈抖动一下，后来有东西刮了一下船身，接着船身又抖了一下，这让他想起很久以前的一次钓鱼经历，当时也出现船锚拉扯船身的情况，因为缆绳的长度不够。不过，那次经历并没有造成不良后果。可现在有所不同，如果妖精号拖着船锚在大雾中移动，船下潮水汹涌湍急……吉姆已经上岸去了，如果妖精号能够稳稳地停在锚地上，就不会出什么意外。可如果船走锚了呢？约翰一边急忙沿着船舷一侧的甲板走过去，一边用手扶住被大雾吻湿的舱顶栏杆。也许发生了最糟糕的事情，但你看不见堤岸，你看不见任何东西，也许什么事情也没有发生，船仍然待在原地没动。

"呜……呜呜呜……"

那是灯塔船发出的声音，大概是在右舷船尾附近，怎么不在左舷船头呀？他记起来了，潮水变向了，所以现在妖精号的船头应该指着港口方向。汹涌的潮水从船身旁边流过去，涌出港口，汇入大海。

就在约翰快走到前甲板的时候，那种奇怪的抖动又一次传遍船身。为了稳住身体，他伸出一只手扶住绞盘，绞盘上缠满了锈迹斑斑的锚链。接着，他又抓住前桅支索，向下看了一眼首柱头。锚链笔直地悬挂在下边。他上次见到它的时候，它是从船首伸出去的，妖精号当时一直拉着船锚。所以，一定是哪里出了问题。他在船头旁边跪下来，这样他就能够到锚链了，然后探出身子，用力拉动锚链。似乎水下有东西在拍打它。是的，是走锚了。不过，可以肯定的是，船锚还在水下，锚链没有缠绕，也没有挂上别的东西。怎么回事呢？这可是吉姆·布雷丁亲自给妖精号抛的锚……接着，他又想起吉姆临走时说过的话："潮水要转向……低潮水位……"但那是六个小时以前了。六个小时过去了，潮水不断上涨，满潮之后又开始退潮了。低潮期间，锚链的长度够用，能够固定住妖精号，但现在是满潮期，水位上涨了一倍，锚链显然太短了，那只锚肯定抓不住地了。

约翰摇摇晃晃地站起来，心里感到十分羞愧。他自己是船上的大副，这大副当得太"够格"了。早在起雾的时候，就该放长锚链，或者在起雾之前，他就该放长锚链。吉姆曾经说过，他只抛锚十分钟，并且交代他看管好船只。十分钟之后，吉姆没有回来，那时候，他就该想到锚链和涨潮的问题。吉姆还怎么指望他呀？

他再次摇摇晃晃地探出身子，看了一眼那根锚链。它穿过船头的导缆孔，连在一个小型绞盘上，在第一个轱辘上绕了很多圈后，又在另一个轱辘上绕了几圈，就像缆绳系在楔子上一样，剩下的锚链堆在绞盘下的锚链舱里，约翰可以看见它穿过一个锚链管，又从甲板上伸了出来。嗯，现在首先要做的是解开这些盘绕的锚链，把它放长……动作要快。尽管周围除了浓雾之外，什么也看不清楚，约翰还是能感觉妖精号正在移动。他用力抓住那条生锈的链子。

"没事吧？"

他回头看了一眼，发现驾驶舱里探出三张脸来，在大雾笼罩下，那些脸看上去有些模糊而苍白，他们正在朝他张望。

"一会儿就好了，"他说，"我真傻。我早该想到放长锚链。"

"你确定你知道发生什么事了吗？"

"我一松开锚链就知道了。"约翰说。

他轻松愉快地说完那些话之后，伸出双手，在盘绕的锚链上东拽一把，西拉一把，然而，锚链盘得太紧了，绞盘几乎把它绕成了一个坚固的磐石。

"要我帮忙吗？"

"不用，"他喘了一口气，"马上就好了。"

他已经解开了一圈锚链，下一圈解起来就容易多了。接着，他从绞盘轱辘另一侧的下方又解开了一圈锚链。现在应该都松开了，因为锚链只在轱辘上绕了两圈。当然，他必须转动轱辘才能尽量放长锚链。可这东西到底该怎么用呢？

"弄好了吗？"

"放不下去。"

"什么放不下去？"

"锚链。"

他从锚管中拉出一段锚链，然后设法把它绕在轱辘上，大约有一尺多长。锚链抖了一下，落了下去。但他需要放出很长的锚链，直到锚尖再次抓紧地面为止，现在他们还在不停地漂移……漂移……

他又从锚管中拉出更长的锚链，双手交替挪动着，尽快把拉出的锚链放在甲板上。真沉啊！如果不够长的话，拉它出来又有什么用呢？他得绕开绞盘，这样才能把它完全放下去。刚才他把轱辘上的锚链放了一圈下去，放另外一圈的时候，他的手指几乎被夹掉了。正在倒霉的时候，船身又抖了一下，弄得他脚下一滑，他忙不迭地抓住前支索，这样才没有摔跤。他永远弄不懂的是，自己的这只手为什么会突然松开，他分明一直在用双手抓住锚链呀。锚链从锚管拉上来的时候，发出"咔咔"的轰隆声，接着它飞快地穿过船头旁边的锚链孔，向水面落去。拉出来的锚链越来越长，不断飞过船舷，不断落向水面，势头十分迅猛，几乎不可阻挡。它不停地穿过锚链孔，一寻接一寻地冲向水底，发出"咔咔"的咆哮声。

停住它！他必须停住它。各种疑问纷至沓来，一一闪过他的脑海。下边的锚链舱中的锚链末端是怎么固定的？是不是固定牢了？锚链有多长呢？然而，来不及找出答案了。不管怎样，他现在必须让呼啸着越过船头的锚链立即停下来。他抬起右脚，用力踩住不停跳动的锚链。就在这一瞬间，"啪"的一声，他的右脚被弹开了，重重地摔在甲板上。

驾驶舱里传出一声尖叫。他挣扎着爬起来。锚链仍然从锚管喷涌而出，不断往舷外落去。他还没来得及再做任何反应，就看见锚链的末端飞一样地冲出锚链管，后面还跟着一截磨破的缆绳，刷的一下掠过船头，掉了下去。刹那间，"咔咔"的锚链声顿时安静下来。

"呜……呜呜呜……"远处的科克灯塔船依然发来悠长哀婉的雾角声。但妖精号上已没有了煎锅的"当当"声,罗杰也不再吹奏他的六音笛了。他们知道,发生了可怕的事情,不过他们还不明白究竟发生了什么事。苏珊抓住舱顶栏杆,急忙沿着一侧的甲板走到船头。她刚才看见约翰跌了一跤。

"伤到哪儿了吗?"她急切地问。

然而,约翰还没从恐惧中回过神来,他几乎没有感觉到自己刚好落在一个甲板螺栓上。

"全掉下去了,"他气喘吁吁地说,"他的锚链和锚具全掉下去了。都怪我,是我弄掉下去的……"

"你怎么样啊?不要紧吧?"

"锚链和锚,还有别的东西,全掉下去了,"约翰懊恼地说,"有几英里长……全不见了……"

"约翰,"苏珊嚷了起来,"我们漂走了。"紧接着,她扯开喉咙,大声叫喊,"吉姆!啊嗬唷!吉姆!啊嗬唷!"

"闭嘴,"约翰厉声说,"他不可能听见你的喊声,但其他人会听见,一旦有人发现我们在漂移,他的船就会被人没收了。快点。我们必须把另外一只锚搬出来……"他看了一眼那只备用锚。那是一只小锚,平放在前甲板上,几根绑绳将它固定在地上,以免会晃动,"其他地方肯定有缆绳。看看驾驶舱里有没有,我来把锚具准备好。下次无论出了什么事,千万别尖叫,不然让所有人都知道你出事了。我们不能把他的船弄丢了,当然还有他的锚具和锚链……"

如果他知道他们漂移得有多快,正在往哪个方向漂的话,他就不会太担心了。菲利克斯托码头上的吊机装卸汽船上的煤炭时发出的噪音听上去更遥远了。他弯下腰,俯在那只小锚上,用手指拽开其中一根绑绳,不能求急,否则会坏事的。

"缆绳……缆绳……"他听到苏珊在喊,然后又回到了驾驶舱,"不是那一根……那是主帆索……快点……快点……我们漂远了。"

那根绑绳上的结一定打了很久,几乎变成了死结。他们家曾经定过一个规矩,不允许拿刀子割断绳结,即使是包裹上的也不行。但此刻不能再墨守成规了。约翰迅速掏出小刀,很快就把那个绳结割断了。他也不想费劲去解开第二根绳子了,同样也把它割断了。现在小锚完全自由了。这只锚要比掉下去的那只小多了,不过对于约翰来说，它仍然十分沉重。

"这一根可以吗？"那是提提的声音。他们还在寻找绞锚用的缆绳。

"这一根呢？"那是罗杰的声音。

"把所有缆绳都拖出来，"苏珊又发话了，"不，不。我们必须找一根没有固定在其他东西上的缆绳。"

他们已经够麻利的了。在准备好锚具之前，他没必要过去帮他们。

现在看来，锚是由两个部分组成的。锚冠部分装有两只抓钩和长柄，它们连成了一体，另外一部分是锚杆。这是一根长铁棍，其中一头从锚柄顶部的一个小孔中穿过去，另一头稍微有点弯曲，因此，不用锚具的时候，可以把它拉出来，然后和锚柄一起平放在地上。使用时，再把它从柄孔中拉出来，让两边差不多长，然后再把它调至和锚钩垂直就行了。到了水底，这根锚杆会把船锚拉得横过来，这样一来，其中一个锚钩就有机会抓住地面。如果没有锚杆的话，船锚就只能在水底拖行，不会抓住任何东西。锚杆上有一条狭槽，槽内插有一根铁销，可以起固定作用。

约翰必须先把锚具竖起来，然后再把锚杆拉到位，插上铁销，绑牢锚缆，接着再把这只沉重的小锚搬上船舷，最后才能从横桅索和船首斜桅之间将它抛入水中。

他费了很大的劲儿才把锚杆拉到位。那根销子绑在一截链子上。他滑动了好几下，终于把它插进了狭槽。看起来没有问题了，不是吗？燕子号在湖面上航行的时候，锚具上的销子是用石头或者桨锁砸进去的，可是这里没有任何砸销子的东西。时间正在飞快地流逝。他只好握住手中的小刀，拼命地砸了下去。

"缆绳找到了，"苏珊站在他的胳膊旁边，喘着粗气说，"虽然不够长，但它是我们能找到的一根最粗的缆绳。"

"给我一个绳头。"约翰说。他抓起那根缆绳的绳头，塞进锚柄顶部的锚环，然后穿了出去，一共穿了两道，接着又绾了两个圈，最后打了一个花瓣结。他不太确信这是否就是锚具上的正确打结方式，可是不管怎么样，只要能保证安全就行，在他力所能及的情况下，他可不希望把两只锚都弄丢。

"动作快点。"苏珊说。

"先把缆绳在绞盘上绕一圈，"约翰说，"然后拉紧。我把它拴在首柱头上，然后再放下去。我不敢再把它直接推下去了。"

"你自己千万别掉下去了,"苏珊说,"小心!约翰!"

"好了,"他喘了一口气,"现在可以放下去了。放一点。再放一点。哎呀!刮掉了一大块漆,没办法了,避免不了的。喂,苏珊,抓住缆绳的绳头,绑在系船柱上,绑牢了。我们不能再把这只锚弄丢了。"

"绑牢了。"

"过来,准备抛锚……"

他们开始抛锚。锚具太沉了,他们只能勉强应付,即便有绞盘上的轱辘帮忙,他们也感到非常吃力。突然,缆绳松了下来,他们感受不到一点重量了。约翰趴在船头向下望了一眼。

"拉紧,等一会儿。钩杆在哪儿?该死的锚杆脱开了,挂在斜桅支索上。"

他从舱顶找来钩杆,捅了捅那根锚杆。最后,它终于从斜桅支索上脱落了。如果苏珊没有特意把缆绳在轱辘上多绕一圈的话,刚才那一抖,缆绳很可能会脱手。现在一切进展都很顺利。他们俩一起迅速放下锚缆,一秒钟也不想耽搁了。后来,他们感觉锚具触底了,不过他们并没有停下来,而是继续往下放缆,直到手中的缆绳放完之后才停下来。

约翰又趴在船头看了一眼。

"锚爪抓地正常,"他说,"真幸运呀。就是缆绳太短了。别处一定还有更合适的缆绳。"

"这是我们能找到的唯一一根缆绳,"苏珊说,"你觉得我们漂了多远?"

"不知道,"约翰说,"不会太远吧。至少我觉得不远。雾这么浓,你无法判断远近。"

"嗨,约翰,"苏珊说,"真对不起呀,我不该大声喊吉姆的。我没想到其他人可能会听见。"

"没关系,"约翰说,"谁也想不到的。我刚才不是故意责怪你。应该怪我自己才对,我把锚链和船锚全都弄丢了。"

"我们一定漂了很远一段距离,"苏珊说,"那些汽船的钟声听上去远多了,还有吊机发出的噪音,听上去也更远了。我希望雾快点散开。如果雾还是这么浓的话,吉姆划着淘气鬼来找我们的时候,他一定没法找到我们。"

"他不会找我们的，"约翰说，"他甚至不知道我们漂走了，他的锚也丢了。他一定以为我们仍然平平安安地待在原地。"

"你确信我们不会有事了吗？"

"是的，"约翰说，"这只小锚的抓力很不错。"他望了一眼船舷下边，"你瞧，潮水都退回去了。"

他们沿着两侧的甲板向船尾的驾驶舱走去，苏珊在这边走，约翰在另一边走。

"为什么你们不敲煎锅了？"苏珊说。

"对不起，我忘了。"提提说。不一会儿，她又拿起勺子当当地敲起来。

"船锚很昂贵吗？"罗杰问。

"要花很多钱，"约翰说，"很多很多英镑。锚链也要花一大笔钱。"

"他不能潜到水底把它捞上来吗？"提提问，"去年夏天燕子号也遇上了类似的事故，我们不是那样做的吗？"

"如果没有陷进淤泥里就好了，"约翰说，"否则他们只能在水底拖上一个抓斗，然后把它抓上来。他需要知道船锚在哪儿掉了。不过，他必须从别人那里借来一个抓斗。也可能有人抢先把它捞上来……"

"唉，真希望吉姆没去岸上呀，"苏珊说，"那样的话，这一切就不会发生了。"

"我们还是把东西收拾一下吧，"约翰说，"驾驶舱乱得像个老鼠窝，到处都是缆绳。在他回来之前，我们赶紧把这里收拾干净。雾一散，他就回来了。虽说我把船锚和锚链弄丢了，我们还是得把甲板收拾一下，恢复成他走时的模样。"

"一团糟，"罗杰说，"都是因为我们刚才忙着找缆绳。"

"来吧，"约翰说，"我们重新把它们盘起来。一等水手提提，你继续敲煎锅吧，让别人知道我们抛了锚。"

他们重新把一根一根缆绳盘起来，无论是斜帆索、前桅支索，还是后支索，全都盘成了盘，全部收拾停当了，罗杰还把最大的一盘主帆索从舵柄上取下来。驾驶舱又变整洁了。他们坐下来，一边盼望恼人的迷雾早点被风吹开，一边倾听从远处的汽船上传来的钟声，还有海上灯塔船上传来的雾角声。罗杰又吹了一会儿六音笛。苏珊悬着的一颗心终于放下来了，他们又抛锚了。提提还在回忆燕子号去年遭遇的事故,约翰一直在痛苦地思考,他该如何向船长解释他是怎么把锚具和锚链都弄丢了的。如果在船漂走之前就放长锚链该多好啊。如果他没摔跤就好了。一旦锚链像脱了缰的野马,咆哮着往下落,他真不知道该如何阻止它了。不管怎么样,他现在已经尽力了,虽然缆绳不是很趁手,他还是抛下了一只小锚。他还能做什么呢?只有坐等大雾消散,等待吉姆返回,然后获悉这个糟糕的消息。

"当!"

船头的浓雾中传来一声低沉的钟响,所有人都吓了一跳。港口里停泊了很多汽船,钟声都是从船头方向传来的,听上去全都在港口的最上方。

"那是什么呀?"

"很可能是另外一艘船,"苏珊说,"敲煎锅,提提,要不我来敲。"

"如果它在敲钟了,说明它一定抛锚了。"约翰说。

"当!……当!"

约翰站起来,朝雾蒙蒙的船头方向张望。

"听!快听!我们听听他们在说什么。"

"当!"

"当!……当!"

"有点像我们早上听到的钟声,"罗杰说,"就在浮标那儿。你们知道,就是吉姆说过的那个地方,那是个风平浪静的地方。"

"它肯定没有抛锚,"提提说,"越来越近了。"

"当!……当!"

罗杰探出身子,听了听周围的动静,又看了看妖精号船舷下方的灰色水面,那是大雾中唯一能看见的东西。

"潮水流速慢下来了,没有刚才那么快了,"他说,"刚才还打着漩儿呢。"

"别停下来。继续敲煎锅呀。"

"当!"

"潮水好像一点也没动呀。"罗杰说。

"什么?"约翰大声问。一开始,他几乎听不见罗杰在说什么。有那么一会儿,他没有意识到那意味着什么。于是他也俯下身子,看了一眼水面。接着,他又爬出驾驶舱，急忙走到前甲板上。到底是怎么回事呢？他看了一眼船头下垂的锚缆，绷得紧紧的，就像一条直线。潮水时起时伏，轻轻簇拥着妖精号的船头。忽然，他发现缆绳松弛了，接着又绷紧了，然后又松弛了。微微荡漾的细浪十分平静，妖精号仿佛停泊在一片寂静的水面上。

"当！"

"那一定是一艘船。"提提说。她狠狠地敲了一下煎锅。

"我要不要吹响笛子？"罗杰说，"他们可别撞上我们啊。"

约翰几乎听不见他们说话。那只锚到底怎么啦？港口里的潮水应该还在向外奔涌。那就意味着妖精号在和潮水一起移动。是的。锚缆仍然笔直地垂在那儿，就像锚链一样。他心里有些着急，使劲拽了它一下。

"嗨！苏珊！过来帮我一把。快点！"

"怎么啦？"苏珊来到他身边。

"抓住缆绳，和我一起拉。预备！一……二……三！上来了。"

"怎么回事呀？"苏珊喘了一口气说，"你不是要把锚拉上来吧？"

"是的，"约翰说，"它没有抓地。也许哪个地方出了问题。"

"当！"

钟声更近了。从驾驶舱里传来狂暴的"当当"声，还有《天佑吾王》的慌乱笛声。这只小锚要比之前丢掉的那只大锚轻多了，很快被拉了上来，"哐"的一声，撞在前桅支索上。

"拉紧了，苏珊，我来看看，"约翰说，"松了，锚杆没有卡住。我又犯了一个错误。铁钉脱出来了。我不知道怎么样才能把它固定住。至少我该想到……"

"当！"

"使劲儿拉。我们把它拉到甲板上来。"

经过一番艰难的努力，他们终于把那只锚拉上了船。现在谁都能看出来，为什么它在水下没有抓地。固定锚杆的铁钉掉了出来，锚杆滑了下来，松垮垮地耷拉在锚柄旁边。

"当！"

钟声更近了，前甲板上的约翰和苏珊放下手中的缆绳和锚杆，转身向大雾中望了一眼。

"当！"

驾驶舱里传来一声尖叫。刚演奏一半的《天佑吾王》突然停了下来。

"约翰！约翰！我们怎么到了这儿……"

船尾出现一个庞然大物。这是一个刷了红色油漆的大铁笼子，活像一个放大版的鹦鹉笼，顶部尖尖的，底部是一块圆形的浮筏。笼子最顶部是一盏灯，白色的灯光在他们眼前不停地跳跃，一会儿明，一会儿灭。这分明是一个浮标。笼子里装了一个又大又黑的东西……是一只当当作响的雾钟。

"当！"

"它的速度真够快的，"罗杰嚷嚷说，"看看浮标前面的水流多急呀。"

"快要撞上我们了。"提提大声叫喊。

"浮标根本没移动，"约翰说，"是我们在移动。"

他们嗖的一下就从浮标旁边漂了过去，相距只有一码远，只差一点就撞了上去。浮标盒子里的钟锤猛烈敲击雾钟，阴沉沉的钟声在他们耳边隆隆回响。浮标一侧写有几个白色大字——比奇诺。过了一会儿，那座浮标渐渐消失在雾色中，又过了一会儿，再次传来震耳的钟声。

"哦，约翰！"苏珊气喘吁吁地说，"那是比奇诺浮标。我们已经驶出了港口，出海了。"

第九章　盲目漂泊 ↦→

"出海了……比奇诺浮标……"

在驾驶舱里，提提和罗杰互相看了一眼。他们听见了苏珊的话，看见了那个铁笼子似的巨大浮标，还有装在浮标里的雾钟。他们还亲眼看见了"比奇诺"几个大字。然而，因为这个浮标已经消失在大雾中，他们就像在北礁浮标旁边一样，什么也看不见了，只能听见菲利克斯托码头上传来的吊机声，以及汽船上发出的钟声。

"我们不可能真正出海了。"罗杰说。

"很可能出海了。"提提说。

他们透过浓雾向船头望去，想看看约翰和苏珊在干什么。先是听见锚具落在甲板上的撞击声，接着就看见约翰趴在船头上拉扯什么东西，然后又看见约翰和苏珊一前一后地站在那儿，两个人一起放缆绳。那座浮标的"当！……当！"声听上去越来越远了，但奇怪的是，钟声的方位似乎在不断变换。刚才声音还在船头方向，过了一会儿，它从右舷传来，又过了一会儿，已经移到了左舷后侧，"情况不太妙啊，"他们听见约翰说，"深水区……缆绳不够长……""也许锚杆又脱出来了。"苏珊说。于是他们俩就像参加拔河比赛一样，拼命地拉动缆绳，船锚又一次被拉上了首柱头。

"他们好紧张啊。"提提说。

"苏珊有点急了。"罗杰说。

"他们俩都很着急。"提提说。

"他们又把船锚抛下去了。"罗杰说。

"大海在哪个方向?"提提问。

"那边……"

"不可能的……我听见火车呼啸声了……大海一定在另一边……"

"可现在火车的声音又换到这边来了……"

灯塔的"呜呜呜"声回答了他们的疑问,可是,紧接着,"呜呜"声似乎又换了方向。

"约翰,"罗杰喊了一声,"为什么那些声音老在打转呀?"

"船在潮水里面打转,"约翰回答说,"小心,苏珊……我们最好再抛一次……"

"船身好颠簸呀。"罗杰说。

"是的。"提提说。她也早就注意到了这一点。因为有海风吹来,现在和港口里的情形有些不同了,似乎总是有细浪穿过浓雾不断涌来,有时来自这个方向,有时又来自另一个方向,因此妖精号的桅杆也在不停地左右摇摆。每次船身颠簸的时候,提提感觉自己都要用力吸一口气。真奇怪呀!这样的感觉太烦人了。

"如果吉姆要赶上我们的话,他可能要划很远的距离。"罗杰说。

"是的。"提提再次回答说。她的脑袋似乎并不疼痛,但前额的皮肤仿佛绷得很紧。是不是因为大雾,或者是因为她看不清东西造成的?他们在前甲板上干什么呀?还在拉锚缆。不会吧,他们已经抛过两次锚了。他们又要把锚具拉上来。苏珊好像在用力拉住什么东西。妖精号颠簸得真厉害呀。嗯,罗杰也是这么说的。这可不是她一个人的看法。突然,她听见约翰清清楚楚地说了一句:"没办法了。不能老让它晃来晃去。我已经弄丢了一只船锚。我要把这只锚拉到甲板上来,不下锚了,随它去吧。"接着,又听见苏珊在说:"我们保证过的,我们不能出海。"然后又听见约翰说:"我们本来也没想过要出海。过来,苏珊。过来帮我一把呀。我去看看航海图,先弄清楚我们在哪儿。"说完,他们一起拉动缆绳,只听见"咚"的一声,那只小锚翻过船舷,落在甲板上。约翰俯下身子,绑紧船锚,然后又把锚缆盘好。接着就看见苏珊双手抓住舱顶栏杆,向船尾走了过来。罗杰碰了碰提提的胳膊肘。

"苏珊要哭了。"他小声说。

"别看她。"提提说。

但此时已经没有必要了。不争取一下,苏珊是不会放弃的。和约翰沟通是一回事,和提提、罗杰沟通又是另一回事。苏珊摇了摇头。她一回到驾驶舱,就问提提为什么不敲煎锅了。于是提提又敲了几下煎锅,马上就感觉脑袋轻松多了。

后来她又听见约翰在船舱里叫她。真是奇怪呀,她竟然没有注意到他什么时候溜进了船舱。

"苏珊,上面画着哈里奇的那张图哪儿去了?昨天晚上我们和吉姆一起看过的那一张。"

苏珊深吸了一口气,沿着水手梯爬下船舱。

驾驶舱里又剩下了提提和罗杰。

"喂,提提,你觉得我应不应该吹六音笛?"罗杰问,"他们要干什么呢?"

待在舱下的约翰已经把左舷床铺上的垫子掀开了,接着他用脑袋撑住垫子,然后一张一张地翻看那些航海图……过了沙头角……赛尔斯比尔……从欧沃斯到比奇角……再从比奇角到邓杰内斯……纽黑文和肖勒姆……朗斯顿和奇切斯特港……多佛至邓杰内斯……他几乎把每份航海图都扫了一遍,可还是没能找到他想要的那一份。

"苏珊,"他喊了一声,"我找不到呀……"

"他可能把它放到垫子的另一侧了,"苏珊说,"他今天本来要查看它,打算去伊普斯威奇……"

约翰"啪"的一声放下掀开的垫子。苏珊帮他掀开垫子的另一角,没过多久,他就找到了那张航海图,然后抽了出来。接着,他把那张图放在桌子上摊开,然后瞪大一双眼睛,盯着它看了半分钟,这时他才发现图拿倒了。他刷的一下脸红了,甚至有点发烫。不过,这也没什么大不了的。苏珊一点也没注意到。在她面前,他必须小心谨慎,绝对不能紧张。

这时候,驾驶舱里传来一声煎锅的巨响,罗杰探出脑袋,冲下边喊了一声:"我要不要吹六音笛呀?提提说,最好问问你们。"

约翰往上看了一眼。他没有理会罗杰的问题,相反却对提提的锅声做出了回应。

"我们不能抛锚了,"他一脸严肃地说,"现在应该鸣响雾角,不能再敲钟了。"

"我知道它在哪儿放着。"罗杰说。他跌跌撞撞地爬进船舱,从他们身边挤了过去,从一双海靴背后取下一个长条形的绿色雾角,"怎么才能把它弄响呀?"他在那根细长的活塞杆的末端找到一个黄铜把手。他握住推杆的把手,往外轻轻拉了一下活塞杆,然后又把它推了进去。

"怎么不响啊?"他说。

"当然会响,"约翰说,"把活塞完全拉出来,然后再把它慢慢推进去。"

突然,船舱里响起一阵震耳欲聋的雾角声。

"所有人都能听见这样的声音。"罗杰说。

"拿到甲板上去,"约翰说,"嗨!提提!别敲煎锅了!你们轮流拉响雾角吧。只要听见别人的雾角响了,你就让我们的雾角也响起来。"

他爬到水手梯的中间,望了一眼周围的雾。什么也看不见。他又爬了下来,发现苏珊正在查看那张航海图。

"我不知道哪儿是大海,哪儿是陆地,"苏珊说,"而且,不管怎么样,我们到底该怎么办呢?"

"那里是我们最开始抛锚的地方,"约翰指着一个地方说,"这是我们要进入的码头,这是那个平顶浮标所在的地方。我们肯定漂到这儿来了……除非其他地方还有一个名叫比奇诺的浮标。不可能的。这个浮标一定是我们之前见过的浮标。吉姆说过,潮水会向东北方向退回去……我们一定在这里……"

"呜……呜呜呜……"灯塔船发出警告,仿佛在提醒他。

"我们一定在朝灯塔船方向漂移……瞧,这里有个标记……嗨,怎么啦,苏珊?"

"让一下,"苏珊说,"我要去甲板上。"

他急忙给她让开路,她看上去就像失明了一样,一边摸索水手梯的台阶,一边慌慌张张地爬向驾驶舱。

约翰瞪着她,心里有点茫然。不会吧。苏珊不可能晕船吧。船身摇晃得不算厉害,还不如很多时候燕子号上的剧烈晃动呢。接下来,他突然发现自己伸手抓住了桌子。不管怎么样，也许他们遇上了大浪了。

"喂，苏珊，"他大声喊，"你没事吧？"

"没事……不过，别待在船舱下边。你也赶紧上来吧。"

急急忙忙地上去可不行。不是每天都有航海图看呢。普通的地图很容易看懂，红线是道路，蓝线是河流。航海图就不同了。陆地和大海彼此非常相似。幸亏吉姆昨天晚上让他看了一眼这张航海图，不然还真难看懂。你可能想不到，虽然平坦的地方没有道路标记，但那是陆地。那条粗线是高潮线？要不就是低潮线？那些虚线是浅滩标记，吉姆说过，虚线中间的那块阴影区是低潮时露出来的浅滩。其他的浅滩更可怕，它们隐藏在水面以下，十分危险，而且数量众多。当然，浮标也有很多，图上画了很多小浮标，旁边标有字母"R"或者"B"或者"B.W.核"。他心想，布莱克或者怀特也许核准过最后那一片浅滩。除了那几个字母之外，旁边还有一个浮标符号，看上去就像一面患了麻风病的小旗帜。他应该没有猜错。

很久以来，科克号灯塔船就在不停地吼叫，每分钟四次，仿佛是在提醒他说，妖精号现在已经不能抛锚了，正在不停地漂移。这片海域几乎到处都是浅滩，航海图上标记出来的有安德鲁斯浅滩、普拉特浅滩、克拉特浅滩、科克浅滩，还有其他一些没有名字的浅滩。"出海之后，待在那儿别动。"吉姆昨天晚上曾经说过。如果吉姆在船上指挥他们就好了。可是如果他在的话，一切都会顺顺当当的，他们就不会遇上现在的麻烦了。他说过吗？哪里才是安全的航道？……想起来了，科克灯塔船的旁边。一定是那儿，约翰伸出手指，在危险的浅滩之间画出一条航道来，看上去既宽阔又清晰。

正在这时，外边传来一阵吵人的噪音，先是灯塔船发出的"呜呜"声，紧接着，驾驶舱里的雾角突然也响起来了，然后就听见提提在大声叫喊。

"又有一个浮标。"

"哪儿？在哪儿？"那是苏珊在问。

"在那儿。过去了。上面有斑点。"

约翰三步并作两步地沿着水手梯爬了上来，他把脑袋探出舱顶，环视了一下四周，除了灰蒙蒙的大雾，什么也没有看见。

"它是什么形状？"他问。

"是方形的，我想。"提提说。

"我连影子都没有看见。"苏珊说。

罗杰使劲儿拉出雾角的推杆，直到完全拉不动后才停了下来，接着他又把它推了回去。雾角呜呜地吼叫起来，声音太大了，无论谁听见了，都会立即做出回应。可是，大雾中只有灯塔船的"呜呜"声，听上去非常规律，不像是专门回应他们。

"声音比刚才更近了。"苏珊说。

约翰急忙又跑下船舱。提提说过，那里有一个方形浮标。他趴在航海图上，疯狂地寻找那个方形浮标的标记。他找到了一个，接着又找到了一个，后来又找到了一个。浮标意味着浅滩，可到处都是浅滩。现在该怎么办呢？如果吉姆在，他会怎么办呢？吉姆会有什么打算呢？像这样顺着潮水漂流，一旦听见船底龙骨发出可怕的"咔嚓"声，那就意味着船搁浅了。他想到了古德温的船难，又想到了妖精号在水中颠簸的样子，忽然一下子就倾覆了。他仿佛看见船板破裂开来，泥沙和褐色的水流卷着漩涡，迅速涌进船舱。

甲板上传来一声叫喊，几乎是在尖叫。

"又有一个浮标！是一个大浮标！"

"要撞上我们了！"

"约翰！约翰！"

他立马冲进驾驶舱，虽然脑袋被重重地撞了一下，但他几乎没有感觉到疼痛。这回他终于看见了这个浮标。这是一个巨大的笼状浮标，顶部是平坦的，上面装有一盏灯，在浓雾中若隐若现，此时正对着船腹扑过来。二十码……十五码……十码……

约翰抱住毫无用处的舵柄，不停地来回摇晃，就像很久以前他摇晃燕子号上的舵柄一样，试图在无风的情况下让船移动。

"抓住救生圈，苏珊，"他大声呼喊，"马上要撞船了，船板会像鸡蛋壳一样裂开。"他飞快地跑到船舷旁，急忙扯掉一个救生圈，丢进了驾驶舱，然后又伸手去抓钩杆。提提抓住了一只拖把。可是，他们已经来不及挡开浮标了，来不及做任何事情了。他们四个人屏住呼吸，眼睁睁地看着那只巨大的铁浮标就要撞上妖精号脆弱的木头船舷。

撞击没有发生。

妖精号随着潮水慢慢转了一个弯，船尾及时掉转过来。那只巨大的浮标滑了过去，距离船舷几乎不到一英尺远。提提拎着手中的拖把，发疯似的使劲戳那座浮标。它过去了，十码……十五码……二十码……它消失在雾中。

"天啊！"罗杰叹了一声。

"哦，约翰！"苏珊大声叫起来。

约翰拿定了主意。

"我们不能再这样漂下去了，"他说，"如果我们不能转舵，我们就没法避开浮标，下次就没有这么好的运气了，可能会撞个正着。"

"可是我们该怎么办呢？"

"我要升几张帆上去。"

"吉姆会让你这么做吗？"

"只能这样了。我们别无选择，像这样漂下去不是办法。不仅要避开浮标，我们还要随时避开汽船。如果不升帆的话，我们就没法子躲开它们。"

"可是你知道怎么升帆吗？"

"是的，我知道，"约翰说，"我昨天升过一次帆，他在旁边看着，而且我已经完全做好了升帆的准备。不管怎么样，我相信我能把主帆升上去，然后再把它完全调整好，把船开起来，这样我们就能掌舵了，而且三角帆只是卷了起来，很容易就解开了。"

"我能帮忙吗？"罗杰说。

"坐着别动。"苏珊告诫他说。

从驾驶舱望过去，他们看见约翰沿着舱顶摇摇晃晃地走到前甲板上。接着，他们又看见他先拉了拉一根缆绳，然后又拽了拽另一根缆绳，直到他确信自己找对了缆绳之后才停下来。后来，他们又看见他双手交替着把一根缆绳拉了上去。主桅帆的帆头摇摆着从一堆红色的帆布中挣脱出来，慢慢向上爬升。突然，它被卡住了。约翰迅速跑到船尾，解开绑在吊杆正中间的一根绑绳。苏珊和提提虽然感觉有些难受，也急忙跑过去帮他解开头顶上的其他绑绳。现在船帆松开了，大片皱起的帆布突然灌了风，立即像海浪一样翻滚起来，一会儿鼓得老高，一会儿又落了下来。约翰又升起另一张船帆。这是一张大桅帆，一步一步地沿着桅杆向上爬升，接着也鼓了起来。然而，它也被卡住了。

"后支索把它挡住了，我们得把后支索松开……"

"后支索？后支索？哪一根呀？"

"就是那根，右舷旁边的那一根。"

约翰又拉了一下。不一会儿，这张哗哗拍打着的帆遮住了他。接着它已经升上了桅顶。他们又看见他了，这会儿他正把全身的重量压在升降索上，就像他们曾经看见吉姆做过的那样……好像举杯庆祝……对，就是这个词……不过，这和格罗格酒没有丝毫关系，吉姆·布雷丁曾经给好奇的罗杰解释过。约翰正在把那根缆绳绑牢，现在又开始绑另外一根。吊杆垂下来了一点。这张帆完全展开了。妖精号出现了侧倾。

"我该怎么做，吉姆？"苏珊大声说，"船在走。"

"把主帆索松开一点。"

他弯下腰，又把三角帆的捆绳松开了。三角帆突然散开，迎风舞动起来。

"拉紧帆索。这边这根，不要让它摆了。"

"这一根，提提。"罗杰说。

"我知道！过来！帮我！好像拉劲儿挺大的，不知道怎么了。"

他们俩使出浑身的力气，紧紧拽住三角帆的帆索。船帆安静下来，妖精号又开始前进了。约翰松了一口气，把前甲板上的升降索盘了起来，丢在主桅杆的脚下。

"过来掌舵，"苏珊喊了一声，"我不知道该往哪儿走。"

"船头现在朝哪个方向？"约翰一边问，一边急匆匆地沿着甲板一侧走向船尾。

"我什么也看不见。"苏珊说。

"快让开，罗杰。"约翰说着，从甲板上跳下来，钻进驾驶舱，罗杰连忙让开路，站在驾驶舱的背风处。透过苏珊擦得锃亮的舷窗，约翰看了一眼装在舷窗里边的罗盘。罗盘的刻度盘不停地摇摆……西北……西北偏北……又回到西北……可是吉姆不是说过吗，潮水会把他们带到科克灯塔船的东北。他们刚才一直往西北方向走……

约翰急忙冲上甲板，拉住主帆索，双手交替使劲儿，迅速把它松开。

"把船头转向顺风,苏珊。把船头转向顺风。立即转……再多转一点。快点!我们正在沿海岸航行,马上就要撞上浅滩了。"

他绑牢帆索后,接过了舵柄。灯塔船的"呜呜"声就在他们正前方,不再是正横方向了。他又看了一眼罗盘……西北……西偏北……北……东偏北……东北……东北偏东。他抬起头,望了一眼挂在桅顶的三角旗,看见它在朦胧的雾色中随风飘舞,旗尾正好指向船头。

"约翰,"苏珊说,"如果你确信陆地在那边的话,为什么不直接朝那个方向开过去,我们可以靠岸,也可以抛锚,那样不好吗?"

他们三个都盯着他,期待他的回答。

"我们不能那样做,"约翰说,"那样做只会让妖精号搁浅,我已经弄丢了一只船锚,不能再出岔子了。"

"我觉得我们应该试试。"苏珊说。

"不行,"约翰坚决地说,他几乎要发火了,"去看看航海图吧,距离海岸这么远,我们很容易撞上礁石,雾这么大,我们就像瞎子一样,不知道该往哪个方向行驶。"

"如果妈妈在的话,她一定会让我们试试……"

"我想她不会……爸爸也不会,不管怎么样都不会。听着,苏珊,只要妖精号没事,我们就会没事。可万一我们在礁石上把它撞破了,或者遇上别的什么,任何情况都可能发生。我们现在只要保证不撞船就行了。过不了多久,雾就会散去……注意周围的任何情况。当心任何东西……"

在海风吹拂之下,妖精号平稳地向前行驶,船身驶过水面时,船舷下边传来一阵阵柔和的"哗啦"声。约翰掌着船舵,一会儿低头看看罗盘,一会儿抬头看看头顶上方幽灵一样舞动的三角旗。苏珊、提提,还有罗杰,每个人都瞪大了眼睛,盯着周围的大雾,以免发生任何意外。每隔十五秒钟,科克灯塔船就会发出"呜呜呜"的沉闷笛声,而且每一次听上去都比上一次更近了。

第十章　出海了 ⚓

比起别人来，苏珊心里最难受。海风从船尾徐徐吹来，约翰双手紧握船舵，一刻也不敢放松。他不仅担心船帆会翻过来，而且还担心吊杆会打横。提提和罗杰紧盯着船身周围的大雾，时刻保持着警惕，害怕又会遇上一座和礁石一样危险的巨型铁浮标。然而，苏珊脑子里想的全是吉姆·布雷丁——他在拼命划着小舢板，到达妖精号原来的锚地后，一遍又一遍地寻找他们。如果他发现妖精号不见了，他会怎么办呢？会给风磨坊的妈妈打电话吗？如果妈妈接到电话，听到吉姆说他的帆船不见了，不知道他们几个出了什么事，她一定会急得发疯。他们之所以被允许和吉姆·布雷丁一起航行，是因为他们向她承诺过，不会驶出港口。可现在他们却开着比燕子号大不了多少的一艘帆船，在海面上盲目地航行。妈妈绝不会让他们单独驾驶一艘这样的帆船，即便是在风和日丽的天气，她也不会允许他们在港口内独自驾船航行。现在他们竟然出了港，迎着呛人的浓雾，不断前进。海风越来越大，船速越来越快了。他们真不该轻易违背自己的诺言。

"呜……呜呜呜……"灯塔船的忧郁笛声越来越近了，已经近在咫尺了。

突然，罗杰从座位上溜了下来，伸手握住了雾角的长把手。因为刚才大家都忙着升帆，妖精号在不断前进，他又急着去发现下一个浮标，免得约翰会撞上它，所以早把雾角忘到九霄云外去了。

"我应该拉响几声雾角？"他问约翰。

约翰没有听见。那艘灯塔船已经非常近了。他在想，接下来他该怎么做呢？

他必须尽快做出决定。

提提回应了一声。她的脑袋嗡嗡响，她有些担心自己要晕船了。她也不是十分了解雾角信号的规定，"三声吧，"她说，"海风从帆船尾吹来。记得《蟹岛寻宝》里说过，要拉响三声雾角。"

"有人可能会回应我们。"他说。

然而，没有人回应他们……那艘灯塔船隐约可见，除了它发出的长长的呜咽声之外，他们什么也没听见。

海风比刚才更强了。蒙蒙雾色中，细浪变成了涌浪，浪头不时从船尾扑过来，海面上泛起阵阵白沫，看上去十分耀眼，在浪花的推动下，妖精号翘起船尾，一路向前飞驰。

"喂，苏珊，"约翰说，"我们不能一直这样开下去呀。我们距离灯塔船一定很近，灯塔船的外侧有许多浅滩。你来掌舵，我下船舱去看看航海图。不过，不管你怎么转舵，千万不要转帆。海风正好从船尾吹来，很难掌舵。一会儿你站这边来，这样就能看见罗盘了。"

苏珊接过舵柄。约翰给她指了一下舷窗后边的罗盘："几乎是东北航向……尽量保持这个方向……不过，要小心船帆翻转……"

苏珊看了一眼罗盘，希望刻度盘上的指针指着"东北"不变，恰好和罗盘上的一条黑色的粗线相重合。太偏向一侧了……现在又太偏向另一侧了。

主帆索突然松了。帆船开始扭动身子。吊杆向内舷转过来。约翰急忙抓住舵柄，转了一下。吊杆重新转出船舷，帆索猛然一抖，又绷紧了。

"必须及时转舵，"约翰说，"你得十分小心。"

"你继续掌舵吧，"苏珊连忙说，"我去把航海图拿上来。"

她爬下陡峭的水手梯，钻进船舱。可是双脚刚一落地，她就伸手扶住桌子，希望稳住自己的身体。她发觉自己的嗓子好像被东西堵住了，尽管她连一滴水也没喝过。船舱下边似乎没有空气……一点空气也没有。她不会是晕船了吧？可是，她必须张开嘴巴呼吸……空气……她需要空气……沿着水手梯望着上面的浓雾……她只能看见约翰的脑袋和肩膀，背后是灰蒙蒙的天空……他身子前倾，一会儿朝这个方向转动舵柄，一会儿朝那个方向转动舵柄……如果脚下的地板不摇晃就好了……她脚下一滑，一屁股坐在床铺上……太糟了，她从没经历过这样的感觉……她把手撑在桌子上,挣扎着站起来,虽然桌子固定在地板上,但它看上去似乎想逃走。快点,快点。再待一分钟的话,什么事情都有可能发生。航海图放在哪儿?哦,它从桌子上掉下来了,正躺在桌子底下呢。她弯下身子,伸手抓住它,然后急忙冲向梯子,爬了上来……

"喂,你没有撞到自己吧?"提提说。

"我好好的呢。"苏珊说完,迅速喘了一口气,接着又深吸了一口雾气,感觉好多了。也许这是一场虚惊。可是,只要她一看见那条通向狭小幽深的船舱的梯子,心里就感觉怪怪的。她不敢往下看了。她必须抬起头,看看周围的雾……浮标……灯塔船……万一她病倒了,谁来照顾她呢?

她听见约翰在说话,但他的声音似乎很遥远。也许他已经说了一段时间了。他在说什么呢?不……不……他不是那个意思……

"浅滩在灯塔船的另一侧……太多了……海岸旁边也有浅滩……那一大片浅滩就是吉姆说过的地方,那些帆船就是在那儿搁浅的。"他抬手朝大雾中指了指,"不过,这两片浅滩之间还有一条畅通无阻的航道,宽度足够行船了,只要我们不要太偏向北边就行了……"

"可我们不能过去呀……不行。"苏珊的眼泪几乎又要流出来了。

"我们必须离开这片浅滩,"约翰说,"这里不安全。你自己看看这张航海图……"

苏珊看了一眼航海图,刚把它举起来,海风就把它吹得哗哗作响。她盯着它看了一眼,可是她觉得这张图就像一张白纸。她的眼睛似乎不起作用了。约翰到底要干什么呢?他说的那片地方在哪儿?约翰的嘴巴还在动,好像自己和自己争论着什么,不像在和她说话。接着,雾角声又响起来了,就在她的身边。

"哦,安静一会儿,罗杰!"她吼了一声。

"我必须让它再响两次,"罗杰说,"不然的话,他们会认为我们在迎风航行。"

"谁?"

"听见雾角的人。"罗杰一边大声说,一边又把推杆压了下去。雾角又吼叫起来。

"再响一次就行了。"他抱歉地说。然后,他又把推杆拉了出来,"这次是最后一下了。"

苏珊急忙把航海图递给约翰，用手捂住了耳朵。

当她松开耳朵之后，又听见约翰还在絮絮叨叨地说着什么。"我们不能停下来，"他说，"即使我们没有船帆，潮水也会把我们带到别处。你见过的，潮水冲过那些浮标，水流多猛呀。如果潮水把我们冲上了浅滩，船就会搁浅，到那时候，我们就无能为力了。如果我们继续前进，直接驶过这座灯塔船，就会撞上另一侧的浅滩。还记得吉姆讲过的故事吗？那个搁浅的水手把船弄丢了。如果现在吉姆在船上，他也会这样做。他会尽快驶出这片浅滩，等到雾散了，能看清周围情况之后，再掉转船头返回来。如果我们向南偏一点……只要看一眼航海图，你就会明白……"

"可是，你并不知道我们现在的位置呀！"

"不，我知道。我们接近灯塔船了。你听听。"

"呜……呜呜呜……"

"我们还是不能……"

"我们只能这样做了。"约翰说。

"我们承诺过，不会去海上。"苏珊抱怨了一声，把头扭向一边。提提和罗杰都看着她，她几乎不能忍受他们迷惑的表情。

"我们不是故意的，"约翰说，"我们已经出海了，雾这么大，不能回去。如果我们试图返回，就像在黑暗中穿过一扇狭窄的门，妖精号随时会撞上什么东西。如果我们绕过去，门的另一侧很宽敞。你自己看看吧。如果朝东南方向行驶，稍稍向东偏一点，我们就能通过。这几英里的航道上，没有任何东西会挡住我们。没必要想其他计划了，只能这样做。东南方向，稍微偏东……我们都会没事的。现在就行动，不然就晚了。灯塔船离我们太近了……"

"呜……呜呜呜……"

每隔十五秒钟，大雾中的科克灯塔船就会发出一阵"呜呜"声，仿佛是一只巨大的时钟发出的"嘀嗒"声，不时提醒他们，必须马上行动起来，一刻也不能耽误了。

"我们已经违背了诺言，没必要再遵守它了。"提提说。

"又出现一座浮标，"约翰说，"在那边。一定得小心呀。我来看一下罗盘和船帆……"

"我能再让雾角响一次吗？"罗杰问。

"不要，再等半分钟。我们必须做出决定。"

"就按约翰说的做吧，"提提说，"爸爸也会这样说的……你知道，一旦到了生死关头，所有的规矩都要丢进大海里。当然啦，现在谈生死还早着呢。可如果妖精号撞上了浅滩，很容易就会遇上那样的危险。"

"我们怎么回去呢？"苏珊说。

"如果我们一直往东南航行，直到雾散，我们就能掉转船头，往西北方向走……不管怎样，只要雾散了，我们就能看见东西了。"

"呜……呜呜呜。"

灯塔船的笛声又响了，约翰终于下定了决心。一刻也不能耽搁了。

"我要把船绕过去，"他说，"来吧，苏珊。我们必须转帆，这样更容易驾驶。来吧。你来掌舵还是我来？还是你来吧。我一喊转帆，你就把船头掉转过来。必须先抓住主帆索。还要调整后支索，吊杆转过来之前，必须把另外一根缆绳解开。提提，你做好准备，解开那根缆绳。来吧，苏珊。"

"三角帆怎么办？"罗杰说，"我来负责好吗？"

"现在不用管，转帆之后再说吧……只要我们能把吊杆完全转过来……准备好了吗，苏珊？"

苏珊已经握住了舵柄，不知不觉地看了一眼大雾上方模糊不清的三角旗，就像驾驶燕子号在北方的湖面上航行一样，不时查看主桅杆上的旗帜。约翰双手交替着，尽可能快地拉紧主帆索。

"不行，苏珊，那样不行，别让它松开了。帮她一把，罗杰……等一下，我来把它绑紧。"他抓住主帆索，绾了一个圈，准备调整后支索。驾驶舱里到处都摆满了缆绳。

"现在好了，松开吧，提提。继续转向，苏珊，把船头转过来。用劲压住舵柄，罗杰。好的。船身转过来了……现在好了……"

突然，吊杆从他们的头顶横了过去，不过，因为约翰把缆绳拉得很紧，所以吊杆并没有移动太远，相反，它颤抖了一下，停住了，看上去还不算太糟。妖精号向左舷倾斜过去。约翰绑紧后支索后，然后迅速松开主帆索，动作要比刚才麻利多了。

"稳住船，"他大声叫喊起来，"别让它再转回来了。"

苏珊和罗杰一起用力转动舵柄。

"哦，小心……别让船帆再转回来了。"

"你来掌舵吧。"苏珊请求说。

约翰上气不接下气地跑过来，再次接过舵柄。

"我们现在可以放开三角帆了。是的，松开帆索。"

三角帆一松开，海风就把它吹得横过来。不过，它刚开始啪啪地摆动，苏珊立即拉紧了左舷三角帆索，很快它就驯服了，完全安静下来。

约翰一边双手紧握舵柄，一边透过舱窗查看摇摆不定的罗盘。南……东南……东南……东南偏东……他必须保持这样的航向。现在容易多了，海风正好从船尾方向吹来。没必要再担心转帆了，吊杆折断或者后支索拉断桅杆的危险都过去了。即便这些船帆不如吉姆设置得好，妖精号的航行看上去也很漂亮。刚才一直忙着转帆和改变航向，没顾得上去看航海图，现在它已经滑到地板上了。约翰从脚下把它捡起来，看了一眼图上的标记，然后又看了看罗盘。天啊！指针往南边偏得太远了。他急忙压紧舵柄，罗盘的指针又回到原来的位置上，而且还过了一点。现在又回来了。他斜靠在舵柄上，一边查看航海图，一边观察罗盘。不错，这下应该没事了。前方水面一路畅通，可以一直行驶到航海图底侧的沉船湾灯塔船附近。过了那个地方，他们就没事了。吉姆自己也曾在那儿停泊过。如果吉姆在的话，他还会这样做。如果爸爸在，他也同样如此。尽管除了茫茫大雾外，约翰什么也看不见，尽管他违背了诺言，尽管他们现在惹了一大堆麻烦，他还是很惊讶地发现自己已经不太担心了。现在他已经做了决定。他敢肯定，这绝对是一个正确的决定。

大雾迟早会散去，再过一阵子，他就要想想该怎么回去了。现在唯一要做的就是驾驶好帆船，沿直线前进，不能撞上任何东西，一直航行下去，直到避开那些可怕的险滩。它们一个个张着血盆大口，正在等待这艘被大雾蒙住眼睛的小帆船驶过去。虽然约翰还有不少麻烦，但此时他似乎又开心起来。

他向罗杰点了一下头，小罗杰等着要把雾角的推杆拉出来。

"好的，响三声。海风仍然从船尾吹来。不过，还是要小心。小心一切你认为危险的东西。我们千万不能撞上浮标……你也一样，提提……喂，怎么回事？"

提提的双手捂在她的前额上。

"真对不起，"她低声说，"我……我想，我可能晕船了。"

"没人会晕船的。"约翰说，他尽量让语气听上去比较真实。看到提提的脸色发绿，他自己也不愿相信刚说过的话。海风肯定还在增强，妖精号还会摇晃得更厉害。他看了一眼提提，又看了看苏珊。苏珊弯着腰，蜷缩在驾驶舱的一个角落里。她的脑袋耷拉在胳膊上，身子靠在舱壁上，两只肩膀一起一伏，好像要呕吐的样子。

"苏珊，"约翰说，"苏珊，我知道，你会没事的。"

没有人吱声。苏珊刚给妖精号调整了新航向。她是船上的二副，就像在燕子号上一样，必须听从船长的命令，完成船长交代的各种任务。现在所有的事情都忙完了，她终于又有时间思考了，各种疑问一起涌上心头。不能指望提提和罗杰，他们自己不能做出决定，他们只能听从她和约翰的安排。"不能出港！"他们现在在哪儿？已经出了海港，正在大海上航行，而且随着海风不断增强，帆船的速度越来越快了。每过一分钟，他们距离海港就更远了，距离菲利克斯托码头更远了，距离风磨坊也更远了，妈妈和布莱基特还在风磨坊等他们回去。吉姆可能还在大雾中一边划着小舢板，一边瞪大了眼睛，四处寻找他的帆船。海风又增强了。夜幕马上要降临了，他们仍然在浓雾中前进。除了心里感到难受之外，她的胃部似乎也不舒服，时不时地想呕吐。不管她怎么深呼吸，总感觉空气不够用。

"苏珊。"约翰又喊了一声。

她转过头。他看见泪珠从她的脸颊上滚落下来。

"这样做根本不对，"她哭了起来，"我们必须立即回去。不能这样做。我不想这样，我受不了了。"

"我们不能回去，"约翰说，"现在回去不安全。"

"必须回去。"苏珊坚持说。

罗杰正想把雾角再拉三下，这时他刚好看见了苏珊。他似乎从未见过苏珊哭泣。

接着，提提突然抱住驾驶舱的栏杆，身子向外伸了出去。

"她晕船了。"罗杰说。

约翰伸出一只手,搂住她的肩膀。

"别碰我,"提提说,"我没有晕船。我不会晕船,我只是有些头疼。如果我躺一会儿,马上就会好起来。"

她步履蹒跚地走向水手梯,抬脚下了一级楼梯,接着又往下滑了几级,然后一个跟头倒在船舱的地板上。

"提提,你还好吧?"约翰大声叫喊,"喂,罗杰,你去帮她一把。我去不了,舵柄不能离手。"

这有点太糟糕了。

"我去吧。"苏珊气呼呼地说。她深吸了一口气,摇摇晃晃地爬下船舱去了,只留下面面相觑的约翰和罗杰。他们俩都没有说什么。约翰继续握紧手中的舵柄,罗杰犹豫了一会儿,继续紧盯灰蒙蒙的大雾。

前舱里的提提已经爬上了床铺。她仿佛感觉有锤子在敲打她的脑袋,脑壳几乎要裂开了。苏珊下来了。只要有事要做,她立马又成了二副。她必须给提提盖上毯子,帮她垫好枕头。只有忙起来,她的双脚才能在甲板上站稳。她一会儿俯在提提身上,一会儿又抓住床沿,好几次就要摔倒了。费过一番功夫之后,她终于给提提盖好了毯子。

"好好睡一觉。"她说。

"躺下来就好多了。"提提回了一声。

接下来,苏珊害怕的事情发生了。她还来得及出舱吗?许多颗小星星从她眼前一闪而过。她吞咽了一口空气,忍住强烈的呕吐感。紧接着,她迅速冲向水手梯,挣扎着爬了上去,然后跌跌撞撞地爬进驾驶舱。她伸手抱住栏杆,就像提提一样,"呕……呕……呕……"她痛苦地呻吟着,俯在栏杆上吐起来。她吐完一次,又吐了一次,连续好几次。最后,她的呕吐终于停下来了。这时候,她才想起自己挡住了罗盘,也许约翰看不见它了。她拖着沉重的脚步,挪到驾驶舱另一侧的一个角落里,双手仍然不敢离开栏杆,随时准备再次呕吐。

"苏珊,"约翰开口说,"可怜的老伙计。"

没人回答他。

"苏珊,"约翰又喊了一声,"我们得鸣雾角了。"

苏珊把脑袋靠在舱壁上,"嘤嘤"地哭出声来。

约翰的嘴唇动了一下。他连忙咬了咬嘴唇，却感觉眼睛有点发热。有那么一会儿，他想放弃，准备返航。他望了一眼船尾灰蒙蒙的大雾。不行。他必须继续前进。他们最安全的做法就是去外海。他坚定地抬起一只脚，抵住对面的座椅，双手抱紧舵柄。他瞟了一眼罗盘，感觉眼神似乎没有平时好用了。东南……东南偏东……东偏南……东南偏东……他朝罗杰点了一下头。

　　罗杰压下雾角的推杆，"呜——呜——呜——"雾角连吼了三声。如果约翰说没事，就一定不会有事。接着，他拍了一下苏珊冰凉的手背。

　　科克灯塔船的"呜呜"声已经移到了船尾方向。

　　他们眼前只有一道灰色的雾帘。雾帘之外，就是无垠的大海。

第十一章 谁犯的错？ ⚓

"那是什么声音？"

在好长一段时间里，一种新的响声不断从雾中传来……那是一种长长的笛声，仿佛永远不会停歇下来。终于暂停片刻后，又是一声长长的笛声，和前面的笛声一模一样，随后又是短暂的停顿，大概隔了一分钟的样子，又是两声长长的笛声。

"是航海图最边上的灯塔船，"约翰说，"到了沉船湾，吉姆上次从多佛过来的时候，他就是在那儿抛的锚，然后等待涨潮。不可能是别的地方……我们成功了。我们安全抵达外海了，没有撞上任何东西。苏珊，看到了吗？我们不是全都安然无恙吗？"

"可是我们根本去不了那儿，"苏珊嘟哝着说，"呕……呃……呕。"她仿佛一口吞了一个大苹果，又想立即把它吐出来，却发现嗓子眼太细了。

现在海风吹得更猛了。妖精号顶着白茫茫的大雾，不断向前疾驰，一会儿冲上浪峰，一会儿又跌入浪谷。现在又涌来一阵海浪，它又升上了浪峰。约翰已经知道掌舵的技巧了，只要会用舵柄绳，掌舵就变得容易多了。一开始，他并不明白那些绳子有什么用处，但过了一段时间，他把一条舵柄绳绕在一根木楔上，让绳子承担舵柄的巨大拉力，这样他就轻松多了。罗杰仍然负责雾角，每过一段时间，他就会鸣几声雾角。刚才好害怕呀，但现在终于让人放心多了。约翰也没有刚才那么担心了，因为他们终于驶出了那片浅滩。现在提提正躺在下边的床铺上，苏珊也晕船了,他觉得自己和约翰现在就是这艘船的主人了。不管怎么样,他将来都要当一名水手,就像爸爸那样。当然,胆子太小可不行。不过,时间久了,谁也不会怕这怕那了。

"喂,约翰,"他说,"船走得好快呀,超过了它的最大航速。"

"还不赖。"约翰说。

那两声悠长的笛声越来越近,过了一会儿,又转到了船尾,接着慢慢远去了。他们一直都没看见那艘灯塔船,尽管他们曾经靠它很近很近。

两个小时后,情况又变了。几乎在一瞬间,周围突然好像明亮起来。

"现在能看更远了。"罗杰说。

"雾终于要散了,"约翰说,"海风这样刮下去,我想,肯定能把大雾吹走。"

"雾散了。"罗杰说。一团团薄雾飞快地掠过白浪翻滚的海面。

"又有麻烦了。"约翰说完,回头看了一眼。

"什么呀?"罗杰问。他也回头看了看。

周围的雾减去不少,但船尾似乎飘来一片乌云,慢慢地压向海面。

"要下雨了。"约翰说。

"风来了,雨来了,"罗杰忽然想起爸爸教过的儿歌,开心地念出声来,"风来了,雨来了,升起帆,开起船……我们要不要把支索帆升上去?"

"当然不用,"约翰说,"没必要走太远,我们还要回去。况且船帆已经足够了。不能再升帆了。哈罗!你听!听见什么声音了吗?"

他们侧耳倾听。猛烈的海风吹过帆索,索具发出"噼里啪啦"的响声;海浪从船下急速涌过,伴随着阵阵轰鸣。那些浪峰不时迸裂开来,化成一片片白色飞沫。

"你听,马上要响了……"

他们的前方隐约传来一阵笛声。先是两个长声,然后是一个短声。

"那是另外一艘灯塔船,"约翰说,"离我们很远。"

苏珊抬起疲惫无力的脑袋,看了看周围。

"雾消了,约翰。真的。我可以看见很远的距离。我们不返航吗?"

约翰又看了一眼船尾。

"能见度还不是很好,不能看见所有的东西,"他说,"你瞧,麻烦要来了……现在掉转船头可不会有好结果……"

他的话音没落,雨点就掉落下来,砸在他们身上。"砰……砰……"雨点打在绷紧的船帆上,发出"砰砰"的响声。

"去拿油布雨衣,"约翰说,"快点。"

"我不能下去。"苏珊说。

"你来掌舵吧,"约翰说,"不,小心。这种情况很难对付……"他用尽全身力气,终于把舵柄推了上去,海风裹着雨点,向他猛扑过来,"好样的,罗杰,你去吧。"

罗杰沿着水手梯跌跌撞撞地爬下船舱。他挣扎着往前走了几步。躺在床上的提提抬起惨白的脸,不解地看着他。

"怎么啦?"她问。

"他们需要油布雨衣,"罗杰说,"下雨了。"

"我们已经往回走了吗?"

"没有,不过我想我们就要回去的,很快……苏珊想回去,可约翰说要等雨停了才行,天色太暗了。"

罗杰又挣扎着向前走了几步,从桅杆和床铺之间挤了过去,然后从橱柜下面拉出一卷油布雨衣来。接着,他滑了一跤,一屁股跌坐在地板上。于是,他干脆坐在地上清理那些雨衣。

"我找到了约翰的和我的,"他说,"这一件是吉姆的……"

"哎呀,我想,"提提说,"如果没带雨衣,他一定会变成一只落汤鸡。"有那么一会儿,她仿佛看见妖精号的船长呆坐在码头那儿的系船桩上,任凭大雨不断浇在自己身上。

"这是苏珊的吗?"

"不是。是我的,"提提说,"我的上面有个绿标签。她的是褐色的。"

"找到了,喂,提提,你的脑袋还疼吗?"

"好多了。别把我的雨衣收拾起来,我也要穿。"

罗杰晃晃悠悠地站起来，努力挤过忽上忽下的船舱，往头顶看过去，雨水已经开始从舱顶向下溅落。他身子一歪，"砰"的一声撞上了餐桌，两脚立不稳，于是和怀里抱着的雨衣一起倒在地上。过了一会儿，他又爬了起来。雨水正沿着水手梯往下淌。赶紧！他抱起雨衣，从水手舱口递了上去。有人把它们接住了。他跟在雨衣后面，爬了出去。

"提提好多了，"他说，"她要上来了……"

"不行，她还没好呢，"苏珊说，"大家都淋湿了可没什么好处。提提，你待在下边，躺着别动。"

提提双脚刚刚落在地板上，就听见了苏珊的喊声，她犹豫了一会儿。忽然，船身猛地一颠，她的太阳穴针扎似的疼起来，看来，她不得不放弃了。她现在病成这个样子，只会给大家添麻烦。她又在铺位上躺下来，倾听雨点落下时的"啪啪"声，海水撞击妖精号的薄船舷时的"哗啦"声……吉姆站在码头堤坝上……还有妈妈和布莱基特……太糟糕了……可这是一次真正的航行……如果南希船长知道了该多好啊……

"你也下去，罗杰，"苏珊说，"最好不要被雨淋湿了。"

"可是谁来负责瞭望呀？"罗杰问，"谁来拉响雾角呢？我的雨衣新着呢，一点也不会漏水。"

"让他留在上面吧，"约翰发话了，"小心，罗杰。抓住舵柄上的绳子，用最大的劲儿。我来把胳膊伸进雨衣里。不用了，你把雨衣穿好了再说吧。"

妖精号颠簸得十分厉害，一会儿把他抛向驾驶舱的一侧，一会儿又把他抛向另一侧，要把雨衣穿好并不是一件轻而易举的事。不过，罗杰最后还是穿好了雨衣。现在，他紧紧地抓住船舵和舵柄绳，心里既高兴又担心，仿佛自己在驾驶这艘船一样。苏珊嫌麻烦，没有把雨衣穿在身上，只是把雨衣绕在肩膀上，就像戴了一个斗笠，这样就不用把胳膊伸进袖子里了。不过，那个角落让她尝到了苦头，雨水顺着她的脖子淌下来。约翰用后背抵住舵柄，一边帮助罗杰掌舵，一边设法穿上雨衣。他先把防水帽从口袋里拽出来，然后把它牢牢地戴在头上。

"戴上你的防水帽，苏珊，"他说，"如果头上什么都不戴，头发打湿了可不好。罗杰，把你的帽绳系在下巴下边，不然会掉的。现在好了。这雨下得真大呀。你听，雨点打在水面上的声音。"

暴雨来了。一道白色的雨墙从天而降，不断落入大海。

不一会儿，主桅帆就变成了黑色，从头到尾都湿透了。雨水顺着吊杆流下来，落在舱顶上。天空中的大雨似乎是成桶倒下来的，哗哗地落在甲板上，不一会儿，甲板上就出现一条大河，河面上漂着无数朵水花，飞快地冲向背风一侧的排水口。缆绳也变黑了，僵硬了起来。舱顶的雨水就像一道瀑布，不停地倾泻下来，涌进驾驶舱。苏珊打起精神，把舱顶上的滑动舱盖拉下来，关上舱门，但梯子脚下早就汇集了一个小水塘。

"太可惜了，水箱都装满了。"罗杰一边说，一边转身面对风雨，使劲张开嘴巴，就像一个遭遇船难的水手，坐在一只小筏子上，渴盼甘甜的雨水湿润冒烟的喉咙。

约翰冲他笑了笑，没有说什么。因为在这种风雨交加的天气中，要想让妖精号保持航向太困难了，他一刻也不能分心。虽然他戴着防雨帽，可冰冷的雨水还是钻进了他的脖子，他只好不停地扭动双肩。透过舷窗，他看了一眼罗盘，不过很难看清罗盘的指针，因为流淌的雨水已经模糊了舷窗玻璃。

罗杰拧掉螺丝，轻轻推开这扇舷窗。苏珊今天早上还曾精心擦拭过它，当时他们还停泊在哈里奇港，但那仿佛是很久很久以前的事了。约翰现在觉得方便多了，他至少能看清罗盘了，当然，看上去仍然不太清晰，因为舱顶的活板拉出来之后，水手舱的两扇舱门也关上了，光线太暗了。

"这场雨和刚才的雾一样，糟透了，"他说，"最好再鸣一会儿雾角。"

"好的，好的，船长。"罗杰回答说。

三声雾角紧挨着苏珊响起来，把她吓得浑身一激灵。

突然，他们听见远处有汽船拉响了汽笛，还有灯塔船有规律的"呜呜"声，两长一短，这种信号困扰了约翰很长一段时间，他怎么也想不明白它是什么意思。

暴雨一阵接着一阵，一刻也不想停歇。一阵暴雨过去之后，周围的海面似乎开阔起来。可没过几分钟，又一场暴雨铺天盖地席卷而来，海面马上又变窄了。他们仿佛在一个小水塘里行驶，周围是暴雨围成的厚厚墙壁。

"喂，苏珊，"约翰说，"瞧见了吧，天气这么糟，返航可不会有好结果呀。"

"雨一停你就回去，是吗？"苏珊问，"天马上要黑了，我们还不知道自己在哪儿。"

"天一放晴，就能看见东西了，然后我们立即掉头回去，"约翰说，"你不是要我们在雨停之前就回去吧？"

"只要一有机会，我们就回去。"苏珊说。

"我们会的。"约翰说。

苏珊抓住驾驶舱的栏杆和舱顶，慢慢站了起来。雨衣上聚集的雨水像一泓湖水，"哗啦"一声落在地板上。她先把一只胳膊伸进一只雨衣袖子，然后又把另外一只胳膊伸了进去。约翰一边小心掌舵，一边满怀希望地看着她。

"现在好多了吗？"他最后开口说，"好苏珊。"

"爸爸说过，很多水手每次出海都会晕船。"罗杰说。

"我之所以这样，是因为我们根本不该出海，"苏珊说，"我们航行多久了？"

"好长好长时间了。"罗杰说。

"我的手表落在船舱里了，"约翰说，"瞧瞧那只挂钟，罗杰。"

罗杰把舱门推个半开，把脖子伸了进去，"天啊，"他说，"快七点了！"

"我们返回去也要花同样长的时间。"苏珊说。

"可能会更久，"约翰说，"逆风……我们还没回去，天就黑了……"

"要抢风航行吗？"苏珊问。

"就和那天晚上一样，我们乘坐燕子号在湖面上航行，当我们数到一百的时候，我们就转帆抢风航行，又数到一百的时候，再次转帆抢风航行。"

"那天晚上我们差点撞上一座岛屿。"罗杰说。

约翰沉默了。没有必要提醒他，实际上，他记得非常清楚，妈妈批评过他，说他几乎就是一个傻瓜，航行一夜是不允许的。有那么一会儿，他一直在担心，如果逆风航行，他怎么才能驾船沿着来时的航线回去呢？如果天黑了，事情可能会更麻烦。他提醒自己，是啊，那是一个疯狂的夜晚，他们在湖面上不停地抢风航行，那已经是两年前的事了，他现在又长大了不少。可这是在大海上，不是在湖面上。这里根本没有合适的登陆点，不可能让他们系了船，然后美美地睡上一觉。

"也许风向会变的。"他最后说。

但暴雨还是从同一个方向接连不断地倾泻下来，他们只有继续前进，继续前进，无论雨水湿透了船帆、甲板、舱顶，还是湿透了他们披着雨衣的后背，似乎都不重要了。灯塔船的"呜呜"声从他们前方不远处传来，接着又偏向北侧，然后又移到船尾。慢慢地，"呜呜"声越来越弱了。

最后一阵暴雨卷过巨浪翻滚的灰色海面的时候，他们面前的天空早就暗了下来。

"雨停了。"罗杰说。

他们向船尾望去，一排排白帽浪滚过灰色的海面，灰色的云层下方，横着一条淡淡的白色天际线。至于陆地，他们连它的轮廓也没见到。海面上只有孤零零的妖精号独自在航行。它时而腾起，时而落下，追逐着波浪，追逐着云朵，飞一般地疾驰。然而，汹涌的海浪速度总是更快，它们一浪高过一浪，从船尾滚滚而来，不断冲入高空，再轰然落下，浪头裂成千万片碎玉，留下一条长长的白色泡沫带。

"我们返航吧。"苏珊说。

约翰深吸一口气，看了一眼罗盘。他们一直朝着东南方向航行。如果要返航的话，他们必须转向西北方向。他转过身，迎着海风，两侧脸颊同时有海风吹来，他知道自己这样正好是逆风。看来情况比他原先料想的更糟。风向已经改变了一点，他们返航途中几乎完全是逆风。这样一来，他们一路上都要抢风航行，而且只能在航道上以"之"字形前进。然而，他甚至不清楚他们的航道到底在哪儿。潮水已经改变了航道的走向，肯定和罗盘显示的方向不一致了。退潮把航道冲向一侧，而涨潮又把航道冲向另一侧，接着退潮又把它冲了回来。夜幕已经降临了。在开阔的海面上航行，黑夜并不比大雾糟糕多少。可是，夜晚航行的时候，他们怎么做才能避免太靠近海岸？怎么做才能避开所有的浅滩？罗杰一直盯着约翰的一举一动，苏珊一直很信任他，同意他把大家带到海上来，他必须解决好这些问题，不能出现任何差错。不管怎么样，他要设法回到那些灯塔船附近。吉姆是怎么做的呢？原地等待，看清航道之后再动身吗？如果他们能像吉姆一样，找到沉船湾灯塔船，一直盯着它航行，直到天亮……

"好吧，"他说，"现在就返航。船掉头的时候，我们必须把主帆索收回来。你们准备好了就告诉我一声。"

"准备好了，"苏珊说，"越快越好……"

"好的。"约翰说着，回头扫了一眼海上的白帽浪。他解开舵柄绳，让舵柄转回来，然后，在苏珊的帮助之下，双手交替着收回主帆索。

接下来，一切都准备好了。

然而，仿佛是眨眼之间，猛烈的海风竟然变成了飓风，一切来得那么突然。如果你乘船向前航行的时候，你永远感觉不到海风会有多么强劲。可当你转帆的时候，你才会发现，海风完全变了。

妖精号掉转船头的时候，侧舷正对着海浪，船身几乎被掀到了半空中。海水扑上了背风一侧的甲板。约翰和苏珊都被抛了起来，重重地撞在驾驶舱的护栏上。约翰一边拼命拉住主帆索，一边在水中摸索缆楔。苏珊手中的帆索已经脱手了。约翰独自一个人拉住帆索，费了九牛二虎之力才把它固定住。这时候，海水已经灌进了他的袖子。

"把舵柄压下来。"他大声命令说，但苏珊脚下滑了一跤，没能抓住舵柄。罗杰很幸运，从座位上弹出去之后，跌坐在驾驶舱的地板上，现在还坐在那儿。"我差一点就被抛到船舷外边去了。"他后来说。当时他蒙了，一句话也说不出来。

约翰只好自己跑过去用力压下舵柄。妖精号终于恢复了正常，它沿着深深的波谷向前疾驰。它的船头转过来了。

"轰！"

船首斜桅钻入一排巨浪中，硕大的水团冲天飞起，落在三角帆上。不一会儿，船身又跃出水面，船首斜桅指向空中。紧接着，它又俯冲下来。

"轰！"

海浪撞向船头，迸出大片水花，飞过舱顶后，落在主桅帆上，接着又溅落下来。他们几个躲闪不及，正好洒了一身水。

他们差不多和风向完全相对，三角帆几乎要被扯成碎片了，就连桅杆也快被拔出来了。又一排海浪涌过来，又一次砸在船头上，接着冲向船尾，最后落在舱顶上。甲板上的海水已经淹没了他们的膝盖。约翰急忙转动舵柄，三角帆摆动时发出的巨响终于停了下来。妖精号继续向前飞驰，每次撞上海浪的时候，就像撞在一块巨大的岩石上，船身猛一下沉，然后又高高地翘起，接着又会迎来铺天盖地的碎浪。

罗杰坐在驾驶舱的地板上，每次海水涌来的时候，都会把他冲得摇摇晃晃，可他并不愿意站起来。约翰脸色苍白，似乎有点绝望，但他还在想着怎么做才能回去。他一边观察左右摇晃的罗盘，一边松开主帆索，对于他这样的水手来说，在这么强的海风中掌舵实在太难了。

"停船，约翰！停船！我受不了了……受不了……呕！……哇！……呕！……呕！……"这艘小战舰的每一次剧烈摇晃几乎都会把苏珊震成碎片，她半躺在驾驶舱的地板上，脑袋探出护栏，不停地呕吐。一排海浪越过舱顶飞向船尾，一大团绿色的海水正好打中她的脑袋一侧。

"约翰！约翰！"她大哭起来，"我受不了。快停船！快点，停一会儿！"

约翰在甲板上疯狂地摸索着，寻找被海水淹没的帆索楔子。找到之后，他急忙把帆索解开。然而，楔子很快就脱手了，接着他又抓住了它，然后帆索才完全被解开了。他全力抵住舵柄，身子紧紧地靠住驾驶舱的一侧。妖精号会听他的话吗？要是不听他的话怎么办？渐渐地，妖精号在波谷中打了一个转儿，它不再迎风行驶，又回到原来的航线上，航速也更快了。海风似乎突然减弱了，只有刚才一半那么猛烈。海风又一次从背后推着妖精号前进，海浪也不再扑向船头。经历过刚才的风浪考验之后，妖精号似乎轻松了不少，在海面上驰行如飞。很显然，经过一番令人绝望的狂乱搏斗之后，一切又恢复了平静。

"呕……呕……哇。"苏珊的晕船呕吐也减轻了。

罗杰从地板上爬起来，扭头看了一眼船尾的海浪。"天啊！"他说，"刚才太可怕了。"

船舱下面传来一阵哭泣的呼救声，提提一直在下边呼喊。然而，刚才甲板上一片混乱，谁也没听见她的喊声。现在，她正在下边使劲拍打着舱门。罗杰打开一扇舱门，提提伸出恐惧的脸庞，向舱外张望。

"我们的船要沉了吗？"她说，"船舱地板上到处都是水。我从床上摔下来了。"

"不要紧，"约翰说，"我们刚才转向的时候遇到了风浪，所以进了一些水。"

罗杰低头看了一眼舱内。

"有本书在水上漂着，"他说，"到处乱糟糟的。"

"谁去抽水？"约翰说，"船舱进了不少水，我们得把它抽出去。"

"呕……呕……呕……"苏珊还在呻吟。

"去抽水吧,"约翰说,"有事干之后,你会感觉好多了。我们下次掉转船头之前必须把所有的海水抽出来。"

"哦,别掉头了,"苏珊呜咽着说,"船身颠簸得太厉害了,我受不了,可是一直这样航行也太可怕了。"

"我们一直这样走下去,风势弱一些了再说吧,"约翰有些犹豫,"风向会变,不会永远这样刮下去……"

"哦,我们现在该怎么办呀?"苏珊说,"天马上要黑了。"

"不管怎么样,天都会黑的,"约翰说,"夜晚肯定不会比大雾天气更糟糕。"

"我已经取下了水泵的盖子,"罗杰说,"苏珊,如果你去抽水,我就去船舱帮一下提提。"

"你难道一点都不晕船吗?"苏珊有点气恼。

"一点也不晕。"罗杰回答说。

"呕……呕……呕……呕……手柄在哪儿?"她握住水泵的手柄,开始往外抽水,手柄一上一下地运动起来,"约翰,"她说,"没办法了。我们只能这样一直航行下去了,等到天气好转了再掉转船头吧。如果我们现在就掉转船头,船身又会像刚才那样颠簸起伏,我会死的……"

"好吧,"约翰说,"数数你抽了几下。"

"一……二……呕……四……呕……哇……呕……对不起,约翰。我真的感觉好多了……六……七……"

"如果需要我帮忙,你们就喊我一声。"罗杰说。听他这么一说,约翰哈哈笑了起来,这可是他很久以来发出的第一次笑声。

罗杰小心翼翼地沿着水手梯爬了下去。到达梯子底部之后,他发现地板上的水已经淹没了脚踝。提提站在水洼里,忙着把一件件东西从水中捞出来。

"你现在好些了吗?"他问。

"是的,"提提说,"至少我自己觉得好多了。我的脑袋早就不疼了。我睡了一觉,后来我掉到了地上,摔醒了。到底怎么回事呀?"

"我们刚才想返航,但没有成功,"罗杰说,"所以我们现在只能往前走……不过,苏珊自己也想继续航行了。"

第十二章　晕船药 ↣

提提当时已经睡着了，不知过了多久，她突然从铺位上摔下来，"砰"的一声掉在地板上。在地板上滚了几个骨碌之后，她手脚并用地爬向水手梯。这时候，海水已经从梯子上淌了下来，倾泻在引擎上。看到这样的情景，她几乎被吓傻了，不过她心里可不愿承认。后来，一切突然平静下来，舱门打开了，约翰说，没事了。罗杰也爬了下来，一脸兴奋的样子。现在事情都结束了，提提心里感到十分惭愧。她是一等水手，如此惊慌失措，实在不应该呀！不知道罗杰看出她的胆怯来没有？

"别踩到水里了，"她说，"到床铺上去吧。我自己没穿鞋子，不要紧。"

"我身上已经打湿了。"罗杰说。

"别再沾水了，"提提说，"我们把东西都收拾一下吧。真幸运，约翰的毯子竟然没掉下来。什么声音？"

"苏珊在抽水。"

"我们是不是撞上什么东西了？"

"我可不这样想。"

"水是从哪儿来的呢？"

"是从……从天上哗哗啦啦地掉下来的。"

"你是不是很害怕呀？"

"有一点儿，"罗杰说，"不过都过去了。"

"把那本书捞起来……不……不要把它放在架子上。"

这是那本《骑士航行记》，约翰曾经看过，忘了放回原处。罗杰从水中把它捞起来，打算把它和那些干书放在一起，经过提提一提醒，他就及时住手了。

"放在水槽里吧，"提提说，"沥一沥水。"

即便是苏珊也不会想到，妖精号的船舱又变得井井有条了。提提和罗杰费了很大的劲儿，终于把四处掉落的东西放回背风一侧的床铺上，这样一来，它们就不会那么容易掉下来了。做完这一切，已经过去了很长时间。

"地板上还有水吗？"约翰在上面大声问他们。

"没有了，"罗杰大声回答说，"地板几乎全干了。"

"这盒火柴已经打湿了。"提提说。

"也把它放在水槽里吗？"罗杰问。

"那个架子上还有火柴吗？"

罗杰磕磕碰碰地穿过船舱，伸手去摸床铺上方的架子。架子一侧有个低矮的护沿，用来防止东西掉落。很快，他就在架子上找到一盒火柴，它正舒舒服服地靠在护沿边上。提提从床铺和餐桌之间挤过来，打算把船舱灯上的玻璃罩扶正。

"喂，"罗杰说，"她会要你帮忙整理这些吗？"

"当然，"提提说，"如果她不晕船的话，她会亲自动手整理的。"

那盏灯用了四根火柴才被点燃，当然还是很划算。那盏小小的船舱灯不停地打着转儿摇晃，把整个船舱照得影影绰绰。两位一等水手仿佛感觉自己打了一场胜仗似的。过了一会儿，他们坐了下来，一边扶住餐桌的边缘，一边望着那盏灯。这盏小小的舱灯亮起来了，他们仿佛冲着风暴打了一声响指，心里美极了。

"我去把罗盘灯也点燃吧，"罗杰说，"它看上去就像一支蜡烛，也在不停地打转儿呢。"

"我们早该想到的，"提提说，"火柴在这儿……"

"天啊！"罗杰突然惊奇地说，"怎么回事呀？苏珊在掌舵。约翰哪儿去了？"

奇怪的事情还不止这些。他们从船舱下边可以清楚地看见苏珊。她的雨衣斜披在身上，脸色十分苍白，看上去忧心忡忡的样子，几绺乱发横过额头，耷拉在舵柄和舵柄绳上。她的眼睛并没有盯着罗盘，好像在看他们头顶上方的某个东西。舱顶上有什么东西在砰砰作响？约翰应该没去船头……也许去了？苏珊掌了多久的舵？她在大声叫喊着什么？不像是对他们俩说话。约翰一定去了前甲板。

"我想，他们需要我帮忙。"罗杰说完，飞快地冲向水手梯。

正在这时，他们听见苏珊尖叫了一声，她完全丢开了舵柄。

早在决定继续航行之前，约翰就发现海风不停地把妖精号吹得团团转，船舵越来越难控制。就在他们掉头返航的那一会儿，他们已经领教了海风的巨大威力，而且风力可能还会继续增强。天马上就完全黑了，夜晚航行不同于白天航行，必须做点什么才行。他知道，应该收帆了。他一直希望海风能够减弱，所以一直往后推迟收帆时间。可现在他不想再等下去了，海风还是那么猛烈，入夜之后，收帆会变得更加困难。他看了一眼苏珊。此时她正缩在驾驶舱的角落里，身子趴在抽水机上，脑袋靠在舱壁上。她已经停止抽水了。水泵已经把水全部吸干了……一共抽了四百七十下……中间她停下来两次，趴在护栏上呻吟了一会儿。

"苏珊。"约翰开口叫她。

海风和海浪声音太大，她没有听见。

"苏珊！"他扯着嗓门喊了一声。

她抬起头。他几乎没有看出对面那张脸就是苏珊的脸，脸上布满了斑斑污渍，苍白得像一张纸，几绺乱发耷拉在眼睛上，脸蛋像被泪和雨洗过一样。

"不行，"她喘了一口气，"不行……我受不了……我受不了啦。"在那可怕的一瞬间，她以为他又要返航，又要给妖精号掉头，然后迎着狂暴的海风，冲向翻滚飞腾的滔天巨浪。

"天要黑了，"他叫喊着说，"我不能继续这样掌舵了……船帆太多了……收帆……我得收帆了……"

"你不懂收帆。"苏珊咕哝了一声。

"可我必须要收帆！"约翰坚决地说，"他教过我怎么收……"

"你会掉下船舷的……"

"缆绳，"约翰喊着说，"我不能松开舵柄……拉住绳子……右舷柜子里面那一根……"

苏珊从凳子上滑下来，从右舷储物柜里拖出一捆缆绳来。她费了很大的劲儿才把其中一根缆绳和其他缆绳分开，那些缆绳都缠在一起了。对于苏珊来说，弯下腰分开缆绳太困难了。船身不停地摇晃，不一会儿，她就被甩过驾驶舱，撞在约翰身上，一只胳膊肘正好撞在舵柄上，她连忙抓住护栏，稳住身子。她又开始晕船了。

她扭头看了一眼约翰，他抓住一根缆绳的一头，用脚踩住打有缠结的部分，希望把它们分开。但他失败了。她一下子卧倒在地板上，爬到他的脚下，开始清理那根缆绳。后来，她挣扎着又站起来。他在干什么？他用身体抵住舵柄，把缆绳的一头拴在腰间。

"哦，约翰，"她呻吟着说，"你要干什么呀？"

"救生索，"约翰大声说，"听着，你来掌舵，只掌一会儿……没时间耽搁了，我早该这样做的……"

"我掌不了舵……"

"你必须掌舵，"约翰说，"坚持住，苏珊……收了帆，船就容易控制了。你瞧，你的脚应该这样。拉紧舵柄绳，用你全身的力气抵住舵柄。不管你采用什么办法，千万不要让它转动。"

苏珊接替了约翰的位置。他在储物柜里翻找着什么……他抓起一个黄铜把手，塞进雨衣口袋里，那是什么东西？接着，他把腰里系的那根缆绳的另一头拴在侧舷甲板的系船桩上。他在大声叫喊着什么……她听见了……"如果我掉到船舷外边去了，我身上系有这根缆绳……我回来之前，你保持好航向，不要让船迎风就行了……不会有事的……"

"哦，约翰！……不要！……不要！"

但是，他已经爬出了驾驶舱。现在，他坐在舱顶上，一只手抓住扶手，身子慢慢向前挪动。一排海浪从船尾方向打过来，散开后，溅落在甲板上。苏珊看见他回头望了她一眼……不能让船打转……稳住……她必须做到……她必须……她用尽全身力气，推了一把舵柄。她又看见他的脸了。他好像在说什么，她听不太清，但她能从他的脸上看出来，她做得不错。他继续往前走，一寸一寸地挪动，沿着不停颠簸摇晃的潮湿舱顶往前挪动。不管她如何努力控制住舵柄，妖精号还是不停地颠簸，似乎想把背上的约翰甩下去。

长这么大以来，约翰从没感到如此孤独无助。驾驶舱周围有高高的护栏，他在舱内甩来甩去的时候，不管撞到哪个方向，都有护栏护着他，他可以不顾一切地和舵柄搏斗，保持妖精号的航向，阻止它向一边打横。在驾驶舱里，还有苏珊、提提、罗杰他们的陪伴，不管怎么样，他都感觉自己是在船上待着。可他一爬出驾驶舱，那种感觉一下子就消失了。他觉得自己不是待在船上了，而是骑在一匹烈马上，这匹马拼命要把他甩下去。每当滚滚的波涛扑过来的时候，妖精号就会高高跃起，然后再俯冲下来，然后再次跃起。

轰！一排巨浪涌上船尾，重重地砸在护栏上，然后溅出一片水雾。甲板上肯定又会落下一大团海水。当时他正扶着舱顶栏杆，至少有一满桶的海水溅在他的后背上。他回过头，眨了眨被海风和飞沫迷住的眼睛。苏珊看上去离他非常遥远。她在干什么呢？也许她的力气不够大，没法子保持住妖精号的航向。如果再来一排那样的海浪，他就得下去帮她了。可他必须先收一部分船帆下来。一想到他们之前逆风行驶时的经历，苏珊的惨样儿就浮现在他眼前。海风更强了。现在唯一的办法是收帆。吉姆没讲过怎么用卷帆器收帆，他只把船帆卷在吊杆上。不管船只航行的状况，你都可以用一只手卷帆吗？他抬头看了一眼前方。刚才喷溅在船帆上的海水正在往下流淌。驾驶舱好像有上百英里远，前甲板同样也很遥远。不管怎么样，他必须到那儿去。他站在不断跃起的舱顶上，双手抓住栏杆，下定了决心。这件事情必须完成。妖精号现在平稳一些了。苏珊终于把它驯服了。他大声喊了一句，告诉她说，舵掌得不错。但海风却把他的话吹回了他的喉咙，而且还让他喝了一大口咸水，他吐了吐嘴巴，湿漉漉的脸上露出微笑，好像在说，她的舵掌得真不错。

现在该收帆了。他又在心里估计了一下侧支索和桅杆之间的距离。舱顶栏杆看起来太细了，难以抓牢。然而，够住桅杆之前，他也只能靠栏杆稳住身子了。他拉了拉身上的救生索，确保它没被驾驶舱里的东西绊住。万一绊住了，他就必须返回去把它松开。嗯，没问题。他探出身子，沿着舱顶向前挪了一步。天啊！这时候船身怎么颠得这么厉害呀？他仍然待在舱顶，但身子几乎被抛高了六英寸。他又探出身子，试了一遍，又试一遍。太吓人了！好像他已经命悬一线了，如果不回来的话，他就会没命的。他现在就像一名泥瓦匠，站在陡峭的房顶上铺设瓦片。可是，房屋至少是静止的，不会把人抛来抛去。

加油！他已经成功一半了，现在不比他刚出驾驶舱的时候更糟。他仍然站在舱顶上，栏杆似乎也不再脆弱不堪了，他很快就能抓住侧支索了，还有升降索，甚至桅杆本身。到时候，他就可以休息一会儿了。哦，不行，他不能休息。苏珊掌舵太久了可不行。加油！一阵快速短暂的颠簸之后，他沿着舱顶滑了过去。呵！左手抓住了升降索，右手抓住了侧支索。他成功了。除非船翻了，否则他怎么也不会掉下来了。

　　松脱的缆绳垂在甲板上方，在空中来回晃荡着。幸好他已经把那只小锚绑牢了，而且是按照吉姆教的方法绑的。如果随着海浪漂流，它会怎么样呢？那根他们拿来用作锚缆的缆绳，不粗也不长，正好盘在绞盘上。就这样了。这边一堆乱糟糟的东西一定是三角帆索和主帆。嗯，这会儿可顾不上收拾它们。他一边抓住侧支索，一边从口袋里摸出那个小小的铜把手，那是卷帆器上的摇臂。他把铜把手取出来之后，又费了一番功夫，才把它安在卷帆器上。现在可以收帆了。摇动把手之前，他必须把主帆索解开，然后再把船帆卷在吊杆上。他一只手握住把手，一只手去解侧支索。实际上，他需要两只手才能把它解开。可是，这样一来，他就得长三只手了。可他还需要另外两只手抓住栏杆，这样他就得长五只手才行。数来数去，他现在只有两只手。"你得一只手撑住身体，一只手干活儿。"几年前，当他还是个孩子的时候，有一次和爸爸一起坐船去钓鱼，他用双手给爸爸递过去一根缆绳，爸爸就曾告诫过他。唉，他的手都被占住了，不够用了。也许他可以一边解开侧支索，一边抓着栏杆。他一只胳膊绕在时松时紧的缆绳上，慢慢把身体降下来，最后落在前甲板上。哪一根缆绳是主帆索？就是这根，吸满了水，卡在桅钉上。这是他犯的错，升帆的时候，曾担心它会滑脱，所以绾了一个很结实的缆结。要把它解下来简直太难了，"畜生！畜生！快下来。该死的！"最后，他终于把它扯掉了。接下来，他腰间的救生索挡住了路，把他绊了一跤。再接下来，他又小心翼翼地解开侧支索。这样就行了吗？不行。他还要摇动铜把手呢。他伸出手，抱住桅杆，摸到那个把手。哎哟，糟糕，妖精号突然一颠，把手要脱手了。他吓得屏住了呼吸。还好，他没有被抛到船舷外边去，铜把手也没有弄丢，还在手中握着。他把它重新安上去，开始摇动起来。太僵硬了。他继续摇了几圈。好了。起作用了。吊杆开始转动，正如他所期待的那样。褐色的船帆卷了起来，露出较近的一侧。哈罗！卡住了？当然了，他还要把侧支索再松开一点，因为船帆几乎快卷到吊杆上去了。他松开侧支索之后，继续摇动把手，一圈、两圈、三圈，卷一截之后，再松开侧支索，然后再摇动把手，继续往上卷。船帆前缘上的第一个索圈也卷到吊杆上去了。这样就意味着一张船帆已经收好了。但他还有更多的帆要收。这时候，他注意到船帆上有根吊索，然后想起来他必须要把下边的桅箍解开。如果要那样做的话，他必须站起来。

不管怎么样，一张船帆已经收下来了。这张船帆虽然很小，但妖精号已经不再像之前那样难以驾驶了。他站起身子，然后又在舱顶上跪下来。这些桅箍是怎么固定在船帆上的？哦，是用扣环固定的。你必须把扣环上的扣子转半圈，然后它就会从扣槽中脱落下来。很容易。是的，如果手是干的就好了，可他手上湿漉漉的，很滑。扣子转不动。他需要用小刀的刀尖捅一下。这需要他把一只湿手插进雨衣里，然后伸进屁股后面的口袋里，可雨衣又被腰间的救生索捆得很紧。身上绑得像水桶一样，要干这样的活儿真够呛啊。不过，他还是做到了，把扣环从环链上脱了下来，似乎很容易。他觉得自己不用小刀也能办到了。现在该解开第二个桅箍了。他把双手伸过头顶，紧紧抓住桅箍，双脚似乎要从身子下边滑下去了。他赶紧抓牢桅箍，身子马上又悬了起来，挂在桅杆上荡来荡去，就像一面舞动的旗子。

在远处的驾驶舱里，他看见了苏珊，她的脸色苍白，十分恐惧。

天啊！他自己也很害怕，然而，最糟糕的事情已经结束了。他现在又落在前甲板上，然后开始有条不紊地转动把手。这是第二个索圈……收回两张帆了……他继续转动把手……既然开始了，最好把三张帆都卸下来。爸爸怎么说来着？"夜晚收帆，不怕丢脸。"马上天就完全黑了。黑夜已经近了。天空中还堆满了乌云，远处只能看到一排排的白帽浪，浪尖上罩着一团团白色的水雾。

好了。终于结束了。把手太容易脱落了，只能卡很短的时间。他把它猛拉了一下，取了出来。他把它放回雨衣口袋的时候，摸错了地方，又差点把它弄丢了。主帆索系得太牢了。他看了一眼船尾的苏珊，她现在掌舵已经没有之前那么费劲儿了。主桅杆上只剩下一半船帆，妖精号不再被海风吹得直打转儿。

他突然感到自信起来。他直起身子，站在前甲板上，两只手紧紧拉住侧支索和升降索，脚下的甲板一会儿翘起来，一会儿又跌下去，一会儿又翘起来。妖精号现在安全了。他们可以像这样航行一整夜。哈罗！是苏珊在叫他吗？他转过身子，一只脚踩在一根缆绳上，然后又抬了起来，一只脚踝却被缆绳缠住了，他蹬了一下脚，然后松开一只手，取掉缠在脚踝上的缆绳，接着，他滑了一下，身体从缆绳上跌落下来，耳边传来苏珊刺耳的尖叫声……

苏珊看见约翰在舱顶上行走，心里比他本人还害怕。如果没有掌舵的话，她也许感觉更揪心。他已经安全走到前甲板上了，现在总算可以松口气了。接着，她看见他一面抱住桅杆，一面转动把手，随后她发现船帆在慢慢地收缩。接下来，约翰突然又爬上了舱顶，伸手去抓桅箍。他要干什么呢？他到底想干什么呀？为什么不把船帆卷起来，然后迅速安全地返回驾驶舱？他现在又下到甲板上了，然后继续卷帆。又停了。她看见他拔出铜把手，摸索着雨衣口袋，准备把它放进去。就在这时，她看见他直起身子，站了起来，和船身一起摇晃，双手抓在侧支索和升降索上。

"约翰！"她的喊声本来是想表达不满，却意外地变成了求救声。她又要晕船了。她的嗓子呛了一下，脑袋里嗡嗡直响，像是装了一只蜜蜂在里面。她的眼前有很多星星在闪烁。是的。她晕船了，马上就要晕倒了……他必须过来，快点，快来接过她手中的舵柄。

"约翰！哦！"她的呼救变成了一声恐怖的尖叫。约翰不见了。刚才他还站在甲板上，随着妖精号左右摇摆。眨眼之间，他却不见了，就连那只抓住侧支索的手也不见了……救生索绷直了。他掉下去了。慌乱之下，她不知道自己该怎么办了，双手不由得丢开了舵柄。她看了一眼妖精号船舷下边汹涌的海浪。接下来，就在她担心约翰永远不会回来了的时候，却看见一顶黑色的防雨帽从舱顶后边冒了上来，除此之外，还有一只手，正抓在主桅杆的缆绳上。他还在船上。真令人羞愧呀，她竟然吓得丢开了船舵。于是，她又抱住了舵柄。她一直没有看见约翰掉下去之后是怎么挣扎上来的。当时他几乎滑到了船舷外边，只差一点就要落海了，如果不是救生索刚好缠住了侧支索，他一定会落海。他拼命伸手一抓，抓住了升降索的绳头，设法爬了上来（他自己也不知道他是怎么做到的），然后又回到了桅杆一旁的老地方。苏珊永远不知道他费了多少劲儿才又爬了上去。然而，似乎没过多久，他就若无其事地站在那儿了，然后就在舱顶上坐下来，在船尾忙了一会儿，然后就一刻也不耽误地小心走向安全的驾驶舱，他再也不敢大意了。

"约翰去哪儿了？"罗杰问。他手脚并用地爬了上来，可还是摔了一跤，脑袋先进了驾驶舱。

他爬起来的时候，约翰的双腿已经跨过了护栏。

"对不起，苏珊，"他说，"没事了。你掌舵掌得好极了。瞧，现在没事了。什么事也没有……"

"约翰！哦，约翰！"苏珊说。

"怎么了？"罗杰问。

"没什么事，"约翰说，"我滑了一跤。救生索的效果还不错。我试过了，掉到船舷外边也没事。"尽管没事，他的双手还是微微颤抖了一下，解开腰间系着的那根缆绳之后，他把它仔细盘好，重新放回缆绳柜。

提提也从船舱下边爬了上来。她看了一眼约翰，又看了一眼苏珊，接着又看了一眼约翰。她想开口问问题，却又忍住了。她突然感觉船上充满了欢乐。约翰一个人正咧着嘴巴笑呢。苏珊也在微笑，尽管眼睛里还噙着泪花，可这也算不上什么。

"我们看看船舵吧，"约翰说，"现在好掌舵了吗？天啊！收了帆就是不一样。我几乎一只手就能把住它，早就该收帆！"

"我再掌一会儿吧，"苏珊说，"现在很容易应付了。"

"你掌舵掌得棒极了。满帆的时候，它就像一头桀骜不驯的野兽。你刚才是不是在叫我？就在我滑下去之前，我好像听见你叫了我一声。"

"我又晕船了，"苏珊说，"我知道我要晕船了……约翰……真是奇怪呀。我现在居然感觉不到晕船了。提提，你怎么样？"

"我也好了。"提提回答说。

"她把船舱灯点上了，"罗杰说，"我想把罗盘灯点上，可以吗？"

"去吧，"约翰说，"虽然舱窗开着，我仍然看不清罗盘。对了，去把那个大号手电找出来。我们晚上要用。"

"我们晚上要把那盏红色的和绿色的舷灯点着吗？"提提问。

"它们没油了。"约翰说。

"夜晚要多久才会过去呀？"苏珊问，"要过多久天才会亮呢？"

"不知道，"约翰说，"肯定要很长时间。不过，没关系的。你看，现在船很稳了。"

第十三章　伍尔沃斯盘 ↦

黑夜向他们袭来。妖精号周围的世界看上去更小了，比起有雾的时候还要小许多。他们慢慢地习惯了黑暗。海风仍然十分强劲。海浪推着他们往前疾驰，浪涛仍然和之前一样凶猛。不过，因为主帆已经降了一半，船舵更容易掌了，不再像打仗一样。然而，远在风磨坊的妈妈和布莱基特还不知道他们怎么样了。他们也不知道吉姆到底遇上了什么事。如果他找不到他的帆船，他会怎么办呢？一想到这些，他们心里就难受极了。虽然苏珊一刻也没有忘记想这些，可她也在分享约翰的自信了。就像他说过的那样，谁都能感觉到，妖精号已经平安无事了。当然，最让人开心的是，约翰没有落海。他们四个人仍然在一起。夜晚迟早会过去的，太阳终将升起，海风也会平息下来，他们最后一定会顺利返回哈里奇。提提又恢复了活力，头也不痛了。此时此刻，她正在享受妖精号在穿越黑暗疾驰如飞的感觉。罗杰刚才还在嚷着说，晚饭不知道该吃什么，这会儿却坐在舱口，眼睛盯着罗盘反射出的烛光：看着刻度盘时而向左缓缓转动，时而向右缓缓转动，船首基线一开始是偏向东方，后来又渐渐地偏向南方。约翰掌了好久的船舵，胳膊已经麻木了，可他现在相信，只要事情不变糟，他一定能坚持到底。

"咳！老太婆。"他喃喃自语地说，辛苦了这么久，要不就在舵柄上多挂点儿牛肉干犒劳一下吧。

"稳住，"他低声说，"嗯，就这样……不要太远……"一排白浪翻卷着从黑暗中涌过来，他几乎让妖精号直接冲进了这排海浪，浪峰打过去之后，海面上泛起乳白色的浪花。

罗杰瞄了一眼被灯光照亮的船舱，看了看那只挂钟，然后他转过身子，冲着挤在一起的几个黑影喊了起来。

"苏珊，"他说，"已经十点了。我去找点巧克力吃好吗？我知道在哪儿放着。"

"十点了！"苏珊吃了一惊，"让开路，罗杰。现在大家都该吃点东西了……"

"我去吧。"提提说。

"坐着别动，"苏珊说，"让我过去。"

"喂，苏珊，"罗杰说，"你下去之后，不会晕船吗？"

"我不会有事的，"苏珊说，"我早该下去了。约翰一直在掌舵，如果不吃东西，他可熬不了一夜。"

罗杰缩了一下身子，让她过去，然后盯着船舱里边，先是看见她在努力打开柜门，紧接着看见她身子忽然一歪，撞向一侧，跌倒在背风向的床铺上，然后又看见她在床上坐了一会儿。后来她又站起来，再次走向那个储物柜，把手伸了进去，很快就掏出好几个红色的伍尔沃斯盘。这时候，妖精号横滚了一下，她又跌到床铺上。柜门"啪"的一声合上了。现在她又重新站了起来，又把手伸向柜子的另一侧。接着，罗杰看见她把猪肉馅饼拿了出来……还有一把小刀。她把猪肉馅饼切成了四份。天啊！块儿可真够大的！罗杰知道自己现在饿极了。突然，苏珊递给他一只红色的盘子，上面盛着一块儿切好的猪肉馅饼。

"接着，"她说，"快点，是给约翰的。"

"猪肉馅饼。"罗杰说着，把它递了过去。

"好的，"约翰说，"先放在座椅上吧，这样我就够得着了。"

罗杰又看着苏珊。妖精号突然猛烈倾斜，为了稳住身体，她差点把包着另外三份猪肉馅饼的纸包扔了出去。三个等着盛馅饼的盘子全部滑落下去了，掉在地板上。她没有管它们。

"喂，"她爬到舱口说，"我把你们的猪肉馅饼先放在水槽里，你们不用盘子吃得了。"

"可以吃了吗？"罗杰问。

"当然可以。"苏珊说完，又跟跟跄跄地返回船舱，把包裹猪肉馅饼的纸包放进了水槽，罗盘灯把那儿照得十分亮堂。她似乎有些慌张，先把床上的垫子揭开，接着又掀开一块儿床板，然后从下边的储物柜里掏出几瓶姜汁汽水来。

"你们只能就着瓶子喝了，"她喘了一口气说，然后把汽水和猪肉馅饼放在一起，"没必要用杯子，不然溅得到处都是汽水，会把东西弄得脏兮兮的。"后来，她爬上了水手梯，站在最上面一级阶梯上，脑袋探出舱口，一边靠在舱盖沿上休息，一边大口吸气。

"你不吃东西吗？"罗杰问，嘴巴里塞满了食物。

"还不想吃。"苏珊说。

"哎哟！"罗杰叫了一声。

"怎么啦？"

"瓶子碰到我最好的一颗牙齿了。"罗杰说。

"用嘴唇挡住你的牙齿，"提提说，"然后把汽水慢慢吸进嘴巴。"

苏珊并没有晕船，她只想把橱柜和铺位下边储物柜中的东西掏出来。如果你在船舱里东倒西歪，站立不稳，可你仍然坚持在那儿找东西，你怎么能做到呢？任何人看见了，都会感到奇怪。不过，她并没有晕船。她迎着海风，吸了几口气之后，立刻感觉好多了。海风刮得很猛，她很快就感觉自己缓过气了。她转过身子，看了看舱顶上方，海风从身后吹来，一下子就把她的防水雨帽掀了起来，几乎把她的两只耳朵全蒙住了。

船舱被灯光照得十分明亮，刚出来的时候，周围一片黑暗，她几乎什么也看不见。现在好多了，她已经适应了黑暗，但妖精号四周仍然十分模糊，她只能看见一排排滚动的浪尖，卷着白色的浪花，源源不断地涌向远处。她用眼睛盯住远处的黑暗，牢牢抓住舱盖，身体随着船身一起摇晃。有那么一会儿，妖精号跌进一道浪谷，向下看过去，她感觉自己仿佛站在悬崖边上，脚下是万丈深渊。过了一会儿，她抬起头来，一排巨浪从妖精号下边涌过去，船首斜桅突然指向了天空。妖精号被推上了浪尖，她似乎看见远处有灯光在闪烁，然而，灯光转瞬之间就消失了，就像有人擦亮了一根火柴，然后又迅速把它吹灭了一样。妖精号再次升上浪尖。前方黑暗中又有一盏微弱的灯光显露出来，不，是两盏灯，它们挨得很近。

"约翰，"她大喊了一声，"前边有灯光。"

"是陆地吗？"提提问。

"不可能是陆地，"约翰说，"陆地早就被我们抛在身后了。"

"又看到了……消失了……哦，它们还在那儿……"

"在哪儿？"罗杰问，嘴里还在嚼着猪肉馅饼，因为溅了海水，吃起来有点咸。

"在哪个方向？"提提说。

"右前方，"苏珊说，"瞧，它们又出来了。两盏。靠得很近。"

"我什么也没看见。"约翰说，连续几个小时，他一直盯着被灯光照得亮闪闪的罗盘。

"你再看看，"苏珊说，"就在那儿……"

"看见了，"约翰过了一会儿说，"可能是钓鱼的船只。你们得提防着，别撞上了。"

妖精号继续在黑暗中劈波斩浪。罗杰和提提还在大口咬着猪肉馅饼，时不时地往嘴巴里倒上几口姜汁汽水，当然，下巴喝到的汽水比嘴巴喝到的更多了。苏珊也开始吃晚饭。约翰身旁放着那只装了猪肉馅饼的盘子，只要一有机会松开舵柄，他就伸出一只手，撕掉一块儿馅饼，迅速塞进嘴巴里。他穿过主桅帆，睁大眼睛向前方望去，然而还是看不清楚。此时此刻，无论他看没看见灯光，他都必须驾驶妖精号继续前进，穿越这些躁狂的巨浪。

"它们更近了，"苏珊说，"我现在一直都能看见。"

"有一盏红色的灯，"罗杰说，"落下去了。"

"还有一盏绿色的。"提提说。

"是汽船，"约翰判断说，"前边那两盏灯一定是它的桅顶灯，朝我们这个方向驶过来了。"

"也许它要去哈里奇。"提提说。

"也许爸爸就在这艘船上呢。"罗杰说。

"妈妈说过，他周六才会回来。"提提说。

"要不了多久就到周五了。"罗杰说着，朝苏珊那儿看了一眼，船舱里灯光明亮，挂钟上的时间看得很清楚。

苏珊嘟哝了一声。是啊，马上就是周五了，自从周四晚上在雪特里打过电话之后，妈妈一直没有他们的消息。他们保证过，他们必须在周五喝下午茶之前赶回去呢。可是吉姆……他们现在违背了诺言，离家越来越远了。

"我看见那艘船上的甲板灯了，"罗杰说，"还有舷窗。"

看见被灯光照耀的甲板，还有露出一束束灯光的舷窗，苏珊有了新想法。她曾经说过，他们可以继续航行下去，等到情况好转之后，他们立即返航。然而，一想到返航时遭遇的恶风巨浪，她就知道自己根本忍受不了，虽然自打约翰差点落海的那一刻起，她已经不再晕船了。不远处的汽船上坐满了乘客、男女侍者、船员，他们每个人都知道自己要去哪儿，因此，现在的情况完全不同了。他们刚才多么孤单呀，只能让妖精号继续往前航行，只能等待天明，等待更好的天气……他们四个安然无恙地待在一起，约翰还在掌舵，他当时差点就……可现在来了一艘汽船，机会就在眼前，有人会来救他们……

"约翰，"苏珊说，"我们拉响雾角，报告我们遇难了。"

"我们没有遇难呀，"约翰反驳她说，"至少现在没有……现在比刚才好多了。"

"他们会把我们拖回去吗？"

"不会的，"约翰说，"还记得贝克福德号摩托艇拖带燕子号时的情景吗？那是因为南希的失误，船开得太快了……而且，不管怎么样，吉姆说过，'千万不要让别人来救你'。"

"他们不会上船。"苏珊说。

"绝对不能让他们来救我们。"约翰说。

"好吧，"苏珊说，"那就让他们把提提和罗杰带回去，告诉妈妈我们的遭遇……还有吉姆。没错。听着，约翰，我们必须这样做。我们怎么才能让他们停下来？"

"它直接冲我们开过来了，"罗杰说，"也许它看见我们了，知道我们在这儿。哦，喂，你的猪肉馅饼掉了……"

约翰突然提高嗓门，喊了起来。

"它看不见我们。我们没挂舷灯。必须给它让路。那个大手电在哪儿？一定滑到某个地方去了。哦，别管那些猪肉馅饼了……"

他往下转动了一下舵柄。妖精号掉转航向，开始逆风航行。海浪抓住这个机会，腾空而起，扑上了船尾，溅进了驾驶舱，正好洒了罗杰和提提一身水。当时他们正在地板上寻找手电和约翰的盘子，结果只找到几块吃剩下的馅饼碎屑。

罗杰没说错，汽船直接冲他们开过来了。在黑暗中，他们可以清楚地看见它的桅灯。桅杆下方还有各种各样的灯，有上层甲板没遮住的甲板灯，灯光很淡，不是十分明亮，有舷窗露出来的舱灯，还有两盏最重要的侧舷灯，一盏眨着绿色的眼睛，另一盏眨着红色的眼睛……距离他们越来越近了。

"如果我们不小心一点的话，它也许会撞上我们，"约翰说，"那支手电找到了吗？"

"我找到了。"罗杰大声欢呼，一道明亮的光柱突然照亮了约翰的双脚。

"盘子也找到了，"提提说，"我把它放在座位上了。"

"把手电给我。"苏珊说完，一把抓过手电，朝汽船方向照过去。

汽船一红一绿的两只眼睛忽然眨巴起来。

"吹响雾角！"约翰说。

"我来吧。"罗杰说。

"白色的灯是尾灯，"约翰说，"我们应该亮一盏红色的右舷灯。"

"我们没有呀。"苏珊一边说，一边拼命挥舞手电。

"我们有……有……"提提大叫着说，"伍尔沃斯盘在哪儿？给你，苏珊。苏珊！把它放在手电前边，就像吉姆昨天晚上做的那样……让灯光穿过盘子……"

"快点，罗杰，"约翰说，"快点！别磨蹭！"

苏珊把那只半透明的红色盘子放在手电前边，雪白细长的光柱穿过盘子之后，突然变成了鲜红色。几乎就在同时，罗杰按下了雾角的把手，雾角发出一声巨响。不过，时至今日，提提仍然觉得汽船上的人不可能听见雾角声，尽管站在旁边的人都认为它震耳欲聋。可是罗杰却说，如果没有那一声雾角，汽船上的瞭望员不一定能注意到伍尔沃斯盘发出的红光。然而，不管怎么样，他们听见那艘汽船发出一阵刺耳的哨声和一声短促的汽笛声。

"它发现我们了，"约翰说，不由得松了一口气，"绿灯灭了。"

大汽船上亮着的那盏绿色舷灯消失了。红色的舷灯仍然闪闪发亮，而且越来越近了。一堵比黑夜还黑的黑色壁垒耸立在他们面前，简直就像一座巨塔。汽船的船头掀起一层层巨浪，一会儿把他们托起来，一会儿又把他们抛下去。一排明亮的舷窗从他们面前飞速掠过，黑暗中回荡着引擎的轰鸣。真是及时呀。他们看见了盘子发出的红光，或者听见了雾角声，所以改变了汽船的航向。

空中传来一阵吼叫。夜色中，一个船长模样的人站在舰桥上，手里抓着一把扩音器，冲着他们咆哮。

"嗨！你们这些该死的鱼贩子！为什么不早点挂灯？"

"我们尽力了。"约翰大声回应，不过，他没有扩音器，不知道汽船上的人能不能听见他的声音。

汽船的第二盏桅灯也从空中划过去了。接着，一排尾浪横过海面上的涌浪，扫中了妖精号。妖精号就像沸水中的一个瓶塞，猛烈跳动起来。苏珊站在水手梯上，身子突然一晃，差点掉进了船舱，手电和盘子都脱手了。罗杰、提提，还有雾角，一下子也飞了起来，跌落在驾驶舱的地板上。约翰先是被抛向一侧，然后又被抛向另一侧，舵柄撞在他身子上，几乎把他撞岔了气，后来又碰到了驾驶舱的栏杆，胳膊肘和手腕都擦破了。两排汹涌的浪峰，一前一后，争着抢着冲上甲板。约翰紧张得说不出话来，只有拼命猛压舵柄。等他掉转船头回到原来的航线上，海风再次从船尾方向吹过来的时候，那艘汽船早就走远了。现在，不可能请他们帮忙拖一程，也不可能把谁送到那艘船上去了。

"天啊！"约翰喘了一口气，呼吸平静下来，回头望了一眼汽船的尾灯，"这么大的浪，差点把船上的桅杆摇下来了。"

"约翰，"罗杰从地板上爬了起来，"我看见好大一块猪肉馅饼呀，就在你脚底下。"

"好极了，"约翰说，"我要吃掉它。"虽然下巴有点颤抖，他却十分高兴地往嘴里塞了一大块受潮的馅饼。

"他们为什么叫我们鱼贩子？"提提问。

"也许把我们当成了渔民。"约翰说。

"可是，"罗杰说，"鱼贩子，听上去太无礼了。"

"我想，他们可能不想停船。"苏珊说。

"他们想送我们去海底喂鱼。"约翰说。

"吉姆有没有绿色的盘子呀？"提提说，"如果有的话，我们就能发出绿色舷灯信号了。"

"如果遇上更多的汽船，"约翰说，"不等他们靠近，我就早点躲开。苏珊，小心那支手电。如果你四处乱照，我就无法看清罗盘，眼晃花之后，什么东西也看不见了。"

"我在帮你找晚餐呢，"苏珊拧亮手电，在驾驶舱的地板上东照照，西照照，

"这儿还有两片……哦，喂，这是哪儿来的血？"她把手电转向约翰的手腕。

"只是擦破了点皮，"约翰说，"快把手电关了吧。"

"我知道他的碘酒在哪儿放着，"苏珊说，"我敢说，如果妈妈在的话，她一定会说，你应该抹点碘酒。"

她跌跌撞撞地爬进船舱，感觉船舱还是最舒服的。"送我们去海底喂鱼。"她想象着汽船巨无霸似的船头撞向微不足道的妖精号……汽船朝他们压过来……提提……罗杰……然而，安放在平衡座上的舱灯还在不停地东摇西晃……阴影映在吉姆·布雷丁的图书上，跳跃着，舞动着。妖精号又脱险了，只是地板上再次出现了一点积水。眼前的这一切是真实的吗？是的，她没有看错。船身晃动并不比刚才更厉害。她把地板上四处滑落的碗碟一一捡了起来，重新放回橱柜。接着，她找到了吉姆的药箱，取出碘酒瓶后，又把箱子塞在一只枕头后面。后来，她又向前走了几步，从床上的背包里掏出一块干净的手绢。回来的时候，她又想起了罗杰，于是又顺便拿了一大块巧克力。

约翰一只手握住舵柄，伸出另外一只受伤的手腕。提提暂时打亮手电，照在他的手腕上。苏珊从瓶子里倒出一些碘酒来，涂在他的手腕上。

"哎唷，"约翰吸了一口气，"涂上碘酒更疼了。还不如不涂。"

她拿出一块手绢，把他的手腕包上。

"地板上又有积水了，不过不多，"她说，"我一会儿去抽水。先吃点巧克力吧。右舷柜子里还有剩余的香蕉吗？"

"休息一会儿，苏珊。"约翰咬了一口巧克力说。

"我来抽水，"罗杰说，"我吃饱了。不管怎么样，舱里的积水也不算多，都看不见呢。"

罗杰一边抽水，一边默默地数着压下把手的次数。

"三十六……三十七……三十八……"可是一直没有听见"三十九"。水泵旁边有一个舒适的角落，经过汽船的惊险之后，数压水的次数变成了入睡前的数绵羊。

"水抽干了吗？"约翰问。

没有回答。

"喂，"苏珊说，"我们要航行一整夜。罗杰和提提最好上床去，好好睡一觉。"

提提站起来，在黑暗中环视了一下四周。

"我们再待一会儿吧，"她说，"天放晴了，星星出来了。"

第十四章　风磨坊

（周四晚至周五早上）

艾尔玛农庄的二楼上，布莱基特在床上翻来覆去睡不着。"啪，啪，啪……啪，啪，啪……"有东西撞在卧室的窗户上。布莱基特睁开眼睛，外面一片漆黑。她躺在床上，仔细倾听窗外的声音。"啪，啪，啪……"她又翻了一次身，胳膊伸在枕头下，撑起她的脑袋。

"布莱基特。"

黑暗中响起温柔的声音，房间中立即充满了暖意，布莱基特的呼吸平静了许多。妈妈也醒了。

"外边什么声音呀？"布莱基特说。

"那是蔷薇枝敲打墙壁的声音，"妈妈说，"你知道，有根枝丫从窗子上垂下来了。"

"你听见雨点落在屋顶上的声音了吗？"布莱基特说，"就在我们睡觉之前。"

"雨早就停了，"妈妈说，"不过风还很大。"

"你一夜都没有入睡吗？"

"哦，不。我想，我睡得很香。"

接下来是长时间的沉默。小小的卧室里，很久都没有人开口说话。然而，窗外的蔷薇枝还在不停地敲打墙壁，发出"啪，啪，啪"的声音。风越刮越大，突然之间，变成了狂风，吹过烟囱时，发出"呜呜"的声音，给人一种空洞洞的感觉。

"妈妈。"布莱基特最后开口说。

"你还没有睡着吗?"

"没有,"布莱基特说,"我在想,他们在妖精号上会听见什么声音呢……没有烟囱,没有蔷薇,也没有别的什么东西。"

"他们都睡了,"妈妈说,"你也该睡觉了。"

"可是,要是他们没睡呢?"

"他们可能会在某个地方抛锚。如果附近有树,他们也许能听见树叶的'沙沙'声,还能听见浪花拍打小舢板的'哗啦哗啦'声,还有缆绳摩擦桅杆的'吱呀'声。如果起了狂风……就像现在……他们还能听见索具碰撞发出的'叮当'声,他们自己则会舒舒服服地裹着毯子躺在床上。不管有什么动静,约翰和苏珊都能入睡,罗杰也一样。"

"提提睡不着,是吗?"布莱基特问。

"提提可能最快乐,"妈妈说,"她爱听甲板上的各种声响,海浪拍打的声音,还会想象出海时的情形。"

"真可惜,妖精号再大一点就好了,"布莱基特说,"我好希望和他们一起去呀。"

"我也想去哦。不过,我们不去的话,他们可能更自在。不管怎么样,一切顺利就好……毕竟有吉姆·布雷丁照顾他们……他一定会找个最舒适的地方过夜……现在,你可以想象你就在妖精号上,蜷缩在床铺上,你能听见吉姆在甲板上走来走去的脚步声,他在忙着照看系泊灯;你还能听见他走下船舱的声音,为了不吵醒别人,他悄悄地躺下来,希望别的船员能睡个好觉。所以,你当然不会醒来。"

"我要睡觉了。"布莱基特说。

"好的,"妈妈说,"好好睡一觉吧。"

布莱基特开始打盹,半睡半醒之间,她好像登上了妖精号,接着又打了一个盹。不知道过了多久,蔷薇枝忽然又一次扫过窗格,发出一阵"噼啪"声,一阵狂风卷过烟囱,尖厉的呼啸声再次传来,她又被吵醒了。现在外边天快亮了,窗子的轮廓已经能看清了。夜色退却了,黎明就要到来。房间里有人在走动。是的,妈妈穿着白色的睡衣起床了,她走到窗户旁边,望着窗外的夜色,倾听狂风吹过的声音。

"窗外有亮光了。"布莱基特说。

"哦,布莱基特,"妈妈说,"我还以为你睡着了。快睡吧。该起床的时候,我会叫你的。"

这是一个漫长的夏日夜晚,但黎明终于来临了。狂风仍在烟囱上方呼啸,蔷薇还在窗外撞得"啪啪"作响,硬堤旁停泊着许多艘游艇,附近还有几座船篷,阳光冲破乌云,照射在湿漉漉的屋顶上,一眼望过去,熠熠生辉。

"想吃早饭吗?"下楼之后,妈妈问,"要不我们先去硬堤上走走,回来之后就有胃口了。"

布莱基特迟疑了片刻,因为平日里有一条规矩:"早饭优先。"一旦出了门,妈妈就会说,你永远不知道你有没有时间再吃早饭了。然而,今天妈妈自己却提议要出去走走。热粥已经在小起居室圆桌上放好了,正在往外冒热气。妈妈看了一眼粥,又把目光投向远处。

"早啊,鲍威尔小姐。早上好……水壶烧开前,我们还能去硬堤上转转吗?"

"马上就烧开了,"鲍威尔小姐说,"不过,茶水多煮一两分钟也没事的。所以,你们去吧。昨天晚上海风把雾吹散了,太阳又出来了,真好啊。哦,孩子,你们昨天晚上是不是一觉睡到天亮啊?"

"睡睡醒醒。"布莱基特说。

"大部分时间都睡着了。"妈妈说。

"妈妈一直醒着。"布莱基特说。

"你知道得挺多呀。"妈妈笑着说。她带上布莱基特走出房门,鲍威尔小姐进入门廊,站在那儿,一只手里拿着一块面包,另一只手里拿着几把面包叉子,望着她们。

"真担心那几个孩子,"她自言自语地说,"我得告诉那些水手,不能……"

可是,已经太晚了。

"早上好,夫人,"一个年轻的木匠从船篷方向走过来,正好遇见从艾尔玛农庄楼梯上走下来的沃克夫人和布莱基特,"真是一个狂暴的夜晚,没错。"

"你觉得昨天晚上的天气很糟糕吗?"妈妈着急地问。

"糟透了，"那个人说，"哦，有好多次，我觉得烟囱帽会掉下来砸中我们的脑袋，房顶也会被掀走。像昨天晚上刮的那种风，不管他是谁，最安稳的地方莫过于待在陆地上和舒适的房间里……"他看了一下拥挤的锚地，"真好笑，这种天气竟然还有人出海找乐子。"接着，也许是因为鲍威尔小姐在门口给他打手势，也许是因为他看见沃克夫人的脸色不好，也许是他突然想到她的四个孩子昨晚并没有待在舒适的房间里，他突然停住了……"没事的，他们有布雷丁先生照顾呢。我想，他们一定会度过一段难忘的时光。今天他们就会回来，我听布雷丁对弗兰克说过。"

"快点，布莱基特，"沃克夫人说，"我们跑去看看，他们可能回来了。"

潮水退去了一半，大部分泥滩已经裸露出来了。太阳照在潮湿的泥滩上，泛出一片白光。泥滩上散布着一丛丛的绿色芦苇，一艘艘小船横七竖八地躺在泥滩上，正在盼望涨潮。不远处的河道上漂浮着一排排锚球，一艘大汽船停在锚球之间，旁边还泊着几艘驳船，桅杆矗立在阳光下，看上去就像一片小树林。一袋袋谷物从汽船上卸下来，转运到驳船上。更近一点的地方，也有一块锚地，几艘游艇停泊在那儿，船身不时摇晃。正在退潮的航道上又驶来三艘挂着红褐色船帆的驳船，渐渐靠近那些卸货的驳船。长长的硬堤上停着一艘驳船，船舷新刷了油漆，油漆在阳光下闪闪发亮，新刨的斜桅和主桅杆也泛着柔和的金光。

妈妈和布莱基特小心翼翼地走在石子铺成的硬堤上，硬堤仍然湿漉漉的。走过乌黑发亮的驳船船舷后，道路愈发湿滑，最后他们在水边停住了。驳船的船尾正好在她们的头顶翘起，甲板上坐了一个人，他从船尾的栏杆上抛下来几根缆绳，然后把自己吊在缆绳上，给刚刻好的船名"哈里奇的迷迭香"刷上一层蓝绿色的油漆。布莱基特抬头看了看他，又低头看了看潮湿的石子路上放着的一桶蓝色油漆。如果是其他日子，妈妈肯定也会对那桶油漆感兴趣，但今天她几乎没有注意到它。她望着远处的河面，目光越过抛锚的帆船和卸货的汽船，希望能看见归航的妖精号上的红色船帆。

她们身后传来一阵"嘎吱嘎吱"的脚步声，转身一看，是船夫弗兰克。

"哦，早上好。"妈妈说。

"早上好，夫人。"弗兰克说。稍作停留之后，他坐上小船，准备去给那些抛锚的帆船加水。"你不是在找他们吧？"他友善地说，"这会儿还在退潮，要等涨潮之后他们才会回到河流的上游。"

"我早该想到的，"妈妈感激地说，"昨天起雾了，我很担心他们，后来风又把雾吹散了……"

"和吉姆·布雷丁在一起，一定会平安无事，"弗兰克说，"如果有必要，即使蒙上眼睛，他也能找到路。"

"潮水什么时候转向呀？"

"不到十点不会转向，"弗兰克说，"十一点过后再来吧，但别来早了。"

"走吧，布莱基特，"妈妈说，"我们回去吃早饭吧。"

"这会儿他们在干什么呢？"布莱基特问，妈妈和弗兰克说过话之后，心情顿时好多了，于是她就告诉布莱基特发生了什么。"他们在河口找了个既漂亮又舒适的地方，"她说，"然后他们停在那儿等待潮水转向。苏珊做好早饭，所有人都围坐在驾驶舱里，一边沐浴着阳光，一边吃早饭。然后他们开始冲洗甲板，接着又扬帆起航，回来之后，就开始给我们讲述整个过程。走吧，布莱基特。鲍威尔小姐的面包马上要冷了。我们来比赛，看看谁先跑回去吃早饭。"

"五码开始。"布莱基特说完，就和妈妈一起并肩往回跑。她们离开硬堤，跨过旅馆旁边的马路，然后爬上艾尔玛农庄花园上方的陡峭的楼梯，最后两个人一起到达了门口。一个夹克外边系了一条皮带的孩子站在门廊里，正在和鲍威尔小姐说话。

"这里有你一封电报，沃克夫人。"鲍威尔小姐说。

妈妈接过橘红色的信封，然后把它撕开。"布莱基特！他今天就要回来了。哦，天啊，哦，天啊，我真不该让他们去航行。是我丈夫发来的，鲍威尔小姐。他昨天在柏林。我的孩子们都和布雷丁先生一起去航行了。我们应该坐哪趟巴士去雪特里呢？然后才能及时赶到哈里奇？不然的话，就赶不上接他的船了。"

早饭过后，妈妈带上布莱基特，再次来到硬堤。潮水完全退去了，现在几乎是最低水位了。她们一直走到堤坝尽头，那里有一段狭窄的水泥长堤，堤面上沾满了污泥，又湿又滑。

"我最好拉住你的手。"布莱基特说。

"好的，"妈妈说，"如果我们其中一个人摔倒了，另一个人也会摔倒，刚好有个伴儿。"

"你会把我抱起来的。"布莱基特说。

他们站在硬堤的尽头,等待潮水回头。最后,潮水开始逐渐漫上来,淹没了泥滩。

"他们随时可能往回走。"妈妈说着,朝河面的尽头望去。

"会是约翰掌舵吗?"布莱基特说。

"我想,也许吉姆会让他掌一会儿舵。天气没有昨天晚上那么糟了,今天风停了。"

他们等了好久。潮水已经淹没了水泥堤,越爬越高,一步一步地把她们往回赶。那艘大汽船旁边的驳船已经装满了货物,潮水把它们托起来之后,纷纷往河流上游驶去。船头掀起一朵朵浪花,船上的褐色船帆鼓了起来,桅杆上的红色旗帜迎风飞舞,阳光下的河面分外漂亮。

"他们回来了。"妈妈大叫了一声。

河流下游,一张红色小三角帆闯进她们的眼帘。

那张红色的三角帆越来越近了。不久,它消失在一艘抛锚的汽船背后,不一会儿,它又钻了出来,接着又消失了,然后又钻了出来。

"没必要向他们招手,"妈妈说,"他们看不见你。"她的声音忽然低了下去,"还不知道是不是他们呢。"

"肯定是他们。"布莱基特说,她一个劲儿地冲他们招手,希望他们快点回来。

弗兰克把船停靠在硬堤旁,然后把帆具搬上了岸。妈妈迎上去,指了指河流下游那些红色的船帆。

"你比我更了解他们,"她说,"往上游来的是不是妖精号呀?"

"那是艾米丽号,夫人,"他说,"他们前天出海去钓鱼,昨天晚上就该回来的,被大雾耽误了,我想。"

有那么一会儿,布莱基特以为妈妈要回艾尔玛农庄了。但她又停住了脚步,转身走向那个船夫。

"他们会回这儿来吗?"她问,"也许要去伊普斯威奇?"

"那是他们的锚地,"弗兰克说,"在康诺尼拉号前面一点儿,就是那艘绿色的大帆船。他们马上就要过来了。"

"我们在这儿等等,和他们说几句话,"妈妈说,"他们也许遇见了我家的小水手们。当然,它和妖精号不一样。它是一艘双桅帆船,妖精号是一艘纵帆船。可它看上去挺像妖精号,因为它没把后桅纵帆升上去。小心,布莱基特。如果你站在这儿,鞋子会被潮水打湿。"

"我能把鞋子脱掉吗?"布莱基特说。

"如果你脱了鞋,走在石子路上会难受的,"妈妈说话的时候眼睛还盯着远处的艾米丽号,"那样的话,你就像那个鞋子里撒了豌豆的公主,或者像那个被利刃割掉双脚的小美人鱼。"

"我知道美人鱼的故事。"布莱基特说。

潮水爬上硬堤的尽头,逼得他们一步一步往后退。他们看见艾米丽号越来越近了。船上站着三个年轻人。一个人在掌舵,另外两个人在忙着收前桅帆。艾米丽号挤进那些停泊的帆船之间,支索帆和主帆都降了下来,只剩下一张三角帆。接着,它掉转船头,缓缓滑向它的系泊浮标。其中一个年轻人站在前甲板上,手里拿着一根钩杆,伸手去钩一个系泊浮筒。

"他们干得不错。"那个浮筒靠近之后,妈妈赞叹说。

过了一会儿,三角帆被卷了上去,三个年轻人爬上舱顶,又把主桅帆暂时收了起来。接着,他们三个人全都钻进了船舱,不见了。

"哦,布莱基特,"妈妈说,"他们不会在下边做饭吧。"

他们又出来了。一艘小舢板被从船尾拖过来,停在船舷的一侧。有个人跳了上去。其他人递过去几个袋子,然后又递过去一个大草篮子。

"他们过来了。"布莱基特说。这时候,另外两个人也跳进了小舢板,然后把船桨拎了出来,往硬堤方向划过来。

突然,那个坐在船尾袋子旁边的一个人指了指艾米丽号的桅顶,小舢板转了个头,又回去了。

"他们忘了把旗子取下来了。"妈妈着急地说。

小舢板停在艾米丽号旁边等了一会儿,一个船员爬上船,取下旗帜,把它扔进了船舱。他们终于又出发了。布莱基特和妈妈等待他们登上硬堤。

"他们钓了好多鱼呀。"布莱基特说。那个大草篮子里堆满了银光闪闪的鱼。

"我们昨天一直很顺利,后来遇上了大雾,"一个人一边说,一边盯着布莱基特急切的脸庞,哈哈笑起来,"你想要几条鱼吗?"他拎出一条鳕鱼,往布莱基特面前一送,布莱基特吓得往后一缩,他又哈哈大笑起来。

"你们认识一艘名叫妖精号的帆船吗?"妈妈问。

"布雷丁的船?"

"你们没有见过它吧?"妈妈平静地问,似乎并不太在意,"我的几个小家伙和布雷丁在一起,我昨天有点担心他们,午后的雾太浓了,幸好后来起了风,又下了雨。"

"他们没事,"那个要给布莱基特送鱼的年轻人一边说,一边抓住硬堤边上又湿又滑的木板,用力稳住小舢板,然后把袋子和篮子都搬上了岸,"昨天起雾之后我们才返航,我们打他们身边路过时,还和他们说话了。他们都没事。布雷丁在浅滩旁边抛锚,离码头不远,一出航道就到了。没有别的地方比那儿更好了。有个孩子还在吹笛子呢。"

"那是我的罗杰,"沃克夫人笑了,"如果他在吹笛子,就说明一切正常。"

"布雷丁是个老手了,很会选锚地,"另外一个人说,"我们本来也该停在那儿,后来我们摸索着向上走,撞上了一片泥滩,后来在吊杆两头忙活了大半夜……"

"别胡说。"另一个人说。

"好吧,船老大。是我的错,不过,你也有份。"

"哦,太感谢你们了,"沃克夫人说,"你永远不知道大雾天会遇上什么意外,所以我有点担心他们。走吧,布莱基特。"

她们俩一起沿着硬堤走了。

"布莱基特,"妈妈高兴地说,"你的妈妈太傻了。我早该料到的,一切都很正常。昨天先是起了大雾,后来又刮起狂风,下起暴雨,我总感觉会有可怕的事情发生。现在知道了,他们在那儿下锚了,泊在一个安全的地方,就像我说过的,正在享受每一分钟的美妙时光。所以呀,没到他们承诺的时候,他们当然不愿意回来。吉姆也说过,他会在涨潮的时候回来。他们回来后,还来得及喝下午茶。喝完下午茶,我们大家一起去哈里奇,如果爸爸晚上坐船回来,我们正好去接他。"

第十五章 不眠之夜 ⇢

夜晚又过去了一个小时，妖精号仍然在黑暗中奋勇前进。汹涌的海浪不再席卷过来。雨也停了，但海风仍然十分强劲。然而，船舵似乎更容易掌了。天空中的乌云越来越薄，星星偷偷钻了出来，一闪一闪的，仿佛在微笑。可提提这会儿根本没有看星星。

"提提。"苏珊喊了一声。

"提提。"罗杰也喊了一声。

提提就像罗杰刚才那样，已经在驾驶舱里睡着了。可她一听见苏珊对约翰说，她和罗杰应该去床上睡觉，她就立即醒来了。

"我们可不愿错过美丽的夜景。"提提说，声音有点发抖。

"你已经错过不少了，"苏珊说，"你刚才睡着了……你的手冻得冰凉。你不该睡在甲板上，应该去船舱里睡，那里暖和多了。现在就下去吧。"

"还有你，罗杰，你也下去吧，"约翰说，"对于水手来说，休班是再正常不过的事了。你现在该下班了。晚上需要帮忙的时候，我们再去叫你。如果没睡好觉，你就什么事也干不了。"

他们本以为一夜都不用睡觉了，然而命令就是命令，况且他们的确非常困。苏珊走在前面，他们俩跟在后面，三个人一起钻进灯火通明的船舱。下来之后，苏珊立即催促他们上床睡觉，然后又帮他们盖好毯子，她还在罗杰的床边塞了一团帆布。做完这一切，她又回到甲板上，这才感觉轻松起来。不管他们在哪儿，不管他们将遇上什么麻烦，他们俩都应该美美地睡上一觉。

"他们俩还好吧？"当她回到驾驶舱后，约翰关切地问。

"早就睡了。"她一边说，一边打了半个哈欠。说完，她走到驾驶舱右舷的一个角落里坐下来，正好和约翰面对面，全神贯注地瞭望起来。

"关上舱门，"约翰说，"这样灯光就不会照上来了，更容易看清海面。你把舱口盖打开就行了。"

"我下去把舱灯吹灭好吗？"

"最好不要，"约翰说，"灯光会从舷窗射出去，如果遇上了汽船，有灯要比没灯强一点。"

"刚才那艘汽船怎么没有看见我们的灯光？"苏珊说。

"也许下一艘就看见了。"约翰说。

过了大约十分钟的样子，他又开口和她说话。

"苏珊，"他说，"你还好吧？"

然而，瞭望员并没有回应。

昏暗的夜色下，他仍然可以看清她坐的地方，一个黑色的影子蜷缩在驾驶舱的一角里。然而，除了进入梦乡之外，她依然保持着瞭望的姿势。经历了焦虑、晕船、担心约翰落海的恐惧之后，苏珊累坏了，她现在已经睡着了。好吧，没有必要叫醒她，没有必要让她去和另外两名水手一起睡觉，她说什么也不会去的。可怜的苏珊！最好不用管她。

他安下心来，一边开船，一边瞭望。

舱门关上之后，除了舷窗口透出的微光之外，驾驶舱里没有任何光线。昏黄的烛光洒在罗盘上，只能隐约看清航向。东南偏东……东南……东南偏南……正南偏东……刻度盘上的指针时刻都在变化，怎么办呢？就像很久以前驾驶小小的燕子号一样，约翰轻松地驾驶着妖精号，想转弯的时候，他就转动舵柄，一旦船身出现摇摆，他就让它停下来，所以他一边感受风向，一边查看罗盘，希望能够保持住妖精号的航向，让它在海面上继续前进。他尽力了。总的来看，它的航向应该是东南方向，他想。不过，他不是十分确信。

不像原来那样，现在船身很容易就能保持稳定。事实上，这种所谓的稳定应该是一种有规律的摇摆。他们一路往前疾驰，海浪一波又一波地扑向船尾，把船身托起来，然后又涌过船头，消失在夜幕中。这有点像追赶某种旋律的节奏一样，压下舵柄，舵柄转回来之后，再把它压下去，就这样……压下去……转回来……压下去……再转回来……

海风很可能减弱了，他相信的确是这样。然而，如果返航的话，他们可能还是要和它搏斗一番。天啊！当时是多么可怕呀！可怜的苏珊！还有收帆时他差点……幸亏他在腰间系了一根救生索。到目前为止，一切都很顺利……妖精号仍然在海上航行……它没有漏水……没有任何东西落海，虽然很容易就会……他们接下来要怎么做呢？他不愿去想。现在只要载上熟睡的船员，安全航行就行了。

船员们都睡了……又压了一次舵柄之后，他把手松开了，然后透过舱门，往下瞄了一眼灯光明亮的船舱。他看见罗杰的双脚蜷在毯子里，苏珊为了防止他掉下来，还把一团红色的帆布挡在他的床边。提提在前舱，他看不见她。驾驶舱的角落里，可怜的苏珊竟然趴在那儿睡着了。他们三个都睡了。他回到船舵旁，又压了一下舵柄，接着抬起头，借着昏暗的烛光，看了一眼罗盘，然后把身体靠在栏杆上，一只脚抵住对面的座椅，抬头遥望那一片布满繁星的天空，虽然感觉有点愧疚，但他还是不能否认自己心里其实很快乐。

当然，他不应该感到愧疚。虽然吉姆所有的锚链，连同他最好的锚具，全都沉入哈里奇港的水下了，而且远在风磨坊的妈妈，还有留在菲利克斯托港的吉姆并不知道他们怎么了，然而，一旦他们了解之后，除了对锚具和锚链感到可惜之外，吉姆一定会为他们感到高兴的。妖精号完好无损，没有撞上浅滩，尽管这种可能性很大。所以，那些"巡岸鲨"或者海盗根本没有机会"援救"他们，要知道，他们一旦"援救"成功，吉姆的船就没了。至于妈妈，如果把一切给她解释清楚，她也会高兴的，因为事情没有变得不可收拾。他已经尽力了。不管怎么样，现在夜深了，而且已经在北海上航行了很久，除了这么做之外，他还能有其他选择吗？如果任何人能在舷窗透出的微光下一睹他的神情，就一定会看见约翰脸上露出了一丝微笑。他一个人在夜幕下独自驾船航行，其他人都已经睡熟了。整整一夜，他都是妖精号的主人，即便是船身在黑暗中冲破波浪时带来了突然摇晃，也让他感到一阵难以形容的快乐。他已经和妖精号融为一体了，乘风破浪，不断前进，不断前进。再过许多年，当他长大以后，他会拥有自己的船只，他会驶向更加辽阔的大海。但是，他永远永远忘不了今夜的航行，这是他第一次带领他的船员驾船出海，而且是独自一人。

压下舵柄……转回来……再压下舵柄……再转回来……船身随着他的动作不停地倾斜摇摆，这让他感到几分得意。这艘小船还不错。嗯，不错的小船。他伸出一只手，搭在护栏上，在黑暗中拍了拍潮湿的甲板。

那是什么？

夜幕下，前方有什么东西在闪烁。每次妖精号爬上浪峰的时候，他就会看见那道闪光。瞧！它们又出现了。一道闪光，接着，过了一会儿，又一道闪光。然后是几秒钟的黑暗，接着那两道闪光又出现了，而且靠得非常近。

那很可能是一艘灯塔船，几乎和他在同一条航道上。他估摸了一下距离。如果继续这样航行下去，他一定能和它会合。也许这艘灯塔船能帮帮他们。没有航海图，他不可能了解太多信息，不过，船舷上可能会有名字。如果天快亮时接近它，他们大声向它打个招呼也许是个不错的主意。也许灯塔船上的人们能告诉他怎么返回哈里奇。那样的话，它就帮了他们一个大忙。如果约翰看一看航海图，他就会知道，在顺潮的情况下，要让妖精号轻松穿越海浪，他必须用点儿技巧，航道不能是一条直线，必须像一条弯弯曲曲的蛇。天啊，如果他靠得足够近的话，灯塔船上的人说不定会借给他一张航海图呢。然而，灯塔船本身是锚定在海上的，不可能给妖精号提供多少帮助。如果在白天，靠近它也许没什么危险。万一有危险，他们就会给它发信号。他还记得那个代表"危险"的信号……两声短，一声长。忽然，他想起去年寒假去北极探险时的情形。当时是午夜，他一边给南希、佩吉发信号，一边大笑着驾船从她们身边穿过去，飞一般地向北海外边驶去。他还记得南希当时患了腮腺炎，脸肿得老高，看上去就像一个大南瓜，但她仍然坚守在病房的舷窗旁边，不停地发信号，一点也没有懈怠。

当妖精号迎着闪光驶过去的时候，他又看了一眼罗盘。东南偏东一点。这就足够了。现在他不用再看罗盘了，直接往远处的几个光点驶过去就行了，用不着一边观察发光的罗盘，一边瞭望被黑暗笼罩的海面，他这个舵手终于不忙碌了，事情现在容易多了。

压舵柄，转回来……压舵柄，转回来……他坐在那儿，和舵柄一起摇晃。海浪一波接一波地从船尾扑过来，每一次轰鸣声中，都会有白色的飞沫溅起来。可怜的妖精号一会儿被掀起来，一会儿又被抛下去，接着，海浪又从它身下滚过，继续向远处卷去。在漆黑的夜幕下，高高的浪尖不时从船身旁边涌过去，就像一个个灰色的幽灵。有一两次，他拧亮手电，照了照船舷一旁的海浪，想看看妖精号到底能走多快。然而，在多数情况下，他更喜欢保持那种从容不迫而又韵律十足的掌舵节奏。凭他对海风的感觉，他知道现在没有转帆的危险，只要盯住远处不停眨眼的灯光就行了……它们总是一闪一闪的，一次又一次地发出光之箭，突然刺透无边的黑暗，沿着汹涌的海面射过来，经过几秒钟的短暂停顿，它们又一次射过来。

他想象着灯塔船的样子，哦，想起来了，他在哈里奇港和法尔茅斯曾经看过那些灯塔船。高大的红色船身，中间竖着一根红色的桅杆，看上去又粗又壮。桅杆上挂着一盏巨大的信号灯，就像一只大鸟笼子，桅顶还挂着锚球之类的东西。在灯塔船上工作的那些人当然无法看见从黑暗中向他们驶来的妖精号。然而，不可否认的是，船上肯定有人在值班瞭望，但是，其他人都躺在床铺上睡着了，就像船舱里的提提和罗杰一样……进入了梦乡……约翰突然发觉自己的眼睛闭了一下，他急忙把它们睁开，尽量睁得大大的，然后看了一眼驾驶舱的另一侧，除了一个更暗一点的黑影蜷缩在那儿之外，他什么也没有看见。他知道，那个弓着身子趴在那儿的黑影是身穿雨衣的苏珊二副，像其他水手一样，她睡熟了。

信号灯仍在不停地闪烁。刚才是闪了一下还是两下？不知不觉地，他的眼睛又闭了一会儿。这可要不得。他直起腰，伸出几个手指，使劲儿拉住上下眼皮，这样的话，眼睛也许就不会闭上了。可是，他发现眼睛又眨了一下。于是，他朝前方的黑暗望去，试图弄清上次闪光和下次闪光之间相隔几秒。他数了七个数之后，灯光闪了一下。后来，他只数了五个数，灯光就闪了一下，接着又数了六个数，灯光才闪一下。后来，他数了八个数，再后来又是六个数。要想保证数数的速度可真难呀！不过，这样能让他保持清醒，真是个好方法。他数了很长一段时间，黑暗中的两次闪光的间隔时间似乎总在变化。后来有一次，他突然意识到自己竟然数到了十二。他中间一定错过了两次闪光。

他使劲儿揉了揉眼睛，飞快地眨巴几下，先看了一眼罗盘，然后又望着远处的夜空。到现在为止，即使灯塔船不再发射刺目的闪光，他也能看见船上微弱的灯光了。现在四周仍然一片漆黑,如果要去灯塔船那儿,他不应该靠得太近。不管怎么样,他绝对不能睡着了。也许唱歌可以保持清醒。不过,他不能唱,因为一唱歌就会把苏珊吵醒。

突然,他感到猛然一惊。一张船帆忽然发出震耳的雷声,呼啦呼啦地拍打起来。海风不是从他身后吹来了,而是迎面向他吹来。船舵开始左右摇摆,妖精号上蹿下跳起来,就像发疯了一样。那两道刺目的闪光已经从右舷船头移到了左舷附近。

"约翰!约翰!怎么了?"

苏珊被吓醒了。

"我刚才打了一个盹,"他迎着风大声说,"马上就会没事的。船身转回来了。"

慢慢地,妖精号又回到了原来的航道,灯塔船的信号灯重新在右舷船头闪烁起来。海风也减弱了,继续从船尾吹过来。他看了一眼罗盘。几乎正对着东南方向。没事了。

"喂,苏珊,真对不起。我刚才不小心睡着了。"

"那边是什么东西在闪光?"苏珊问。

"那是灯塔船,"约翰说,"我正要把船开过去,等到天亮之后,我们去问问他们,我们应该怎么做才能回去。"

"我睡多久了?"苏珊问。

"很久了,"约翰说,"你现在感觉怎么样?"

"睡一觉之后,感觉好多了。"苏珊一边说,一边打了个哈欠。她从舱口向船舱里边望了一眼,她能看见罗杰伸出的两只脚,他还在熟睡中,"他们还没起床,是吗?"

"没有。"

她把舱门打开一条缝,瞄了一眼挂钟。

"喂,已经两点多了。你一定很累吧?"

"只是有点犯困,"约翰说,"眼皮老打架。你瞧。不过,和你说说话就不困了。"

苏珊和他聊了起来。

"你觉得灯塔船上的人会怎么说？"

"我不知道……也许他们会借给我们一张航海图……不管怎么样，他们一定会告诉我们怎样才能返回哈里奇……我们在海上航行很远一段距离了……"

他忍不住打了一个哈欠。

苏珊还在继续。

"现在海浪没有之前那么凶猛了。我在想，我们早上是不是该吃点热饭呀。他们醒了之后，一定饿坏了……"

"罗杰总是饿得最快……"

"喂，约翰，你觉得我们今天能不能及时赶回风磨坊喝下午茶呢？万一爸爸回来了，妈妈不知道我们在哪儿的话，那就太糟糕了。……约翰……约翰！"

他猛然一惊。灯塔船的闪光又移到左舷船头。

"对不起。"

他再一次让妖精号返回原来的航道。

"要过很久才能回家，"苏珊说，"我们可能要走很远的距离。"

"这艘船快着呢，"约翰说，"而且转舵也很容易。总有一天，我也要弄一艘这样的船，它几乎和我们的老朋友燕子号一样棒，驾驶起来很方便。你还记得我们当时怎么提醒对方注意船身摆动吗……当时我们……我们在学开船，我的意思是说……哎哟！"

他的膝盖上方突然一阵刺痛。苏珊把手伸过来，狠狠地拧了一下他的大腿。

"好极了，"他说，苏珊已经回想起来了，"再拧一下。继续。过几分钟就拧我一下。我刚才说到哪儿了？"

"你最好什么也别说了，"苏珊说，"你睡着了。"

"哦，再拧我几下，"约翰说，"哎哟！我还没睡着呢，你用不着使那么大劲儿呀。"

"天太黑，我看不清你到底是睡了还是没睡。"

"只要那些灯光移到船首斜桅的另一边，你就马上拧我一下。我要让它们一直保持在右舷船头方向。"

"又来了一艘汽船。"苏珊忽然说。

一直向南望去，他们可以看见两盏桅顶灯。约翰打足精神，瞪大眼睛看了一会儿，发现那是汽船的红绿导航灯。然而，距离太远了，看不太清，现在桅顶灯已经消失了。

约翰感觉苏珊捅了一下他的胳膊。

"小心，约翰。这样耗着不好。最好让我来掌一会儿舵。你坚持不住了。"

约翰犹豫了一会儿。

"你试试看吧。"他最后说，准备把舵手的位置让出来。然而，他的身子已经僵了，很难挪动，"没错。这是舵柄绳。拉住它，很方便的。不过，别把舵柄握得太紧了，像现在这样就行。能看见罗盘吗？保持东南航向……对，就这样……东南，稍微偏东一点……灯塔船的灯光在右舷船头……我们马上就要到达那儿了。"

"我能应付，"过了一会儿，苏珊开口说，"你去睡会儿觉吧。"

"不睡，"约翰说，"我现在不想睡……我要负责瞭望……"

"如果到了灯塔船那儿，我们接下来该怎么做？"

"我们直着走下去，直到天亮，只要能看见那艘灯塔船就行了。距离较近的时候，我们掉转船头，然后大声呼喊……现在天太黑，我可不想太靠近它。"

"你最好去睡一觉，"苏珊说，"要你帮忙的时候，我会叫你的。"

"不……不用……"约翰说。他抬起胳膊，伸了一个懒腰。休息一会儿，不用掌舵了，这种感觉太美了。苏珊干得真不错。他瞄了一眼罗盘，然后坐在苏珊之前待过的那个角落里，望着远处灯塔船发出的闪光……休息一会儿……不用掌舵……接着，他又开始打起盹来……他的脑袋向前垂了下去，靠在舱壁上，又冰凉，又潮湿……他要靠在那儿休息……只一小会儿……即使闭上眼睛也不要紧……

第十六章　海上黎明

他的前额被某种硬东西抵住了。旁边还有人在说话……喊他的名字。约翰打了个激灵，醒来了。

"约翰……约翰。"

是苏珊的声音。他坐起来，看了看周围。

"天啊！"他惊讶地说，"我睡着了吗？"

"我把船一直往东南方向开，稍微有点偏东，"苏珊说，"我们早就驶过了那艘灯塔船。按照你的吩咐，我让船保持直线前进。现在天还没有亮，不过前边好像又有一艘船。就在正前方，灯光很弱。天空中好像还有探照灯……在西南方向……我一直不想叫醒你，都拖了好久了。"

约翰听得出来，她似乎有点自豪。她接过舵柄之后，他休息了几分钟，现在一切都变了样。是几分钟吗？为什么感觉已经过了半夜呢？他和苏珊换位置的时候，他们必须在驾驶舱里四处摸索着走动。他当时把苏珊的手拉过来放在舵柄上。她看上去一直是一团黑影。然而，尽管现在天色还很黑，他已经能够看清她所处的位置了。他望了一眼船尾，希望看见灯塔船闪烁的灯光。它们已经消失了。他又看了一眼前方，也就是船首斜桅所指的那个方向，可以看见空中若隐若现地露出一束光柱，但他们并没有看见那盏灯在闪烁。它一定还在海平线以下，他越过右舷船尾，看了一眼西南方向。两束微弱的光柱先后快速扫过天空，就像时钟上的分针和秒针，在钟面上绕着圈儿互相追赶。

约翰盯了一会儿，然后扭过头来，发现前方突然冒出一个苍白的光点，闪了一下，不见了，接着又闪了一下。

"天啊！"约翰说，"探照灯一定是来自陆地上，我敢打赌，前边亮的地方是一座灯塔。"

约翰感受了一下风向，然后又看了一眼罗盘。他们现在的航向是东南偏东。刮着这样的海风，他们永远无法逆风往西北偏西方向航行，所以也就无法沿原来的航线返回了。

"我们一直这样航行下去，直到天亮，"他说，"如果连缆绳之类的东西都看不清就贸然返航的话，结果只能是一团糟。喂，我来掌舵吧。你待在那儿感觉怎么样？"

"很好，"苏珊说，"只是有点冷，你不冷吗？"

"是的，相当冷。"

"我去煮点茶吧。"苏珊说。

"来点可可汁怎么样？"约翰说。

"好吧。只要水壶不晃动就好办了。"

"喂，"约翰说，"天很快就要亮了。夜晚马上要过去了。"

"我知道。"

苏珊打开水手舱顶部的舱门，扶着水手梯，爬进了温暖明亮的船舱里。约翰盯着天空中微微闪烁的灯光，紧握手中的舵柄，对准那个方向驶过去。东南偏南……东南……东南偏东……东南偏东……他们真的能抵达那儿吗？那些探照灯是来自法国……或者比利时……或者荷兰吗？他非常希望自己能回忆起地图的样子。真冷呀，可是谁会在乎呢？天马上就亮了。苏珊已经没事了。海风也减弱了，大海不再像之前那么狂暴了。妖精号仍然在海上航行，而且十分听话，似乎丝毫没有觉察不是吉姆·布雷丁在掌舵。虽然约翰的双手有点冰冷，但他一想到形势已经好转，心里立即就充满了欢乐。现在事情已经和之前不同了，当时不知道有多糟糕啊，他和苏珊差点吵了起来。他们俩的想法截然不同，苏珊都急哭了。提提开始头疼了，罗杰几乎被吓坏了，后来苏珊也开始晕船了，而且晕得非常厉害。他向前斜过身子，往船舱里边望了一眼。苏珊已经脱掉了雨衣，现在正站在梯子脚下，忙着准备固体酒精罐，她要把炉子生着。她往炉灶下边的小杯子里挤了一点固体酒精，然后把酒精罐放进水槽。接着，她划燃一根火柴，点燃了火炉。随后，她拉上一扇舱门，挡住外边的海风。现在，她又蹲在梯子脚下，拧开淡水罐的龙头，给水壶加满水。苏珊，她真棒啊。

厨房里的火炉熊熊燃烧起来。他看见苏珊提起水壶，把它小心翼翼地架在火炉上。

下边有声音传上来。

"咦……啊……啊……啊……"罗杰打了一个他一生中最悠长、最响亮的哈欠。

"继续睡吧！"那是苏珊的声音。

"是不是快到早上了？"提提也醒了，接着又问，"好像船身没有之前那么颠簸了。我们是不是回港口了？"

"没有。"

"我该起床了吗？"

"不用。你躺着别动，那样暖和一点。你的头还疼吗？"

"我抬起来看看。"

"怎么样？"

"不疼了。"

"外边天还黑着呢。"罗杰说。

"你们俩都躺着吧。不用起床。"

"你在干什么呀？"

"烧开水。"

"做早饭吗？"

"煮可可汁。"

"好。"

"如果你们不躺下，煮好后一点也不给你们喝。"

约翰在黑暗中听她这么一说，忍不住乐了。这就是原来的苏珊。如果她又找到了当二副的感觉，而且还要求船员服从她的命令，那么，她说她不再晕船了应该不是装的。

黑暗中的他笑了起来。当然，当他看见黑暗正在迅速淡下去，他就更开心了。

不过，周围仍然非常非常冷。他试着站起身子，把其中一只胳膊挽在舵柄上，然后把一只手插在口袋里取暖，另一只手抓住驾驶舱的栏杆，尽量稳住身体。过了几分钟，他换到舵柄的另一边，把另一只手插进口袋里取暖。

远处那束微光每隔几秒钟就会闪烁一下，然而看上去更暗了。那束光一定是来自陆地上的某座灯塔。可是，会不会是来自一艘灯塔船，而且现在要开走了？不，肯定不是。灯光越来越暗是因为东方已经发白，天要亮了。西南方的天空中已经不见了那束转动的光柱。天啊！如果天亮了，他们就能看见陆地了。那是哪儿的陆地呢？一定是他们从未见过的陆地。他环顾四周，想看看大海和天空交汇的天际线在哪儿。

苏珊在水手梯的其中一级梯子上一顺溜摆了四只伍尔沃斯杯。约翰又笑了，他想起那只红色的伍尔沃斯盘子来，要不是把它放在大手电前面发信号，那艘汽船差点就直接撞上了他们。现在他们安全了，那个可怕的时刻已经过去了。蒸汽从水壶上冒了出来，小片云团也悠闲地飘了起来，这说明水滚了，这只水壶烧水还挺快呀。苏珊坐在水手梯下边的右舷床铺上，一只脚蹬在对面床铺上，稳住身子。她已经把面包罐拿了出来，打算切几块厚面包片，不过，在切面包片之前，她先给每块面包涂了一层黄油。约翰突然感觉肚子饿了。"哈罗，"她要上来和他说话了，"约翰，我们吃火腿吧……就在你身后那个打开的柜子里，用纸包着的。"

他伸手摸了一下，找到了那个纸包。哎呀，地上掉的是什么？他弯下腰，发现了一块松软的火腿。

"喂，这块火腿一定掉了好久了吧。我的脚踩上它了。我想起来了，踩上去软绵绵的，它一定被水泡透了。"

没有人回应他。苏珊已经回船舱了，她去查看右舷床铺后边的橱柜。现在她又上来了。

"约翰。"

"嗯。"

"火腿如果被水泡过，最好别吃它。我们把吉姆带的牛舌罐头拿出来吃一点，你觉得怎么样？"

"为什么不行呢？"

"你觉得他会让我们吃吗？"

"好主意。"罗杰在她背后嚷了一声。

随着时间的流逝，黑暗越来越淡了。船首斜桅下方淡淡的微光马上要消失了，黑暗即将过去，黎明马上就要到来了。天亮之后，他们必须掉转船头，重新确定航道。尽管他一直不愿思考这个问题，然而，让他担心的这个时刻终于还是来临了，他必须寻找一条返航之路。这件事非常棘手。他还有更好的选择吗？一个大胆的新想法在他脑海中浮现出来。可是，苏珊会怎么想呢？他回头望了一眼黑暗，然后又看了一眼前方的微光，虽然暗若萤火，但却充满了希望。

一股水蒸气从水手舱口飘了出来，那是火炉上开水冒出的蒸汽。约翰瞥了一眼下边的船舱，看见地板上摆着一个面包罐的盖子，上面放着四块涂了黄油的厚面包片，还有四大片牛舌。苏珊从火炉上提起水壶，又爬上水手梯，然后举起水壶，往最上一级梯子上摆着的杯子里倒水。

"别倒太满了。"约翰说。

"不会。现在船身要比之前稳多了。"

她用勺子舀起一满勺牛奶可可粉，往每个杯子里倒了一勺，接着又挨个搅了搅，然后又加了一点热水。

"我们能起床了吗？"罗杰又在叫嚷了。

"好吧，起来吧，还有提提。你们俩必须坐在罗杰的床上。给，这是你的，约翰。"

约翰伸手接过杯子，小心翼翼地放在座位上，并且往栏杆旁边挪了挪，以免它会滑动。真诱人啊，只要摸一下热乎乎的杯子手就不冷了。苏珊又递过来一片黄油面包和一大片牛舌。天的确亮了。当他把那片黄油面包放在杯子旁边，很容易就看清了它的白色模样。

在灯光明亮的船舱里，他看见提提和罗杰已经并肩坐在左舷床铺上，放在地板上的两双脚各夹了一杯热可可汁。苏珊手里端着自己的杯子，坐在水手梯最下边的一级台阶上。虽然妖精号走起来又快又稳，可她不敢冒险把这杯东西摆在桌子上。约翰又笑了，喝第一口可可汁的时候，嘴唇竟然被烫了一下，他连忙咬一口黄油面包，又咬一口牛舌，希望嘴唇快点凉下来。他又认认真真地掌起舵来。东南偏东……大海尽头的天空中，早就露出了一抹白，再也没有希望看见那座灯塔发出的微弱灯光了。不要紧。东南偏东。他只要朝这个方向开过去，迟早会见到那座灯塔。

大海变了颜色。晚上看时，大海是黑色的，黑到连白色的浪峰都不能看清。现在看时，大海就像灰色的鬼魅。每当海浪卷过来时，妖精号的一侧就会掀起阵阵白沫。船尾的天空仍是黑色，然而，向前方望去，在远处的海平线上，天空已经泛出了淡淡的鱼肚白。妖精号行驶了一夜的世界也变得开阔起来。海浪从船身两侧涌过来，十码，二十码，越去越远了。即便在更远的地方，他还能看见它们的影子。海浪的颜色像极了霍利豪威农场的壁炉架上摆放着的奶白色的杯子。他的视野越来越开阔了。放眼望去，海面上尽是层层叠叠的海浪，但比起之前来，它们变得柔和多了。白色的浪尖不再一个接一个地席卷过来。海浪滚过去的时候，每一排都非常平缓，不会给他们带来任何威胁。即使有些地方还有白帽浪，但它们都很低，而且很快就消失了，就像是突然搅起的白色泡沫，在一排海浪后背镶了一道白边，转眼间，它们就滑进后面的浪谷中，再也看不见了。哦，和爸爸一起从法尔茅斯出海的时候，他还是个小男孩儿，他们曾经遇见过这样的海浪，爸爸觉得它们根本不值一提。

现在爸爸在哪儿呢？也许他正躺在火车上睡觉呢。火车一路颠簸着，"哐切，哐切，哐切，哐切"地往回飞驰，越来越接近英格兰了。可是，如果他没有回来呢？如果他直接穿过亚欧大陆，提前回来了怎么办？你永远猜不到爸爸在哪儿。如果罗杰是对的，爸爸就在夜间和他们擦肩而过的那艘汽船上怎么办？也许他早就到了哈里奇，他们应该去那儿迎接他。可是，每过一分钟，妖精号就会在大海上走得更远。这时候，约翰的手背突然痒了一下。他们要过多久才能返航呢？能不能返航呢……他现在越发相信自己的新想法是对的。可是，苏珊会怎么说呢？他希望天再亮些，那样的话，他就能够越过白蜡似的海面，看见更远的地方了。

"还要再来点可可汁吗？"

苏珊在说话。现在，她又成了管家婆，给大家做饭，打扫卫生，但声音听上去平静而快乐。如果他把自己的想法告诉她，她会怎么想呢？

约翰把自己的杯子递了下去。

"哈罗！""哈罗！"船舱里的提提和罗杰喊了起来，两个人喝了可可汁，又吃了黄油面包和牛舌，这会儿可精神了。

"哈罗！"约翰说。

"我们再喝一杯就上甲板上去。"罗杰说。"先把早饭吃完。"苏珊没好气地说。

十分钟之后,二副和两名一等水手都爬上了水手梯,接着又进入驾驶舱。因为刚从温暖的船舱里出来,所以他们都把雨衣领子翻过来,遮挡冷飕飕的晨风。他们看了看周围的海面。一条狭长的云带悬挂在天际线上。在东北方向,云带以上的天空十分明亮。和之前相比,星星渐渐稀疏了,一颗接一颗地暗淡下去,即使盯住它们不动,它们甚至也会从你的视线里消失。

"陆地在哪儿?"苏珊说。

约翰往前方指了指。

"那会是哪儿呢?"提提问。

"法国,"罗杰说,"你不记得了吗?'离英格兰越远,离法国就越近。'"

"不可能是法国,"提提说,"也许是其他地方,可能是一座荒岛。你猜不到的。到处都有荒岛,即便在英格兰也是如此。"

"不会是荒岛,"约翰说,"那里有一座灯塔。你现在看不见它,天没亮的时候,我见过它的灯光。苏珊也看见了。"

明亮的天空慢慢向上扩展开来。黑暗不断在船尾的大海上退缩。海面上飘来一抹红霞,天际线上方的云带仿佛着了火,猛烈燃烧起来。深灰色的大海向四周伸展,似乎永远没有尽头。大雾、暴雨,还有黑夜,已经登上各自的客船回家了。站在小小的妖精号上,他们第一次感到大海是如此的宽广。

"附近没有别的船只吗?"罗杰说。

"一艘也没见到。"

"现在天已经够亮了,是不是该回去了?"苏珊问,"你说过,天一亮,我们就转回去,和灯塔船上的人聊聊。"

"哪里的灯塔船呀?"罗杰问。

"夜里路过的那艘,"苏珊说,"现在我们就回去吧。我想,这次我不会再晕船了,狂风巨浪都消失了。"

这一刻终于来临了,约翰看着她。

"我觉得我们不应该回去,"他说,"我们一路走来,遇过多少风浪啊。等等,苏珊,别生气。你说回去,我们就回去,可是,如果迎着这样的海风,我们没法直接回到灯塔船那儿去,而且很可能会错过它。陆地已经不远了。太阳出来之前,我相信我们能看见它。"

"可是，我们得回去呀。"

罗杰和提提盯着约翰，两个人沉默不语。

"我一直在想，"约翰说，"我们昨天航行了一天，又加上一夜，航速非常快。即便我们能够直接返回，我们也要花同样长的时间才能回去。也许我们回到哈里奇的时候，天已经黑了，天黑和大雾一样，会给我们带来麻烦。不，等一会儿，苏珊。现在最重要的事情是让他们知道我们在哪儿。一旦他们知道妖精号没事，情况就不会太糟。我们今天应该回去，可是，不管怎么做，肯定回不去了。妈妈一定担心死了。吉姆也会。也许爸爸已经到了哈里奇。如果继续航行下去，我们就会抵达某个地方，然后就可以发一封电报回去。"

"也许灯塔船上可以发电报呢？"苏珊说。

"要是我们错过它了怎么办？"约翰说，"所以，继续航行更安全。"

"如果他们知道我们没事，情况就不会太糟，"苏珊说，"可是你确信我们靠近陆地了吗？"

"完全确定，"约翰说，"你自己也看见过那灯光。我们只要继续航行下去就行了。天已经完全亮了，雾也散了。我们一直走下去，进港之后，立即发一封电报。"

"到那时，吉姆·布雷丁过来接我们回去……"苏珊松了一口气说。约翰知道，她几乎要同意了。

"万一我们走太远了，不知道他有没有钱付路费呀。"罗杰说。

"我的存钱罐里有两英镑十七先令。"提提说。

"我们继续航行吧。"苏珊说。

事情已经决定了。从这一刻起，他们谁也不去看船尾了，甚至连苏珊也不再回头望一眼。陆地！陆地！越快到达越好。不管怎么样，妖精号上又开始洋溢着新的令人激动的氛围。谁也没有想到他们会出海，然而，他们现在不仅出海了，而且正驶往一块未知的陆地。

"依我看，"提提说，"约翰应该在桅杆上钉一枚金币，就像哥伦布做过的那样，谁先发现陆地，那枚金币就归谁所有。"

"我没有金币。"约翰说。

"不要紧，不给钱我们也愿意瞭望。"罗杰说。

"我想，你们会这样做的。"

远处的天际线上，那条狭长的红云已经变成了金色。所有光线似乎是从云带下方的某一点发出来的，那个点处在东北方向。不一会儿，一团炫目的火焰从云带下方冉冉升起，然后悬浮在不停舞动的海面上，仿佛要朝他们漂过来一样。

那团火焰逐渐变宽，过了一会儿，云层把它遮住了。海面上的光线突然变暗了。没过多久，一轮红日从云层上方跳了出来，金色的阳光洒在无垠的海面上。在黑夜中，桅顶那面三角旗一直是黑色的，现在变成了明亮的红蓝白三色。红色的船帆也变了颜色，阳光把它染成了金色。大海不再是深灰色了，已经变成了蓝色。沐浴在暖暖的朝阳之下，每个人脸上都现出激动的神情。他们往东南方向望了一眼，希望早点抵达陆地。然而，那儿既没有陆地的影子，也没有一艘船只。新的一天开始了，妖精号依旧孑然一身。

苏珊、提提和罗杰一起看着约翰，难道他犯了错误？

"没关系，"他最后说，"我们不可能看清它到底在哪儿。听着，苏珊。你来掌一会儿舵。注意罗盘方位，一直朝东南偏东方向开。风小了，我去把帆卷展开，然后再把支索帆升起来，这样我们就可以满帆前进了。越早到达那儿，对我们越有利。"

"海面上是什么呀？"罗杰突然说。

"在哪儿？"

"左舷船头……不，是右舷……对不起。喂，给我望远镜。"

"是漂浮的木头，"约翰说，"天啊，我们真幸运呀，昨天晚上竟然没撞上它们。"

"又有一根。"

约翰把那根救生索拴在腰间。松开帆卷的时候，他可不想再吓苏珊了。他停了一会儿，看了看妖精号驶过的一根木头，撞上那样的木头就像撞上一座浮标一样。他心里猛一激灵，昨天晚上他们驶过多少根木头呀。

"注意瞭望，小心那些木头。"他说。

"好的，好的，船长。"罗杰一边说，一边靠在舱顶上，双手举起一副双筒望远镜，仔细观察那些原木。

第十七章　遭船难的水手 ⤴

"它们从哪儿漂来的呀？"提提问，当时又有一根长长的原木从他们身边漂过。这些原木有一头呈方形，海水打湿之后，变成了橘黄色。它们一会儿被海浪轻轻托出水面，一会儿又隐藏在平缓的海浪背后。

"是从运原木的货船甲板上掉下来的，"约翰说，"很可能是挪威货船，就像我们在港口见过的那艘船一样。吉姆说过，这些木头会在甲板上滚动，昨天晚上的风浪太猛烈了。"

"它们左滚几下，右滚几下，"提提说，"一个大浪打过来，它们就被冲下甲板，然后就漂在海面上了。"

苏珊仍在掌舵。约翰系牢腰间的救生索，绾了一个单套结，然后走到储物柜旁，开始翻找那支收帆用的黄铜小把手。

"又漂过来好多。"提提说。

"那是什么？好像不是原木，"罗杰大声叫嚷，"是个盒子。求你了，把船稳住，就一小会儿。"为了不让那东西从眼前消失，他举起双筒望远镜仔细观察，但妖精号时起时伏，船身很难稳下来。虽然看不清它到底是什么，但它一会儿爬上前方的浪尖，一会儿躲进浪谷，一会儿又冒了出来。

"不是盒子，"他最后说，"是一个笼子。"

他们离那东西越来越近了，它大概离左舷有二三十码远。"别太靠近了。"约翰说。如果能避免的话，他不愿让妖精号撞上任何东西，哪怕是一个饼干盒子，虽然这东西看上去只比饼干盒子大一点儿。

"是一个鸡笼，"提提大声说，"好可爱呀！你们还记得那首关于海盗的诗吗？那艘船受袭之后，诗里怎么说来着？'听啊，那些垂死的家伙还在哀叹消失的鸡笼。'那个空鸡笼应该待在它该待的地方，为什么会出现在这儿呢？"过了一会儿，她忽然想到一个严重的问题，"鸡笼里的鸡去哪儿了？是被吃了还是被淹死了？哪种死法更让它们恐惧？我真想知道呀。"

"不管怎么样，它们都会被吃掉，"罗杰说，"如果它们被淹死了，鲨鱼或者别的什么鱼也不会放过它们，送上嘴的美味谁不乐意吃啊？"

"至少会留下它们的羽毛吧。"提提说。

"嗨！"罗杰一边急切地说，一边握稳望远镜，"笼子上有个东西……看到了……靠近一点。哦，喂，是一只死猫……"

"哦……"

"是淹死的。"

现在，他们四个人都能看见那只鸡笼了，它仍然在波浪中躲猫猫。看上去，那只是一个木条钉成的架子，外边裹了一块硝过的皮子，现在已经被海水泡透了，无力地漂浮在大约十二码远的海面上。他们可以看见那只死猫的脑袋，皮毛紧贴在头盖骨上，身子耷拉下来，两条后腿似乎没有骨头，僵直地往后伸出，尾巴就像一条打湿的破绳子。太可怜了！他们都不忍看它，但眼睛不由得又移了回去。约翰找到铜把手后，匆匆走上前甲板，解开了帆卷，然后站在那儿不动了，眼睛也盯着那只死猫。

"太可怕了。"提提说。

"一定是和那些原木一起落海的，"约翰说，"也许是被同一个大浪打下来的……"

"可能它当时睡着了，"提提说，"落水之后，它就趴在笼子上，直到被淹死。"

约翰和苏珊心里很清楚，他们昨天晚上差一点也落海了，然后也会像这只死猫一样，在海面上垂死挣扎。

那只裹了皮革的鸡笼就要漂过船尾了。罗杰突然喊了一声："它还活着！"

"不可能活着。"．

"我看见了，它的嘴巴还是粉红色的。"

接着，就在那只鸡笼渐渐远离船尾的时候，他们四个人全都看见那只小猫张了一下粉红色的嘴巴，不过只是微微张了张。也许它的身子太虚弱了，根本无力大喊大叫，只能小声求救。因此，他们无法听见它发出的叫声。

"我们必须救救它。"提提大声说。

约翰已经把主帆索拉了过来。

"<u>一旦有人落海，必须立即转帆</u>。"他曾经在一本航海书上读过这样的句子。天啊，幸亏船帆还没有升上去，很容易控制，而且海风已经减弱了。"喂，苏珊，掉转船头。不……不……左转……加油……转过来……我负责后支索，你们盯住它。罗杰……小心吊杆，要转过来了……过来了……好……"

妖精号完成了紧急掉头，吊杆也横过来了，它开始迎风航行。约翰一边拼命拉紧后支索，一边松开三角帆索，身体在驾驶舱里横冲直撞，也不知道撞到了谁。

"现在它在哪儿？你们没盯丢吧……"

"在那儿……离得很远了……就在那儿……那儿……"

"我们追过去……"

"你能救起它吗？"苏珊问。

"我们不能看着它被淹死呀。"提提大声嚷嚷。

"不会的。"约翰说。

从海面上打捞一样东西绝非易事，除非你练过很多次。可是，约翰从未练习过这样的操作。苏珊把舵柄交给他，他咬了咬牙，看一眼在水中上下浮动的鸡笼，又抬头看了看桅顶的三角旗。不行，如果不转帆的话，他们就没办法救起小猫了。

"它要漂远了。"罗杰说。

"越来越远了，"提提说，"快啊，约翰！"

"准备抢风。"约翰说完，三角帆呼啦呼啦地拍打起来，吊杆横着转了过来，提提和苏珊死死拉紧帆索，妖精号又向前走了一截。这一次，他们距离那只小猫和它的救生笼更近了。

"怎么才能抓住它？"苏珊说。

"用钩杆？"罗杰说。

"准备好，"约翰说，"不，不用。待会儿我去舷边。"

"你要从它前边过去了。"提提说。

"不，不会的。"约翰说。

"再坚持一会儿，咪咪！"提提大声呼唤着，身体几乎要爬上舱顶了。

"如果撞上笼子，会把它撞掉下去的。"苏珊说。

"我知道，"约翰说，"过来帮我一把，掌一下舵。"他半蹲在座椅上，船身不停地摇晃，他必须扶着苏珊，才能稳住身体。苏珊冲他大声叫喊，生怕他会落海。妖精号目前正逆风航行，径直驶往那只鸡笼。约翰仿佛觉得自己就像吉姆·布雷丁，要让妖精号靠近系泊浮标。他必须站在座椅上，才能看见船头附近的鸡笼。

"近了……好……好……"提提喘着气说。

鸡笼撞上了妖精号的侧舷，不知是谁，恐惧地叹息了一声。然而，它仅仅轻触了一下船舷。过了一会儿，鸡笼就要从妖精号的侧舷漂过去了。约翰急忙丢开船舵。

"抓住我的脚。"他大喊一声。再耽误一秒钟就来不及了。他把身子探出驾驶舱，把手伸过侧舷甲板。鸡笼刚好往他这个方向漂过来。他一把抓住笼子上潮湿的小块皮子。那只小猫拼尽全身力气，紧紧抱住鸡笼上的板条。看来只用一只手不行。约翰松开抓住船身的另一只手，这样就能用两只手了。现在，那只鸡笼慢慢翻滚着，已经移到了船尾。约翰趴在舷沿上，一半身子已经探了出去，他伸出手，一把抱住那只浑身湿淋淋的小猫。

提提和苏珊一人抓住约翰的一条腿，使劲儿往回拉。罗杰紧紧拽住约翰腰间系住的缆绳。约翰拼命扭动身体，一寸一寸地往回挪，终于又回到了驾驶舱。

他把小猫递给苏珊，长长地舒了一口气，然后重新接过舵柄。接下来，他又扫了一眼三角旗，然后回头看了一眼船尾，确保船身不会撞上那些原木。最后，他又把眼睛盯在罗盘上。

苏珊坐下来，把那只缩成一团的小猫放在膝盖上，伸出双手护住它。

"它几乎被冻僵了。"她说。

小猫太虚弱了，卧在她腿上一动不动。

"它不会喝了很多海水吧，"跪在驾驶舱地板上的提提说，"它的肚子好瘪呀。"

"可能饿了。"罗杰说。

"怎么救治一个快要淹死的人呢?"提提说。

"给他换上干衣服,再灌点白兰地酒,"苏珊说,"但我们没有白兰地。"

"我们把它身上的毛擦干吧,"提提说,"再给它来点吉姆叔叔的朗姆酒怎么样?那是药酒……"

"把它抱下船舱,让它暖和暖和,"苏珊说,"你先下去,提提,我把它递给你。"

"我去拿朗姆酒。"罗杰话音没落,已经下了一半梯子。

提提跟着也下去了,站在梯子底下等着,苏珊抱着受难的小猫,小心翼翼地递了下去,然后也准备下船舱。这时候,约翰拦住了她。

"你看,返航会很糟的。除非风向变了。我必须让船逆风航行,现在最佳航向就是西南方向。下次抢风航行的时候,船身会更偏北,返回的时候,我们要往西北偏北方向航行。直接去北海没什么好处。我们一直这样走下去,不管去哪儿都比直接回去强。"

"好吧,"苏珊说,"喂,你觉得该不该给小猫喝点朗姆酒?"

"用指尖蘸一滴放在它嘴巴下边,看它舔不舔,"约翰回答说,"要不就试试浓牛奶。喂,苏珊,帮我一把,我们得回到原来的航线上去。你想掌舵的话,我就负责其他的……我必须松开这些帆卷。一分钟也不能耽搁了。你一直掌着舵吧,等我忙完之后,我一个人就能应付了。注意那些原木,它们很显眼……"

苏珊冲下边的提提喊了一声:"把它包起来,先用毛巾包,包好之后,再包一层,直到擦干它身上的水。我一会儿就下去了……"

在下边的船舱里,提提坐在背风一侧的床铺上,先把小猫在膝盖上放好,然后用毛巾轻轻吸干它身上的海水。接着,她用双手捂住它瘦瘦的小肚子,尽量让它暖和起来。罗杰打开橱柜,寻找那个扁平的小酒瓶。突然,妖精号的船身倾斜了一下,提提身子猛一歪,罗杰身子也猛一摇,为了稳住身体,他伸手抓了一下周围的东西,差点把酒瓶弄丢了。

"怎么回事?"

"哦,不要紧,"罗杰说,"他们在转向。我们继续吧。"

"跟苏珊说一声,让她快点。我觉得小猫马上要死了。"

"苏珊,"罗杰透过水手舱口大声喊,"快点下来。提提说,小猫奄奄一息了,九条命已经丢了八条!"

"来啦,"苏珊说,"喂,约翰。我得下去了,小猫要死了。"

"下去吧,"约翰说,"尽量快点。如果你不回来,我没法子完全展开这些帆卷。"他又接过舵柄,苏珊急忙钻进船舱。

小猫卧在提提的手上。

"还活着,"她说,"你瞧,它的肚子还一跳一跳的。坚持住,咪咪,你现在安全了。"

苏珊颤抖着手指,拔掉扁瓶上的塞子。"朗姆酒,药用。"她念了一遍吉姆的叔叔写的标签。她用指尖压住瓶口,把瓶子底朝天倒过来,然后再把它翻过去。她的指尖上多了一滴晶莹剔透的金色朗姆酒。她轻轻跪在地板上,伸出那根手指,放在小猫的嘴角,然后又从瓶子里蘸了一滴,以同样的方式喂给小猫。小猫虚弱地抖了一下身子。

"拿一罐牛奶来,"苏珊说,"在罐子底部扎两个洞。去吧,就用你的小刀。"她从地板上爬起来,从厨灶下边的橱柜里取出一把勺子和一个小碟,然后打开水龙头,接了一滴清水。罗杰抽出小刀上的穿索针,在牛奶罐上扎了两个小洞。她接过牛奶罐,在水中倒了一点牛奶,搅了搅。

"喝吧,咪咪。"她一边说,一边把小猫嘴巴凑近碟子。

小猫又抖了一下。

"它想把鼻子抬起来,"提提说,"别把它呛死了。"

这时候,一条粉红色的小舌头伸了出来,很快又缩了回去,就像一小块粉红色的手帕。苏珊用手指蘸了一点牛奶,抹在小猫的嘴巴上。这一次,那条小舌头又伸了出来,然后又缩了回去。小猫的眼睛睁了一下,又闭上了。它的嘴巴张开了,然后……

"你听见它叫了吗?"提提说。

"约翰,"罗杰飞快地爬上水手梯,"小猫叫了一声。"

"它的眼睛进海水了。"苏珊说着,掏出自己的手帕,在水龙头下打湿了一下,然后轻轻地擦了几下猫脸。提提也用手指蘸了一点牛奶,放在小猫的嘴巴下边,小猫伸出粗糙的舌头,把牛奶舔干净了。

"它活过来了。"苏珊说。她把碟子端过来，放在小猫的下巴旁。妖精号突然摇晃了一下，牛奶洒出来，溅在提提身上。不过，她这会儿可顾不上把它擦掉。小猫迫不及待地伸出舌头，又舔食起来。

"不能让它一次吃太饱，"苏珊说，"再拿一块毛巾来，包在它身上，干得快些。我要上去给约翰帮忙了。"提提和罗杰留在船舱里，继续照顾这只小猫。

"我要坐在地板上，"提提说，因为她手中的牛奶又洒了出来，"这样更容易保持稳定。"

"我也坐下来。"罗杰说。

"它没有之前那么冷了。怎么回事？苏珊在掌舵。"

"约翰去前甲板了，"罗杰说，"他想展开帆卷。我看见他的双脚了，刚从舷窗旁边过去。我该不该去帮忙？"

"如果需要帮忙，他们就会叫我们。"提提说。

头顶传来一阵"轰隆"声，接着是一阵"扑通"声，似乎有东西落地了，然后又听见止滑块发出的尖厉摩擦声，还有收帆轮的"哧溜"声，看来收帆轮润滑得还不错。突然，苏珊尖叫起来，声音充满了恐惧……"哦，一定要小心呀……你还会掉下去的……约翰！"然而，苏珊没有再叫喊了。船舱下边，忙着照顾遇难水手的两名小船医心里明白，现在一切又恢复了正常。止滑块又"吱吱"地响起来了，不一会儿，前甲板上再次传来约翰的脚步声。薄薄的船舷另一侧的海浪声渐渐变了音调。又过了很长一段时间，船舷外边平静下来，只有海浪涌过船舷又离去的"哗啦哗啦"声。昨天晚上他们下舱睡觉时，肆虐的狂风掀起巨浪，猛烈地拍击船舷，那种声音多可怕呀！现在，海浪拍打船舷的巨响已经完全消失了，只剩下了柔和的海水声，听上去一点也不震耳，那是船只在水面上疾驰时的"唰唰"声。他们知道，约翰已经解开了帆卷，妖精号正在满帆前进。

罗杰爬上床铺，从舷窗往外看。

"船走得好快呀，像箭一样，猛往前冲。"他说。

"看见什么了吗？"

接着，他又从提提和小猫身边爬过去，从前舱的舷窗往外瞄了一眼。

"只有海水。"他说。

"再去冲点牛奶吧,"提提说,"辛巴达还要喝很多。"

"谁是辛巴达?"罗杰不解地问。他站在前后船舱之间,两腿叉开,两只脚分别踩在两侧的床沿上,双手稳住身体。

"就是这个遭遇船难的水手呀,"提提说,"可怜的小辛巴达。你是不是因为睡在鸡笼上才被海浪打落海的?要不就是你快淹死了,刚好遇上了鸡笼,爬上去之后才捡了一条命?"

"那个鸡笼倒是个不错的救生艇哩。"罗杰说。

"去呀,再冲点牛奶。"提提说。

就在这时,前舱口传来"砰"的一声巨响。罗杰一转身,发现约翰把脸贴在甲板上,正透过一个舷窗往舱内看。他好像在说什么,但隔着一层舷窗玻璃,他们听不清他在说什么。驾驶舱里的苏珊冲他们喊了一声。

"你们从下边把前舱口打开。"

罗杰爬进前舱,松开了舱口栓,然后把舱盖从下边推了上去。他看见约翰坐在甲板上,为了安全起见,他的腰间还拴着那根救生索。

"快点,"约翰说,"把那捆帆布递上来……支索帆……最上面那捆……对……只把帆头递给我就行了,铜帆环都系在上面。"

经过一番艰苦的努力,罗杰终于把那捆僵硬的帆布的帆头递上了舱口,约翰从上边把它拉住了。接着,这卷帆布开始一英尺一英尺地上升。

"不会有太大的影响,"约翰说,"现在海风从船尾吹来,每张船帆都在起作用。我们把这张帆收下来的时候,吉姆说过,它是船上最棒的牵引帆。"最后一张支索帆也被拽上了甲板,罗杰头顶的舱口盖关上了。不一会儿,它又被打开了一两英寸。"别插舱口栓。"约翰说。舱口盖又盖上了。

从桅杆旁边的舷窗往外看,罗杰瞧见一大堆红色帆布,还有约翰的两条腿、一个脑袋、两只脚。约翰平躺在船头右侧的甲板上,把帆环挨个穿在前支索上。

"快去冲牛奶,"提提说,"辛巴达又叫了一声。"

罗杰离开舷窗,大步向后边走去。不一会儿,辛巴达伸出粉红的小舌头,开始舔食新冲的牛奶。罗杰在一边看着它,提提抚摸着小猫后背上的毛毛,差不多全干了。

"你看,它好像越来越胖了。"她说。

"它不会被胀死吧?"罗杰问。

小猫很快喝完满满一碟新冲的牛奶,接着又喝了满满一碟。

甲板上安静下来,没有了轰轰隆隆的噪音。约翰的双脚从舷窗口走过去。他又安全回到驾驶舱,立即又开始整理支索帆的帆索。过了一会儿,苏珊沿着水手梯,一步一步地走了下来。

"约翰说,他一个人就可以了,"她说,"我要给小猫喂点牛奶……"

提提的脸变了色,"我们已经把它喂饱了,"她说,"你不是要我们喂它吗?"

苏珊瞧了瞧小猫。小猫身上的毛已经干了,眼睛也睁开了,肚子变得圆滚滚的,胀了起来。它已经能站起来了,不过,身体有点摇晃,因为妖精号也在快速摇晃。它从提提的膝盖上溜下来,落在地板上。

"它活过来了,"苏珊说,"我刚才在想,我们不该一次把它喂得太饱,不过也不打紧,你们看,它活过来了。"

小猫在地板上摇摇晃晃地挪了几步,每次要摔倒的时候,它的短尾巴就会颤抖一下。

"它在尝试走路。"提提说。

"布莱基特会不会喜欢它呀?"罗杰说。他的话音一落,三个小医生忽然想起来了,他们已经驶入大海了,时间每过去一分钟,他们就会更加远离风磨坊。此时此刻,妈妈和布莱基特可能正在河岸上盼着他们返航,吉姆·布雷丁也在着急地寻找自己的船只,还有爸爸,在他们返回之前,他可能已经到了哈里奇,而且……他们越想越多,越发感觉情况更糟,最后,他们觉得事情已经糟到他们无法想象的地步了。

"别乱跑,"罗杰一边说,一边伸手拦住小猫,"不能下去。如果钻到引擎下边,你就会变成一只脏兮兮的小猫。"

小猫一转身,滑了一跤,然后站起来,晃晃悠悠地走了回来。

"加油,辛巴达,"提提说,"好好参观一下船上的东西吧,看看是不是和你原来的家一样好。也许你觉得不算大,不过我们保证,你仍然会过得舒舒服服。"

她挪开脚,给小猫让开路。

它转了一个弯,又返回来,然后爬上提提的膝盖,开始舔它自己的爪子。

"不管怎么样，它已经活过来了。"苏珊看着它说。

"真是不可思议，它到底还剩几条命呀？"罗杰说。

"也许仍然有九条命，"提提说，"瞧啊，瞧啊。它喜欢妖精号。它在洗脸呢。如果它不想待在这儿，它就不会洗脸。"

她低下头，靠近小猫，仔细倾听。是的，毫无疑问，小猫正在洗脸。它舔舔爪子，又抹抹脸。不知是肚子还是别的什么地方不停地发出一阵阵"呼噜呼噜"声，听上去十分平静，十分踏实。

"它在'呼噜呼噜'叫呢。"

苏珊和罗杰俯下身，听了听。

约翰向下张望。

"谁能上来？"他喊了一声，语气中透露着一丝紧张和急切。

"约翰，"提提大声说，"辛巴达在'呼噜呼噜'叫呢。"

"快上来呀，"约翰说，"快上来，看一下望远镜。有渔船。好多呀，样子很奇怪……"

"辛巴达怎么办？"提提问。

"把它也带上去。"苏珊说。

他们三个带着这位新乘客，一个接一个地钻出船舱，爬上被太阳照得明亮的甲板。湛蓝的海面上金光点点，挂满船帆的妖精号继续向前疾驰。约翰一只手努力掌好船舵，另一只手握住双筒望远镜。

第十八章　陆地呵！这是哪儿？ ⚓

淡淡的薄雾飘浮在远处的天际线上，一队渔船从薄雾中驶出来，出现在妖精号航线以南的地方。

"你来瞧瞧，苏珊，"约翰说，"我得掌舵，拿不稳望远镜。"

苏珊接过望远镜。

"你觉得它们是哪儿的船？"约翰说。

"我从没见过这种船，"苏珊说，"我觉得他们不像英国船。你看看，我来掌舵。"

她接过舵柄。提提还在想着辛巴达，别的任何事情都不能引起她的兴趣。她挤在驾驶舱的一个角落里，阳光照下来，温暖着膝盖上呼噜呼噜的小猫。罗杰坐在她旁边，一只手抓住栏杆，一只手揉了揉眼睛，想看清远处的船只。在这广袤的大海上，妖精号再也不孤独了。虽然这些船只相距十分遥远，但只要看见舞动的帆影，他们的心情马上就好多了。

"它们往这边驶来了。"罗杰说。

约翰看得最清楚。他站在水手梯的最高一级阶梯上，身子卡在打开的舱盖后面，这样就腾开了双手，可以更好地握紧望远镜。

"它们不是英国船，"他说，"如果是的话，至少我从没见过那样的英国船。"

"该我看一眼望远镜了。"罗杰说。

"别吵，罗杰，"苏珊说，"你觉得它们来自哪儿，约翰？"

"它们的三角帆大得吓人，"约翰说，"主帆旁边的斜桁很短……斜桁不是直的，没有一艘……船帆不像英式船帆……那些船一点也不像我们在法尔茅斯见过的船……它们不完全一样。有一艘船的船头很尖，像个长长的猪鼻子，往天上指。其他船也不一样……船头是圆的，像苹果……我想，它们应该是荷兰船……天啊！它们在收帆……喂，苏珊，我们肯定快靠岸了。"

"我们过去见见那些水手吧，"苏珊说，"他们一定会告诉我们到了哪儿。"

"听着，"约翰犹豫了一会儿说，"我们不能去。也许他们会抢劫妖精号，就像吉姆说过的那样。还记得吉姆的朋友吗？他最后把船卖了才付清'巡岸鲨'的勒索。我把他的锚和锚链弄丢了，已经够糟糕了。"

"他们往这边走得好快呀。"提提说。

"他们一定是从附近某个地方来的，"苏珊说，"也许我们可以问问他们，怎么返回哈里奇……"

"好像这里不只有他们，"约翰说，"而且他们的船要比妖精号大得多……"

"我们就像被西班牙舰队包围的复仇号，"提提说，"我们没有机会。"

"我们也没有大炮。"罗杰说。

"可是海港一定就在前边不远的地方，他们可能就是从那儿过来的，"苏珊说，"不过，看不见灯塔船的影子。"

约翰再次抬头望了一眼右舷船头方向，那些渔船似乎要赶过来和妖精号会合，大约有十二三艘的样子，每艘船的船身都很沉重，正朝他们疾驰过来，不时撞上海浪，浪头重重碰上陡直的船头后，发出震耳的轰鸣声，可以看见一片白色的水雾腾空而起。

"如果他们想'劫救'我们，我们一点办法都没有。"他说。

"可我们的船没遇难呀，"苏珊说，"那样做和海盗没有分别吧。"

"嗯，我也觉得，"提提说，"的确是海盗行为。"

"他们可不在乎，"约翰说，"如果我们告诉他们说，我们替吉姆照看这艘船，结果可能会更糟。他们一定会救我们，不管我们愿不愿意。"

"如果知道灯塔在哪儿就好了。"苏珊说。

"肯定在那边，"约翰说，"我爬上桅杆看看。"

"不……不要。"苏珊说。在她看来，即使被海盗一样的渔民抓住，也要比爬桅杆强多了。她看了一眼高耸的桅杆，伴随着妖精号的前进，桅杆上的红色船帆在空中迎风摆动。她的脑海中涌现出可怕的景象：约翰掉下桅杆，落在甲板上，一条腿摔折了，全身骨头都摔断了……而且，也许会滚下甲板，落入大海。

"不会比树难爬，"约翰说，"有桅环帮忙，比爬树还容易多了。"

"我来拿望远镜。"罗杰说。

约翰脱掉身上的雨衣，钻出驾驶舱。

"救生索。"苏珊说。

"我往上爬的时候，有很多东西可以抓，"约翰说，"没事的。只要爬到那儿就行了。"现在，他已经坐上舱顶了，接着一边继续向前走，一边用手抓住栏杆。过了一会儿，他已经抵达前甲板了，他一只手抓住了升降索，一只手抓住了横桅索。

驾驶舱里的水手们一个个都张大嘴巴望着他们的船长。现在他双手抓住头顶上的升降索，往上一跃，跳离了甲板，接着又用双膝钩住桅杆，一只脚踩在最底部的桅环上。他一个桅环接一个桅环地向上爬，就像在爬梯子一样，桅环成了他手握脚蹬的最佳去处。如果桅杆不摇晃的话，爬上去几乎不会费任何劲儿。

"苏珊，"他爬到半途后，突然喊了一声，"别看我，如果可以的话，你看一下罗盘，稳住航向。只要你不让帆转向，我就没啥事。"

"对不起。"苏珊嘟哝了一声。她向前俯下身子，眼睛盯住罗盘。罗杰早就把蜡烛吹灭了，阳光透过打开的水手舱口照进来，罗盘的指针清清楚楚。东南偏东……于是，她转了一下舵柄，调整了一下妖精号的航向，东南偏南……回到原来的航道之后，她不再抬头看约翰了。她不能看他了，然而，尽管她的眼睛盯在罗盘上，心里还在担心他。不知道他爬到哪儿去了，是不是在摇晃着的桅杆上越爬越高，已经爬上桅顶了？

"没事了，苏珊，"提提最后说，"他的一条腿跨上了十字桁。哇，干得好，约翰！"

过了一会儿，头顶传来一阵胜利的叫喊声。约翰稳稳地骑在十字桁上，开始扭头向四周张望。他的喊声中充满了成功的喜悦，几乎没有察觉自己其实长长地舒了一口气。好几个小时以来，他一边掌舵一边在心里告诉自己，胜利就在前方。是的，就在前方。

"陆地呵！"

"好哇！"罗杰叫了一声。

"好哇！"提提也叫了起来，"对不起，辛巴达，我没有吓着你吧。"

"看见灯塔了吗？"苏珊喊。

"就在前边，"吉姆大声回答说，"前边有座教堂……有一座灯塔，还有……一艘汽船。嗨！苏珊！"

"干吗？"

"我要待在上边，等到站在甲板上能看见灯塔之后，我再下来。"

"好的。"

尽管只有一个人能从桅顶看见陆地，但其他人也觉得陆地离他们很近了。陆地，干爽的陆地，的确已经在望了。

"真希望那地方是哈里奇呀。"苏珊说。

"没关系，"提提说，"管它是哪儿，反正离我们不远了。"

"我看见汽船了，"罗杰说，"可是别的什么也看不见。"

"另外一艘汽船的右舷船头很宽。"约翰在十字桁上大声说，从驾驶舱看过去，他们先看见渔船背后升起一阵阵青烟，像灰色的羽毛一样，接着又看见一座烟囱，两根桅杆，然后又看见舰桥和船身。

"我们一定靠近港口了。"苏珊说。

就在这时，那一队渔船突然加快了速度，似乎要从妖精号的航道上横穿过去，即使不用望远镜，他们也能看见那些圆头船撞击海浪时掀起的冲天白沫。

"那些船有下风板，"罗杰说完，把眼睛从渔船上挪开，转向远处的海平线上，希望最先从甲板上发现灯塔，"有点像驳船，不过其他地方和驳船不太一样。"

"我们从它们身边穿过去吧，"提提说，"也许它们会赶到我们船头前边，喂，苏珊，你觉得他们会不会真像海盗一样，想拦截我们？"

"当然不会。"苏珊说。然而，她同样一脸焦急地盯着那些庞大陡直的船只，它们大摇大摆地冲向妖精号。如果妖精号必须从这一支船队中间穿过去，那样的情形太可怕了。现在既然看见了灯塔，他们就没有必要冒险向他们问路了。

"有一艘汽船也朝这儿开过来了，"罗杰说，"还有一艘停在原地不动。"

"没事，"提提说，"那些海盗不敢碰我们，因为有两艘汽船在看着它们呢。"

没事的,辛巴达。不会有危险的,任何人都不会强迫你走跳板。你落海之前是不是有人强迫你走跳板呢?也许你根本不是被海浪打下船的。不管怎么样,如果那样的事再来一次,对你也有点太不公平了。"

"陆地呵!"罗杰叫喊起来,"喂,灯塔怎么又不见了?不,还在那儿。就像一支铅笔,矗立在那儿……左边还有一个像铅笔一样的东西,也立在那儿。"

"约翰,"苏珊喊了一声,"下来……我们能看见灯塔了……快下来……要小心啊。"

约翰一撩腿,从十字桁上跨过来,然后顺着升降索溜了下来。他在桅杆脚下站了一会儿。没错。他自己也看见了那只纤细的"铅笔",它笔直地立在海岸上,一层薄雾环绕在它的腰间。远处那艘汽船位于妖精号和灯塔之间,三者几乎成了一条直线。那艘船一定下了锚,他心想。他沿着舱顶,向船尾走过去,终于又和驾驶舱的其他水手会合了。

"好的,苏珊,我来掌舵吧。"他一边说,一边迅速把胳膊伸进雨衣袖子里。

"那些渔船越来越近了。"苏珊丢开舵柄时说道。提提和罗杰盯着约翰的脸,想看看他的表情。

"除非有必要,否则我们不用改变航线。"他说。停顿了一会儿,他又补了一句,"还是要小心一点。最好告诉他们我们的船是英国船,千万别撞上了。"

"要把旗帜钉在桅杆上吗?"提提急切地问。

"我去取旗杆,"罗杰说,"杆子上有船旗。我在前舱的一个架子上见过它。"他把望远镜塞给苏珊,转身爬下船舱,就像猴子一样敏捷。过了一会儿,旗杆,连同卷在杆子上的红色船旗,一起从水手舱口伸了出来。紧接着,罗杰也爬了上来。苏珊接过旗杆,展开杆子上的船旗,然后把旗杆插在杆座上,接着又拿出一根细升降索上的楔子插在横梁上。一面绣有英国国旗的红色船旗迎风招展起来。

"如果风从另一侧刮过来,旗帜就会看得更清楚。"罗杰说。

"谁都能看见它,"约翰说,"这才是最重要的。"

"敌人从来都不打旗帜,"提提说,"不过,那些长途汽船会在桅杆上挂旗子。"那一队渔船逐渐靠近了。虽然不是真心的,但几乎就在一瞬间,她反倒希望至少有一艘船上会突然飞出一面骷髅旗来。

他们一边前进,一边盯住远处那艘小汽船。它似乎纹丝不动地待在原地,正好和地平线上矗立的那根细"铅笔"形成一条直线。接着,他们又看了一眼那些渔船,还有渔船后边那一艘更大的汽船,它也朝他们开过来了。

"我们先和哪艘船相遇呀?"罗杰问,"那艘汽船快极了。"

那些渔船越来越近了。约翰只是偶尔抬头看看它们,他仍然保持自己的航向,好像它们根本不存在似的。

"我们比它们快多了,"罗杰最后说,"他们抓不住我们,如果他们有这种打算的话。"

"好棒啊,好棒啊,"提提说,"冲过去,妖精号。"

领头的一艘渔船距离他们只有一百码远。它劈波斩浪地朝他们驶来,另外十几艘渔船分散在它背后,一起跟了过来。那些渔船个个都很庞大,船身刷了油漆,阳光照耀下,吃水线以上的橡木船板泛出刺目的油光。

"他们冲我们叫喊呢。"罗杰说。

"要我们停下来,"提提说,"我们绝不听他们的。不知道辛巴达能不能听懂他们的话。"

"那艘渔船的甲板上站着一个男孩,头上戴的帽子和南希的一样,"罗杰说,"他们都在冲我们招手。我们应该怎么做?"

"也向他们招招手吧,"苏珊说,"不会有什么损失的。"

妖精号驶过去的时候,大家一起向对面挥起手。那些渔船们只能从他们的尾迹上横穿过去。渔船上的渔民个个都挥动着胳膊,而且还在大声欢呼。他们感到十分惊讶,这艘英国小船竟然航行了这么远。

"那些人听上去挺友善的。"提提说。

"也许我们可以过去问问……"苏珊说。

"他们很快就会发现我们是单独出海的,"约翰说,"而且,不管怎么样,我们都不能过去,我们还要小心那艘大汽船。"

那艘黑色大汽船正从南面快速驶来,两侧船舷上布满了红褐色的斑块儿,老远就能听见震耳的水声。不一会儿,它就赶上了渔船的尾浪。一阵阵黑烟从它的烟囱里冒出来,他们甚至能听见引擎的轰鸣声。

"它快撞过来了,"罗杰说,"嗨!我要鸣雾角吗?"

约翰咬了咬嘴唇。

"他们看见我们了,"他说,"栏杆上边有个人在瞭望,就在这一侧的船锚上方,他在指我们。汽船应该给帆船让路。这不是在河道上,我们只管照直走。"然而,看到这样一个庞大的汽船怪兽,高高的船头就像万丈悬崖,慢慢地向他们压过来,两侧船舷白浪翻飞,如果想保持妖精号的航向,还真不是一件易事呢。

接下来,庞大的汽船的确给帆船让路了。不过,它几乎连一英寸宽的路也不愿意多让。一堵黑色的悬崖从妖精号几英尺远的水面上切了过去。船头掀起的波浪正好打在妖精号的身上,把它掀到了一边。汽船那黑乎乎的舷墙甚至比妖精号的桅杆还要高出一大截,正好把海风遮得严严实实。妖精号的船帆松垮垮地垂了下来。吊杆"呼啦"一声横了过来,接着又弹了出去。在他们的头顶上方,舰桥甲板上的指挥官们向下望了一眼这艘小纵帆船,驾驶舱里的水手们一个个东倒西歪,差点找不着北了。

"小心辛巴达!"提提喊了一声。她从座椅上滑下来,那只小猫为了自救,已经跳到地板上,在众人的脚下东躲西藏。

过了一会儿,海风绕过汽船的船尾,再次吹向他们,而此时凶猛的尾浪正好也撵了过来。它们迅速横过海面上的一排浪,像山坡上滚落的巨石一样,朝他们身上砸下来。轰……轰……两排尾浪一前一后赶到,争先恐后地扑上甲板。提提救了辛巴达。约翰从地板上爬起来,拼命把紧舵柄。吊杆又荡回左舷。妖精号重新扬起风帆,又起航了。

"畜生!畜生!"提提一边大骂,一边冲那艘汽船挥舞拳头。

"他们和那些把我们叫作鱼贩子的家伙一样坏。"罗杰气吁吁地说。

"你们身上是不是都湿透了?"苏珊问。

"德国船,"约翰说,"船舷上的字是不是德文?它一定来自德国汉堡。天啊,真想知道我们在哪儿呀。"

"我们得找人问问。"苏珊说着,抬头看了看前方。那艘小汽船仍然留在原地,正好位于妖精号和灯塔之间。时间一分一秒地过去了,他们离陆地越来越近了。

"甲板上又溅了很多水。"罗杰说。

"抽掉吧。"约翰说。

罗杰急忙抽起水来。然而,他抽了十一二下之后,却发现水泵不动了。"抽不动了。"他一边说，一边使劲压了一下把手。

苏珊试了一下，同样没用。

"堵住了，"约翰说，"别担心……我一会儿去看看。"

他看了看周围。船尾除了远去的渔船之外，再也没有别的船只。德国汽船已经往北边走远了，另外一艘汽船还停泊在船头方向。更遥远的地方，羽毛似的青烟飘浮在空中，这说明南方地平线以下还有其他汽船。约翰现在心里挺烦的，他感觉妖精号行驶时的状态变了。虽然海风的确减弱了，但海浪变得更加凶猛，更加短促。

"依你看，我们还要过多久才能进港？"苏珊问。

约翰自己也想知道这个问题的答案。他们距离陆地还有多远？没有航海图真的太糟糕了，即使不大会用，也要有一份才好。一旦出海就可能遇上鲨鱼，就像哈里奇附近的那些鲨鱼一样。晚上在开阔海面上航行的时候，约翰大部分时间都很开心，可现在又和大雾时的感觉一样，心里再次充满了忧虑。在陌生水域航行时，你永远不知道会有什么东西突然冒出来。也许你会撞上大大小小的沉船，这样的感觉太恐怖了。

"我们一定进了浅水区，"他最后说，"海水的颜色也变了。没有之前那么蓝了。水底有沙子。小心瞭望，注意浮标或者别的标志。万一搁浅或者撞上什么东西，那就太可怕了。"

"我们必须靠岸，"苏珊说，"妈妈还在风磨坊等着我们，希望我们下午能回去呢。如果能找个地方发一封电报回去，妈妈就不会担心我们了。"

约翰没有吭声。

地平线上的沙丘轮廓越来越明显，这让他十分担心。哪里有港口的影子？教堂的尖塔似乎远在内陆。

"那艘汽船一点也没动。"提提说。

"也许它抛锚了。"罗杰说。

约翰拿定主意，"那艘船周围的海水一定很深，"他说，"只要不遇上浅滩，我就直接朝它开过去。到了那儿之后，我们也许就能看见港口了。"

"不管怎么样，"苏珊说，"过去问问我们到哪儿了，不会有什么坏处。"

"我们到哪儿了？"罗杰问。

"是啊，我们到哪儿了？"提提说。

"我们去问问它来自哪儿，然后我们就知道这是哪儿了，"苏珊说，"那样又不会损失什么。"

"只要他们没看出我们遇到了麻烦，我们就不会有事，"约翰说，"不像那些渔船上的人，他们不会强登我们的船。"

"我们有四个人。"提提说。

"如果他们胆敢登我们的船，我们就敲他们的手指，"罗杰说，"不管怎么样，他们必须划一艘小船过来才行。"

"我要去问问。"约翰说完，调整妖精号的航向，径直朝那艘汽船开过去。船员们个个都是一副庄严肃穆的表情。他们望了一眼远处雾霭中如波浪般起伏的金色沙丘，又看了一眼那艘一动不动的汽船，心想，它到底是朋友还是敌人呢？

第十九章　引航信号 ⇥

"它离我们还很远，"约翰最后开口说，"苏珊，你来掌舵，我下去看看水泵。"

"我们不能掌舵吗？"罗杰问，"吉姆就允许我们掌舵。"

"那时候风平浪静。"约翰说。

"哦，现在风也不大呀，而且也不用瞭望了，望远镜用不成了，里边灌满了水。"

"我们会很小心很小心的，"提提说，"轮到我的时候，苏珊可以帮我抱小猫。"

"千万别让船转帆了，记住了。"约翰说完，转身钻进水手舱口。他终于可以松一口气，不用去考虑下一步该怎么做了。

船舱的地板几乎还是干的，只有一小洼积水在梯子脚下荡来荡去。他脱下雨衣，把袖子高高挽起，然后把手伸进引擎下方淤积的铁锈水中，水面上还漂浮着很多油花。忽然间，妖精号的代理船长几乎要晕过去了。他感觉肚子里一阵翻江倒海，有东西要从嗓子里冲出来了。他连忙站起身，看了一眼胳膊，胳膊被打湿了，上面沾满了污渍。这样可不行。难道只有罗杰一个人不晕船吗？提提和苏珊的晕船可以原谅，可是，不管怎么样，他自己还是想当一名水手。如果他不能在甲板下弯腰，不能忍受舱底污水的恶臭，哦！他屏住呼吸，再次把胳膊伸了下去，不顾一切地在污水中摸索着，终于，他找到了水泵的进水管。他把黏滑油腻的手缩了回来，手中多了一团吸饱水的废棉球，它死死地堵住了水泵的进水口，仿佛有人故意堵上的一样。

他站了起来，一只手捏着那个棉花团，另一只手稳住身体。天啊，太让人高兴了。幸亏遭遇风暴的那天晚上水泵没被堵上。

"苏珊，他的脸比你的还要绿呀。"罗杰笑着说，"喂，约翰，船一点都不难开。提提掌过舵之后，我想再掌一次。"

"把它扔了，"约翰说着，把他带上来的那团油腻的棉花团递了过来，"然后再去试试水泵。"

罗杰从他的指尖上接过那团东西，把它丢下船舷，然后走过去用力压了一下水泵。"现在正常了。"他说。

"喂，约翰，"苏珊喊了一声，"你是不是晕船了？"

"没有。"约翰说。他擦净两只胳膊，拎起雨衣，在甲板上穿好之后，又钻进了驾驶舱。他抬起头，大口大口地呼吸海风，"船舱里边有点闷，几乎全是引擎的味道。"

"十二、十三、十四、十五、十六。"罗杰一边喘气，一边数自己抽水的次数。

"我来试一试吧，"约翰说，"十七、十八、十九、二十……"不一会儿，他就感觉好多了。一直数到一百之后，他才停下来。苏珊接着又抽了一会儿。约翰站在两个一等水手旁边，看着他们掌舵，一旦出现问题，他可以立即伸出援手。

数到一百七十三下之后，水泵发出一阵吱吱的吸气声，水泵手柄忽然上下摆动了几下，吃不上劲儿了。

"好了。"约翰说。

"不会是漏水了吧？"苏珊说。

"不可能，"约翰说，"喂，苏珊，你掌一会儿舵好吗？我去前甲板看看。那里的缆绳乱成了一团，三角旗也歪了，信号旗绳已经从十字桁上脱落了。我们接近汽船的时候，必须保证一切正常，这样他们就不会看出我们有什么麻烦了。"

"系上救生索，"苏珊说，"不要从船舷上走，千万别落海了。"

"不会的。"约翰回应说。他抓起那根救生索，在腰间绕了一圈，打一个结，然后沿着舱顶向前甲板走过去。他把一根旗绳系牢之后，那面插着小旗杆的三角旗立刻骄傲地站在桅顶迎风起舞。然而，那些旗绳被风吹得太高了，他够不着。

"苏珊，掉个头，让船迎着风，"他大声喊道，"继续，逆风航行。"

"我正在掉头。"苏珊大声回答说。

好了。妖精号完成了掉头。船首三角帆呼啦呼啦地拍打起来。啪！几根旗绳在空中疯狂飞舞，在他脸上弹了一下。如果再弹过来一次，他就可以把它们抓住了。小帆船不停地上下起伏。一会儿颠上去，一会儿又落下来。他瞥了一眼驾驶舱里的水手们，一个个脸上惊恐万状。过了一会儿，旗绳突然又飞了回来，他一把抓住了它们，然后一屁股坐了下去，出乎意料的是，他竟然坐在了舱顶上。

"抓住了，"他大声说，"改变航向，满帆前进。"他们听见他的话了吗？

他们当然听见了。三角帆又拍打起来，但不一会儿就安静下来。他把那些旗绳绕在一根横桅索上，拴牢了。

接下来，他仍然坐在舱顶，仔细打量周围，看看还有什么需要收拾。那一卷三角帆索松开了，一头拖在水面上，而且也是在右舷。不知道那些渔民会怎么看他？主帆多少有点松散。雨水泡过之后，主升降索拉长了一大截。现在，太阳又把它晒干了，所以就完全松弛下来了。难怪吊杆也垂下来一点，难怪逆风的时候船帆会松垮垮地耷拉在那儿。接着，他试图把主帆索拉下来。不行，满帆的时候，一点也拉不动。他们必须再次掉转船头，让海风反向吹过来，否则的话，他永远不可能把它拉动。他看了一眼那艘汽船，距离还非常遥远。

"苏珊，"他喊了一声，"你必须再把船头掉过来……只一会儿就行了……逆风航行……"

这一次，苏珊弄明白他要干什么了。她掉转妖精号的船头，开始逆风航行。主桅帆立马没了拉力，约翰使劲往下拉动升降索，一口气拽了六七英寸下来。"现在没事了。"他喊道。于是，苏珊又让小帆船朝汽船方向驶去。约翰猛拉了一把支索帆的帆索，然后又回到驾驶舱。

"不知道他们会怎么看我们的船帆，"他说，"不过，也许他们没看我们。"

"即使拿望远镜，他们也看不了那么清楚。"提提说。

"希望他们没在意，"约翰说，"不过，他们一定看到妖精号偏航了。"

"船帆看上去很正常，"苏珊说，"就像在河面上航行一样，帆位很正。"

"不管怎么样，我不能把它们调整得更好了，"约翰说，"不过，我们只能扬帆靠近那艘汽船，要看上去一切正常才行。"

"它看上去非常棒。"提提说。

"我们把驾驶舱也收拾一遍吧。"约翰说。

"我想,我应该去洗餐具……"苏珊说,"不过,也没有多少东西要洗,只有几个杯子和一个盘子。"

"最好不要用淡水洗。"提提说。

"当然不会,"约翰说,"假如他们对我们说,这里没有港口,我们就没法弄到淡水了。"

"一定有港口。"苏珊说。然而,海岸线上除了金色的沙丘之外,根本没有港口的影子。不过,她倒是乐意用海水洗东西,只要她需要水,约翰就用一口炖锅从船舷一侧的浪尖上舀海水。

现在可以看见更多汽船了。往南方望过去,金色的海岸线似乎中断了。附近唯一的船只就是那艘似乎抛了锚的汽船。

"海港可能就在那些汽船附近,"提提说,"我们也许走错方向了。这片海域可能只是一个渔场。"

"拿望远镜看看。"约翰突然说。

"不能用了,进水了。"罗杰说。

约翰拿出一块湿手帕,仔细擦了擦镜片,然后松开舵柄,开始观察前边那艘汽船。

"没错,"他叫了一声,"瞧啊,苏珊。那艘汽船的桅顶不是飘着一面漂亮的大旗帜吗?"

苏珊透过雾蒙蒙的望远镜看了一眼,她刚把望远镜放下,罗杰就一把抢了过去:"现在看得更清楚了。是两面旗帜,上下叠在一起。不,是一面,是一面很大的旗子。"

"那是一艘引航船,"约翰叫喊起来,"还记得法尔茅斯的引航员吗?我们安全了……"

"他们一定知道我们在哪儿。"提提说。

"不是那样的,"约翰说,"有了引航船,你想到哪儿就到哪儿。不需要直接问他们。吉姆曾经说过的。只要发信号就行了。即便是邮船也会那样做。那一捆信号旗在哪儿放着?"

"在我的床铺背后。"提提说。她把辛巴达递到苏珊手中,飞快地钻进水手舱口。

没过多久,她又出来了,手中多了一个帆布包。接着,她把帆布包放在地板上打开了。

"S代表引航,"她说,"在这儿。"她抓起一个蓝白色的小卷儿。

约翰急忙向前边的桅杆走过去,接着就坐在舱顶上,解开信号旗的旗绳。刚才他抓住那些旗绳后,为了保持整齐,把它们捆扎得很牢,然而,让他唯一没有想到的是,还没过多长时间,他就又要用到它们。他暗自下了决心,一定要把这块四四方方的引航信号旗挂上去。他以自己独有的风格,双手交替着拉动旗绳,终于把旗帜升了上去。过了一会儿,信号旗就在十字桁上飘舞起来。

"现在只能这样了。"他一边说,一边看着那艘汽船。现在,汽船离他们更近了,那面蓝色的大方旗悬挂在白色的船舷上方,迎风飘扬。

"你会让引航员上船吗?"罗杰问。

"会的。"约翰回答说。

然而,疑问接踵而至。

"你觉得这是什么地方呢?"提提问。

"可能是一大片陆地。"约翰说。

"不可能是英格兰吧。"罗杰说。

"不会,除非罗盘出错了。"约翰说。

"不管怎么样,附近一定有港口,"苏珊说,"否则的话,这里就不会有一艘引航船。"

"你一会儿用哪种语言和他们说话?"罗杰问。

约翰的声音低了下去。

"我仅仅懂一点法语,"他说,"真的只懂一点。在学校里时,我的法语总是垫底。"

"这儿的港口叫什么?"提提说,"请告诉我们,这里是不是有一座[1]……"

"泊黑堤[2]。"罗杰希望自己没有说错。

---

[1] 原文为法语。

[2] 法语 porte,指港口。

"可是，你不应该说'请告诉我们'，"约翰说，"我们要请他带我们去那儿。"

"请……"提提说，"请带我们去'泊黑堤'……"

"也许他不会说法语，"约翰说，"我们应该告诉他我们想去的港口名字。可是我们不知道这个港口的名字。这实在太麻烦了。如果我们向他透露说我们不知道这是哪儿，他可能立马就变成恶霸，要让我们交钱，这样一来，吉姆就得支付海上救援费。你们知道，他连煤油都买不起，因为他的钱只够买汽油了。"

"难道引航员也要收取救援费吗？"罗杰问。

"如果知道我们遇上了什么麻烦，"约翰说，"任何人都可以问我们要钱。我们几个还是小不点儿。"

"我们不能让他上船，"提提说，"如果没有引航员，我们自己应付不了吗？也许他还没有看见我们的信号旗，我们把旗帜降下来吧。"

"我们必须让他上船，"苏珊说，"这是没有办法的事。妈妈还不知道我们怎么了。而且天气也许又会变糟。每一分钟都很宝贵。我们只有上岸之后才能发电报。"

所有人的心都飞回了风磨坊。那儿有很多静静抛锚的船只，停在硬堤上的驳船，风景如画的巴特奥伊斯特，还有鲍威尔小姐的农庄。也许妈妈正坐在河堤上，一面给船只画素描画，一面盼望妖精号返航归来。雨水从造船工人的屋顶上流下来，汇成一条小溪。小布莱基特则会穿上海靴，吧嗒吧嗒地踩着溪水玩。他们又想起了吉姆，也许他会去风磨坊对妈妈说，他把他们都弄丢了，他的妖精号不见了。

"昨晚那艘骂我们是鱼贩子的汽船遇见过我们。如果爸爸在汽船上，我一点也不感到意外。"罗杰说。

"不管怎么样，已经太晚了，"约翰说，"他们看见我们了，放下来一艘小舢板。"

那艘汽船的侧舷上放下来一艘小舢板，是从船尾入水的，已经朝他们划过来了。

"舢板上有两个人，"罗杰说，"哦，麻烦让我用一下望远镜。"

有好几次，小舢板似乎消失了，过了一会儿，它又出现在浪尖上，船底水花四溅，两只桨前后翻飞，催促它不断前进。

"喂，"罗杰说，"引航员是法国的，瞧，汽船船尾上有一面红白蓝三色旗。"

提提透过望远镜看了一眼,仍然有些怀疑:"法国国旗不是红白蓝条竖直排列的吗?那上面的颜色条都是横着排的。"

"那是荷兰国旗,"约翰说,"那些渔船也是荷兰的。我一直觉得他们就是荷兰的。"

"天啊!"罗杰惊叹了一声,"荷兰!"

"风车之国,"提提说,"围海大堤……还有木屐……"

"不管是哪儿,只要有电报局就行。"苏珊说。

"小心,"约翰说,"我们千万不能让他们知道我们遇上麻烦了。只有一个办法,你们最好都下船舱去。"

"下去?"罗杰有些不解,"哦,明白了!"

"只能这样了,"约翰说,"驾驶舱里只有我们四个小不点,谁都会起疑心的。不过,我要待在上边,因为必须得有人掌舵。你们把舱门关上,把舱盖也合上,可以从舷窗往外看。"

"藏起来?"提提问。

"不,不,最好弄出点动静来。动静越大越好。那样的话,他们就会以为船长和船员都在船舱下边,而我只是个一等水手,就像罗杰一样……"

"我能吹六音笛吗?"罗杰问道。

"好主意,"约翰说,"很多当地人不会吹六音笛。只听音调,你无法判断吹笛人的年龄。同时还要跺跺你们的脚,就像大人跳踢踏舞一样。"

"下去吧,"苏珊说,"约翰说得对……一旦我们进了港,他们就不敢把我们怎么样……只要引航员没发现哪里不对劲,只要他不下船舱,就不会有事。"

"走吧,辛巴达。"提提说。

"你得学学老猫,使劲儿叫几声。"罗杰说。

没过多久,驾驶舱里就剩下约翰一个人了。那艘小舢板忽上忽下地在海浪上跳跃,而且越来越近了。苏珊关上头顶上的舱口盖,然后把舱门也关上了。

一扇舱门又打开了。约翰看见苏珊探出头来,一脸严肃的样子。

"约翰,如果你给他解释,肯定没什么用。那样只会把事情弄糟,不会有好结果的。一旦他问我们要救助费,我们就得省吃俭用好多年才能付得起。"

"只要他看不出破绽,我们就不会有事,"约翰说,"可我还是希望自己会说荷兰语,哪怕会说一句'早上好'也行呀。"

第二十章　大人们的吵闹声 ↔

现在，约翰不再是一船之长了，他只是一个服务生，除了掌舵之外，似乎什么事也不用管。那个引航员上船之后，无论遇到什么情况，他都不能让对方看出他遇到了麻烦。他想大声吹口哨，但马上又记起来，只有在等待海风的时候，水手们才吹口哨，可是现在他一点也不缺风呀。他又想大声歌唱，可他记得的曲调少得可怜，而且歌词都记不准。"我们该拿这个喝醉的水手怎么办？"没错，有首歌的开头是这样的，第二句和第一句完全一样，可他完全把它唱走样了："我们该拿这个喝醉的引航员怎么办？"约翰咬了一下舌头，又换了一首《西班牙女郎》。然而，他忽然发现自己竟然把锡利群岛唱成了荷兰……"从桑岛到荷兰，跨过三十五里海疆。"当然，桑岛和荷兰之间不可能只有这么近。不过，如果从哈里奇算起，可能还没有那么远呢……"从哈里奇到荷兰，跨过三十五里海疆。"可是，荷兰到底在哪儿呀？如果他知道……假如引航员问他去哪儿，他该怎么回答呢？他要去港口，想进港。可是，要去哪座港口呢？再过一会儿，他就得准备好答案了……

他掌好船舵，迎向那艘离开引航船的宽梁小舢板。舢板上有一人正在抽回船桨，接着他就把船桨收起来，放在船尾，另外一个人还在继续划桨。接着，船尾那个人给妖精号发来信号。要他停船，不可能是别的意思。可怎么停呢？吉姆从没教过他如何面对这种情况。最好不理，否则会弄得手忙脚乱的，那样就露馅儿了。可是，他终究要把妖精号停下来。现在他唯一能想到的就是像吉姆靠近浮标时所做的那样，把船掉一个头，让它逆风行驶。他转了一下船舵，结果舵柄狠狠地撞到了他的牙齿。他瞥了一眼那艘渐渐接近的小舢板，假装没有看见它的信号。三角帆不停地拍打起来，主帆也呼呼地抖动起来。舢板上的两个人冲他大声叫喊。那个划船的人像疯了一样，拼命挥动船桨。约翰丢开舵柄，抓起一个缆绳护舷垫，抛到一侧船舷下边。

"砰！"

遇上这种事，吉姆会说什么呢？"砰！"又撞了一下。一个雨衣卷飞过船舷，"啪"的一声落在驾驶舱的地板上。接着，一双布满蓝色斑点的毛茸茸的大手抓住了栏杆。有人用外国话大声叫喊。小舢板已经移到船尾了。一个肩膀宽阔的蓝衣人面红耳赤地爬进驾驶舱。

考验他的时刻到了。约翰该报哪座港口的名字呢？万一他所报的港口远在几百英里之外的海岸上怎么办？引航员立即就会猜到哪里出了问题。约翰想了一个又一个荷兰港口的名字，阿姆斯特丹港、鹿特丹港、胡科港……

"早上好，先生，"那个引航员一边说，一边伸手接过舵柄，"你想让我带你去弗利辛恩吗？"

约翰长舒了一口气，两只耳朵猛一热，问题有了答案。引航员说的也是英语，因为他已经看见船尾小旗杆上飘动的那面红色小国旗了。

"是啊。"约翰一边回答，一边向前挪了挪身子，给引航员让出更多的空间。引航员早就握住了舵柄。他扫了一眼罗盘，立即掉转船头，船帆马上安静下来，船头不再对准远处的沙丘，而是转向沙丘以南方向。然而，除了一层薄薄的雾霭之外，约翰并没有在那儿看见任何陆地。

约翰从地上捡起雨衣卷，把它放在驾驶舱背风处的座位上。

"谢谢您，先生，"引航员说，"你们从哪儿来啊？"

"哈里奇。"

"你们的船老大可真行，天气这么糟糕，他竟然开了一艘小帆船出海。"

约翰没有吱声。他希望船舱下的"大人们"赶紧弄出点吵闹声，这样就能让引航员误以为船上真的还有一位船长。

"昨晚风刮得真猛啊。你们当时在哪儿？"

"在哈里奇港口外边。"约翰说。他至少能确定这一点。

"没受损吧？好多渔船都丢了帆。"

"我们没事，"约翰说，"收帆了……"他指了指收回来的船帆。船舱里那些蠢驴为什么还不弄点动静出来呀？

"船小了点，"引航员说，"不过很不错。"他拍了拍橡木做的船舵。

"是啊，还不错。"约翰附和说。

这时候，船舱里终于响起了六音笛的声音。笛声是从罗盘一旁的舷窗口传出来的，虽然不是很响亮，听上去却又十分清晰。昨晚那场可怕的风暴过后，他们清理了地板，把许多东西都捆扎起来，为了找到那支六音笛，他们打开箱子，又打开柜子，找了好久才找到。他们没有唱歌，也没有说话，因为他们担心自己的声音听上去不像本地人。找到笛子之后，罗杰立即开始吹奏起来。然而，他的手指现在有些颤抖，因为不太确定自己的指法。尽管如此，他还是尽力吹了一段自认为准确的曲调——《我们一直飞驰到天亮》。这支曲子的高音部分不太麻烦，大部分都很容易记住，吹起来也很简单，只要由高往低吹一遍，再由低往高吹一遍就行了。下边除了笛声之外，还有啪啪的撞击声。那是其他几个"大人"和着笛声，在地板上使劲跺脚的声音。

"派对挺热闹啊。"引航员说。

"是的，玩得很开心。"约翰说。就在这时，罗杰忽然想换一首歌，于是他又变了调子，吹起另外一首歌来，《故乡，甜蜜的故乡！》。不过，这首曲子吹得不算成功，节奏听上去时快时慢，拖长的调子完全变了味，而且每次潮水意外涌来的时候，船身都会突然摇晃，音乐家的手指就会离开笛孔，去捏其他地方。因此，整个曲调时断时续，中间还夹杂着短暂的停顿。有时候，罗杰为了赶上节奏，故意吹得很快。有时候，调子刚一拉平，他却发现节奏又慢了，只好再次加快节奏，继续吹奏那种让人听了痛不欲生的调子。

引航员笑了，"有人在搞破坏，是吧？"他说，"音乐挺烂啊。"

约翰不知道如何回答是好。就在他绞尽脑汁思考的时候，引航员突然挥了一下拳头，指了指前方。

"德罗浮标。"他说。

一个浮标忽上忽下地漂在水面上。它的体形较大，身上饰有红黑色的条纹，顶部装有一个大大的三角形铁框，再往上是一个方形的盖子。

约翰点点头,好像早就料到他们会遇见这个浮标似的。

此后,他们又看见更多的浮标,有黑色的筒状浮标,还有红色的尖顶浮标。他们前方的薄雾似乎散开了。陆地就像一根落在地上的长线,出现在右舷方向。那些遥远的沙丘现在已经逐渐向左舷靠拢过来。沙丘上盖有房舍。他知道,他们正从一条大河的入海口往上走。弗利辛恩在哪儿呢?约翰努力回想课本上学过的荷兰河流的名称。然而,除了马斯河之外,他一条也想不起来。

现在可以看到更多汽船了。有几艘汽船正沿着南边的海岸线航行,另外一些仍然离他们很远。约翰斜靠在水手梯上方紧闭的舱口盖上,对着耀眼的阳光眨了眨眼睛,心里有点不安。如果引航员问起船长,自己该怎么回答呢?他随时可能问起来。

六音笛的声音停顿了一会儿。罗杰趴在结满盐霜的舷窗口向外张望。过了一会儿,他又开始吹奏一首自认为最时髦的歌曲,他能确定一大部分调子,还有一些调子是他摸索出来的,"沿着那斯瓦尼河畔顺流而下。"[1] 然而,他只能吹奏这首歌的部分片段,而且节奏快得惊人。不过,任何人都能听出来,他试图把它吹完,以便让它成为一场可以拿来炫耀的伟大胜利。看见荷兰了!有房子!还有大风车!"沿着那斯瓦尼河畔顺流而下……而……下……"有个音节卡住了。"嘀嘟嘀嘟,嘀嘀嘀嘟,"速度快得像在赛跑,"千里迢……迢……"这一句节拍拖得太长,中间只好断了气,然后又续了一段。约翰知道这一句为什么会是那样,不过引航员却是一脸茫然。

他们逐渐接近一个大型笼式浮标。这个浮标顶部装有一盏灯,就像哈里奇港口外的比奇诺浮标。左舷一侧的海岸现在几乎伸手可及了……成排的旅馆……挂了旗帜的码头,鲜艳的旗帜在阳光下迎风招展……一个骑自行车的人从堤坝上路过……一座灰色的高塔矗立在水面上……还有一座要塞……大炮……

"你要去哪儿啊,先生?"引航员说,"去米德尔堡运河吗?"

"弗利辛恩有领事吗?英国领事?"约翰吞吞吐吐地说。

"有啊。那是个热心人,"领航员说,"你去叫一下你们的船老大吧。"

约翰摇了摇头。他不知道自己该怎么办。他们必须给领航员付钱了。付了钱

---

[1] 美国作曲家福斯特创作的歌曲——《故乡的亲人》(Old Folk Sat Home),第一段。

之后，他们的钱还够发电报吗？他摸了摸口袋，只有半个克朗。苏珊带了多少钱呢？从荷兰发一封电报去风磨坊需要多少钱呢？而且，如果引航员发现船上没有船长，只有他们四个小孩子，那么，哦，那么会是什么结果呢？他们还没有进港。约翰又摇了摇头，这并不是回答，而是因为他同时要思考太多的问题。

引航员"哈哈"大笑起来："船老大命令你不准去打扰他，那家伙是个暴脾气，是不是呀？我过去在帆船上当服务生的时候，也曾遇到过这种家伙。"他抓住主帆索的末端，摇了一摇，接着又张开嘴唇，轻轻吐了一口长气，"非常痛苦。"他又"哈哈"笑了几声，"好吧，你只要同意的话，一会儿要用引擎的时候，你不用去，我去叫你们的船老大吧。派对也许会开到十点，我们就不去打扰他了。"

"我们的汽油用光了，"约翰说，"没汽油了。"

"这样啊，"引航员说，"海风还不错。我们扬帆去外港吧。老办法，这样行吗？"

看来目前的情况是这样的，船长在船舱下边寻欢作乐，而引航员为了不让约翰惹麻烦，他会把叫船长上甲板的时间尽量往后推迟。从某些方面来看，比起真相立即暴露，这种情况似乎更糟糕。约翰沿着一侧船舷向前甲板走过去，希望尽量远离那个引航员，这样他就没有机会问自己问题了。

引航员要带他们去哪儿呢？他们路过了一个海港的入口。约翰看见那儿停泊着许多渔船，竖起一根根高大的桅杆。不，他们不是去那儿。六音笛的笛声已经停了。约翰低头看了一眼脚下，他看见舷窗的玻璃上有一个压扁的鼻子。那是提提。他又看了一眼桅杆另一侧的舷窗。那儿也有一个压扁的鼻子。难怪六音笛的声音突然停了。好吧，现在也该歇歇了。

妖精号沿着石头砌成的灰色堤坝向前飞驰。堤坝看上去灰蒙蒙的，又陡又直。一个穿着宽大的蓝色裤子的荷兰男孩站在码头上，冲他们一边叫喊，一边挥手。引航员庄严地举起他的大手，然后又放了下来。接着，他们路过了位于防波堤末尾的一座灯塔。引航员收起了主帆索。转帆了。约翰想走过去帮忙，但转帆很快就完成了。引航员把前桅帆扔了过来，他从舱顶上摇摇晃晃地让开路。他们眼前是一片广阔的水面，水流十分平静。左侧防波堤背后不远的地方有一座船闸，附近还停着两三艘蒸汽渡船。高高的防波堤挡住了海风，因此这里静得出奇。过了一会儿，一阵铰链的"哐当"声突然打破了平静，一台吊车吊起一只巨大的木箱，

-179-

正往一艘邮轮上放。这艘邮轮太庞大了，船上装有两座烟囱，静静地停靠在弗利辛恩码头旁。那只木箱应该是最后一箱货物。引航员掏出他的怀表，看了一眼，然后用手指了指那艘邮轮。

"那艘船要去哈里奇……就是你们来的那个地方，"他骄傲地对约翰大声说，"它是一艘荷兰邮轮。"

约翰抬起头，先看了一眼这艘巨型邮轮两侧陡直的黑色船舷，又看了看刷有荷兰红白蓝三色旗的大烟囱，还有高高的舰桥。一名指挥官在舰桥上停下了脚步，往船下张望。舰桥下方是安放救生艇的甲板，周围装有栏杆，再往下又是一排栏杆，许多乘客悠闲地趴在栏杆上，船上的服务人员从他们旁边匆匆走过。是的，引航员没说错，这艘邮轮马上就要出发了。弗利辛恩码头上站了一群人，一边挥舞手帕，一边欢呼着，给他们的朋友送行。那台高大的吊车开走了。钟声响了。有人在岸上吹了一声小号，接着是一阵哨声。又粗又长的缆绳开始绷紧，接着又从邮船的船头耷拉下来。它要解缆出发了。约翰的脑袋里突然冒出一个疯狂的想法。如果他们中间有谁，不管是提提，还是罗杰，能够登上那艘邮轮就好了，回家后给妈妈解释一下他们的遭遇，事情不就完了吗？然而，他们身上总共只有几个先令，根本坐不起邮轮，况且现在也太晚了。他们不但要给引航员付钱，而且还要打电报。

他们从那艘巨型邮轮身边驶过去，往港口上游进发。就在这时，约翰注意到邮船上有一名官员和一个乘客一起走到上层甲板上，然后靠在栏杆上说话。那名乘客穿着一套灰白色的衣服，看上去一点也不像从事航海工作的人，然而，他的脸已经晒成了深棕色。他弹了弹软呢帽，又用手指梳理了一下头发，约翰觉得他的动作有点眼熟。那名乘客正好站在妖精号的正上方，这会儿正巧往下看了一眼，看见了妖精号。突然，他僵住了。一个熟悉的声音像狂风一样卷过水面：

"啊嗬唷！约翰！"

"爸爸！"约翰吃了一惊，"啊嗬唷！啊嗬唷！"

无论是妖精号上的约翰，还是邮船上的爸爸，都没能多听见一句话。巨型邮轮的一座烟囱往外喷出一股蒸汽，汽笛发出一阵令人战栗的尖叫声，仿佛永远不会停止似的。

约翰几乎不知道自己在干什么，飞快地冲进驾驶舱。邮船开始移动了。爸爸不见了。他是不是去了下层甲板,急匆匆地穿行在服务员、行李以及乘客之间?他又走了。

"嗓门够大的啊,"引航员和蔼地说,"他是个水手,是吗?你认识他?"

"是的,他是我爸爸。"约翰说。没有办法了。唉,要是妖精号早来十分钟就好了。

"这是一艘快船,"引航员说,"他们要不了多久就能到达英格兰,天气不错。能有什么事?"接着,引航员"嘿嘿"地笑了几声,招手叫约翰走近一点,然后弯下腰,凑近约翰的耳朵,一只大手半掩着嘴巴。

"我能理解,"他用极低的声音说,"你们的船长非常高兴。船这么小,抗住了一场大风暴,所有人都平安无事……祝贺!"然后他假装打开酒瓶的盖子,往喉咙里倒酒……"不过,只留一个小孩招呼引航员,可就不对喽。我们给他点颜色看看,好不好?如果他发现自己没上甲板船就靠岸了,他会怎么想呢?到时候,我要好好羞羞他。现在,先生,我们都别出声,把船一直开过去。下锚?不用。我们把船拴在浮标上。你去前边准备好缆绳。我给你打个手势,你就把前桅帆降下来……"他举起那只空闲着的手,向前猛挥了一下。

"嗯,遵命,长官。"约翰一边无可奈何地说,一边回忆吉姆教他怎么收起船首三角帆,几乎就在同时,他还回头看了一眼船尾那艘来往于弗利辛恩和哈里奇之间的邮轮,它早就离开弗利辛恩码头了。妖精号在潮水的冲击下,已经驶过了邮轮的泊位。"现在,孩子,你去前甲板瞭望……我不会大声喊……不,不。我不能出声。你也一样。你的船老大,他会……"引航员闭上双眼,"哦,不,"他说,"他醒着……就是不上甲板上来。他在吹国歌,不是吗,先生?是《天佑吾王》!"

是的,六音笛又响起来了。这一次演奏者自信多了,他不需要用胳膊肘抵住任何东西了,调子也是一气呵成,不用试来试去。

"去前甲板,孩子。我们要让他大吃一惊。"

有时候,约翰被称作"孩子",有时候,他又被称作"先生",尽管他早就猜到这个引航员称他为"先生"多半是玩笑话,可他还是有点迷惑不解。他往前甲板走过去的时候,一想到爸爸正在去英格兰的路上,心里就难受得要命。只有妈妈和布莱基特在哈里奇迎接爸爸,他们的计划要泡汤了。而且,再过几分钟,他们不得不向引航员坦白真相。

　　他在前甲板上尝试抛锚的时候，曾经用过一段短缆绳，它仍然盘在绞盘上。他解开缆绳，先把其中一头绑紧，然后把另一头从锚具上解下来。妖精号往港口上游滑去，现在正从一些停泊的驳船旁边经过。约翰没有看见一只浮标。然而，过了一会儿，他看见了一只浮标，就在前边不远处，那是一只黑色的浮标，顶部连着一个铁环。他回头看了一眼引航员，引航员点了点头。接着，那只大手做了一个迅猛的手势，有力地向下一挥。约翰奋力拉紧支索帆的帆索。他曾经担心这根帆索会脱落，所以把它绕在一根系船柱上，系得十分牢固。现在为了急着解开它，他不得不强忍手指的疼痛，使劲掰开僵硬的缆结。最后，终于解开了，支索帆降下来了。没错，引航员又给他打了一个手势，要他把三角帆收下来。约翰弯下腰，冒着被飞舞的止滑块击中脑袋的危险，抓住了卷帆索。吉姆是怎么做的？只是拉住它？约翰使出最大力气往下拉，船帆这才卷起来，止滑块这才停止了飞舞。快点，快点。妖精号正在接近浮标。约翰又看了一眼船尾。那个引航员站在驾驶舱里，食指和拇指弯成一个圈，然后把主帆索的一头穿过那个圈。约翰立即明白了。浮标越来越近了，不过，他从甲板上仍然够不到它。他顺着首柱头溜下来，爬到船首斜帆下边，双脚落在斜桅支索上，一只手抓住斜帆，另一只手握住缆绳的一头，等待最佳时机。越来越近了，妖精号在减速。它会撞到浮标吗？只差一英尺就到了。只差一英寸了。好，够到了。约翰伸出手，握住缆绳头，穿过浮标顶部的铁环，然后又抓住绳头，把多余的部分往回拉。过了一会儿，他又爬回甲板，系紧缆绳。

　　"好啦，"引航员说。接着，他对约翰眨了眨眼，"喂，船老大！"他扯开嗓门，大喊了一声，然后伸出一只扇子似的大手，狠狠地拍打船舱的舱口盖。

　　第十七遍《天佑吾王》的调子戛然而止。

… 第二十一章 惊　喜

自打苏珊关上舱门、拉上滑动舱盖的那一刻起,甲板下边就无从得知驾驶舱里发生了什么。透过舷窗,他们只能隐约看见那艘小舢板在海浪中一会儿跃起,一会儿落下。当它靠近妖精号的船舷时,他们感受到了它的撞击,而且还听见那个引航员的雨衣卷掉在甲板上的声音。然而,他们没有听见引航员说"要我带你们去弗利辛恩吗",他们不知道约翰是如何同他交谈的。他们很想知道他的小舢板怎么了,但是妖精号已经掉转船头,把它抛到船尾去了,他们一点也看不见了。他们只知道那个引航员上了船。否则的话,约翰就会打开舱口盖,告诉他们可以出来了。

"没事了。"过了令人窒息的几分钟后,苏珊开口说。

"要去哪儿呀?"罗杰问。

"约翰一定知道,"苏珊说,"他不知用了什么方法,搞定了那个引航员。"

"好想知道啊。"罗杰说。

"怎么不弄点你最拿手的动静啊?"提提说。

"对不起。"罗杰说。然后,他把自己卡在背风铺位上的一个角落里,开始吹奏他的六音笛。

"他们能听见笛声吗?"苏珊有些怀疑,"我们听不见他们说话。"

"耳朵都要吵聋了,"提提说,"我觉得他们应该能听见。辛巴达都不喵喵叫了,也许它一点都不喜欢这样的音乐。"

"猫哪懂音乐呀。"罗杰停下来喘了一口气。

"也许辛巴达懂音乐呢,"提提反驳说,"你有两次吹错了调子。没关系,只要弄出点噪音就行。他们能听见的。罗盘舱窗打开了。"

"可我们听不见他们说话。"苏珊说。

"他们没打算要我们听见,"提提说,"我们最好帮他一把,我们跺脚吧。没事的,辛巴达,别害怕。喂,苏珊,你来跺吧!我一跺脚就把辛巴达吓一大跳。"

"我们一起跺吧,"苏珊说,"先让它在地板上待一会儿。"

于是,他们开始拼命跺脚,而且跺了很长时间。三个人有六只脚,大家一起跺,偶尔还会踩在空饼干盒子上,可想而知,会有多吵啊。罗杰吹得很卖力,这是他平生第一次获得这么多听众的支持。

透过舱窗往外看,陆地越来越近了,海岸上绵延起伏的黄色沙丘不见了,真正的陆地出现了,房舍、尖塔、海滩、风车一一映入眼帘。妖精号的航行变得越来越容易了。罗杰和提提跪在床铺上往外望,然而,跪在床上就很难跺脚,六音笛也更难吹了。

"这里是荷兰。"看见风车后,罗杰说。

"继续吹。"苏珊说。她也趴在舱窗口上,看着渐渐接近的陆地。然而,她忽然想到一个可怕的问题。她爬上自己的床铺,把手伸进枕头下的背包里,掏出她的钱包。

"我们得给引航员付钱,"她说,"引航员从不白白带别人进港。即便他不向我们勒索海上救助金,我们也得付钱给他。可是我们的钱也许不够,付完钱之后,就可能没钱发电报了。"

"引航员会向我们要多少钱呢?"罗杰问。

"我不知道,"苏珊说,"从荷兰往英国发电报可能要花几英镑。提提,你身上有多少钱?"

"我有两先令七便士。"罗杰抢着说,笛声又从一个音节中间断开。

"哦,好啊。"提提说。

"不过,都在家放着呢。"罗杰说。两个姐姐一听,气得差点晕了过去。

提提和苏珊把各自钱包里的钱全掏了出来。苏珊的钱差不多有五先令。提提有一先令六便士,四个一便士的硬币,一个半便士的铜币,还有半克朗的邮政汇票，这些钱都是奶奶送给她的，好让她去买一本新的图画书。"要是出发之前换成整钱就好了。"她说。

"约翰身上可能还有一些钱。"苏珊说。

"我觉得他可能没带钱，"罗杰说，"至少钱不多。上次买小刀的时候，他还预支了下个月的零花钱呢。"

"继续吹你的笛子，"苏珊说，"我们只有让引航员等等了。我们先发电报，让妈妈给引航员送点钱过来。我们得让他等一等。"

"我们一旦进了港，他就不可能把我们再送出海。"提提说。

"可是，我们到底该如何解释呢？"说完，苏珊又把钱数了一遍。

"有人在游泳！"提提叫了一声。

"快看码头上的那些旗帜。"罗杰说。

"别停下，继续吹，"苏珊说，"如果我们会吹，就不指望你了，可惜我们不会。"

"哦，好吧。"罗杰说，又把《斯瓦尼河》吹了一遍，速度太快了，让人听了喘不过气来，合唱部分也被分成了两半，其他人实在听不下去了，都跑到船舱另一侧看浮标去了。

"我们进港了。"提提说。

"我们不在海上了，"苏珊说，"可是我们该怎么和他解释呢？"

灰色的石堤和城垛出现在右舷方向，然后是墙头装有大炮的要塞，还有屋顶陡然升起的房舍。女士们个个都戴着硕大的太阳帽，男人们则穿着宽大的蓝色马裤，至于孩子们——荷兰的孩子们——每个人都骑了一辆自行车。接着，约翰的双脚从他们的鼻子跟前跨了过去。他正往前甲板那边走去。

"我们很可能要靠岸了。"苏珊说。

"要不要去帮忙呢？"罗杰说。

"不用，除非他叫我们，"提提说，"我觉得，苏珊，我们最好把钱准备好，上了甲板后，就付钱给那个引航员。"

"他会觉得所有的钱都是给他的，"苏珊说，"可我们还要发电报呢。"

"我们已经进港了，"罗杰大声嚷嚷，"天啊！多漂亮的一艘船啊！"

妖精号绕过防波堤的尾端，从一艘巨型邮轮的黑色舷墙旁边驶了过去。

"有两座烟囱呢。"罗杰说。

一声汽笛的巨响从他们头顶传来,即便待在密闭的船舱里,他们也感到耳朵一阵阵发麻。

"它要起航了。"提提说。

"我们来得及给它让开路吗?"罗杰说。

过了一会儿,他们突然听见约翰的喊声,听上去十分兴奋。

他是喊他们吗?不,不可能。震耳的汽笛声又响了。约翰啪啪地从舱顶迅速跑了过去。他这会儿一定是在和引航员说话。接着,他们又看见他的双脚了,从舷窗外边跑向前甲板。发生了什么事?透过舷窗向桅杆两边望去,他们看见那张红色的支索帆降了下来,约翰把它卷了起来,放在一旁。三角帆也卷了起来。然后他们又看见了约翰,他从船头上溜了下去,不见了。苏珊心里顿时恐惧起来。不一会儿,他们看见他又爬上来了,手里握着缆绳的绳头,然后把它系牢了。妖精号不走了。他们看见那艘双烟囱的巨型邮轮已经离开了码头,慢慢驶进大海。和这艘邮轮相比,那些拖船和渡船就像矮小的侏儒。对它来说,宽阔的港口竟然显得有些狭窄。

紧接着,水手梯上方的滑动舱口盖上传来一阵雷鸣般的拍打声。一个粗嗓门在大声咆哮。

"喂,船老大!"

舱口盖拉了开来。舱门也打开了,他们看见那个荷兰引航员向下张望,约翰站在他身后,一脸着急的样子。

"您好!"苏珊说,她太慌张了,忘了用法语问好。

"您好!"提提也说。

"我们能上去了吗?"罗杰看着约翰说。

他们出来了。苏珊走在最前边,提提和辛巴达紧随其后,最后是罗杰。他犹豫了片刻,把六音笛藏在床铺背后的架子上。

"苏珊,"约翰说,"爸爸在汽船上,他看见我们了,还喊了我一声,可惜太晚了。"

"爸爸!哦,不。不可能是他。"

他们可怜巴巴地盯着那艘大邮轮,它缓缓转个大弯,绕过港口防波堤,往北海方向驶去，往他们的家乡驶去。迄今为止，这是他们遇到的最闹心的事。虽然近在咫尺，却又远在天涯。邮轮发出最后一阵长长的汽笛声，好像在嘲笑他们似的。它走远了，还带走了爸爸。现在只能看见它的桅杆了，它越走越快，已经过了最远处的防波堤。

引航员的目光越过他们，瞟了一眼小小的船舱。

"这么多孩子，"他说，"船老大在哪儿呢？"

约翰看了一眼苏珊，没有说话。他不知道该怎么回答。还是苏珊做出了决定，"我们最好把一切都告诉他吧，"她说，然后转向引航员，"没有船长，其实约翰就是船长。你知道，我们自己也没有料到会出海。我们现在必须去发一封电报，你能告诉我们怎么发电报吗？需要多少钱呢？因为我们身上带的钱也许不够。当然，发过电报之后，我们就有钱了。妈妈会从家里给我们寄钱来。"

约翰感激地看着苏珊。她的话很对，而且比他的表现好多了。可是，他得问问应该给引航员付多少钱。

引航员惊呆了，嘴巴张得大大的。他盯了一会儿苏珊，然后又弯下腰，往水手舱里瞄了几眼，前后舱都打量了一遍。

"没有船老大？"他说，"没有船老大！只有四个孩子……还有一只小猫……"他看了一眼提提怀里抱着的小猫，小猫也对他眨了眨猫眼。

"我们在路上救了辛巴达。"提提说。

"只有四个孩子……你们横渡了北海……四个孩子……昨晚上的风暴那么厉害……这么小的一艘船，我自己一个人都不敢过北海……我还以为船老大在船舱里边欢庆……这么说，你就是船长了，先生？"他突然伸出胳膊抱住了约翰，好像为了好好看看他似的，约翰吓了一跳，"瞧我这个引航员，真是个老傻瓜。还以为船老大在下边……酗酒呢……哪曾想到是你这个小男孩……真的，荷兰没有一个男孩敢驾船横越北海。"

他们都盯着引航员的脸。虽然被约翰骗了，他看上去却非常高兴，而且绝口不提救助费的事。然而，苏珊手里边攥着她和提提的钱，不知道接下来会怎样。如果引航员知道他们很担心，他会怎么说呢？这时候，一艘摩托艇从港口上游朝他们呼啸而来。然而，谁也没有听见它的"突突"声，他们只顾去听引航员说什么了。爸爸已经在去哈里奇的路上了，现在最重要的就是立即给妈妈发一封电报。

"啊嗨唷！"

他们大吃一惊，仿佛有东西撞上妖精号似的。

"啊嗨唷！"

那艘小摩托艇绕了一个圈，朝侧舷靠过来。摩托艇上坐了一个人，一只手扶着他的灰色软呢帽，是……

"爸爸！"他们四个人异口同声地欢呼起来。

不一会儿，他就上船了。摩托艇上的荷兰人递给约翰一根系船索，约翰把它绑紧了，摩托艇漂到船尾去了。

"哈罗！"爸爸说，"这是怎么回事？谁的船？真没想到啊，谁把你们带到这儿来接我的？"

"我们本来没想到会出海的。"苏珊说。

"因为遇上了大雾。"约翰说。

"我们真的没有办法了。"苏珊一边说，一边看着爸爸饱经风霜的褐色脸庞，还有眼角上的皱纹。那些皱纹部分是因为大笑引起的，部分是因为海上的风吹日晒造成的。她知道，不管发生了什么，一切都过去了，没事了。这是一种超乎想象的放松。她发觉自己的嘴唇在颤抖，眼眶一阵发热，更糟糕的是，她的脸颊已经湿润了。她抽噎起来，转身冲下船舱。

"坚强些，大女儿。"爸爸说。然而，苏珊的眼睛已经模糊了，她把脸埋在枕头下边。

"这不是她的错，"约翰说，"有一段时间，她晕船晕得很厉害。"

"他们横渡了北海，"引航员说，"就靠他们自个儿过来的。太不可思议了。不过，这可是我亲眼见到的。他们挂了引航信号旗，然后我才上船来的。这孩子就是船长，他一个人在掌舵。"

爸爸迅速打量了一下周围，看了看帆具，又看了看约翰、提提和罗杰。他没有露出一点吃惊的表情，只是说了一句："有时间你们得给我说说经过。幸好我及时看见你了，然后从邮船上跳下来，登上另一侧的防波堤。现在你们有什么打算呀？"

"你身上带的钱多吗？"罗杰问，"我们没带多少钱，苏珊想发一封电报给妈妈，可我们还没给引航员付钱呢。"

爸爸转向那个引航员，"当然，"他说，"哦，先生，谢谢你把这艘小'邮轮'领进港，要收多少钱呢？"

苏珊感到有点愧疚，自己不该当逃兵的。她擦干眼泪，沿着水手梯爬了上来，把手中揉成一团的零钱递给了爸爸。

然而，那个引航员伸出蒲扇一样的大手，用力拍了一下膝盖。

"不用，"他大声嚷了起来，"不用。你这几个孩子真是棒极了，先生……我要祝贺你的妻子……不……不……我说过啦，我分文不收。不……我一个荷兰盾也不要……"

"不管怎么样，那就请你喝一杯吧。"爸爸说。他犹豫了一下，看了一眼苏珊，似乎在问，船上有酒吗？

"有一瓶医用朗姆酒，"提提说，"辛巴达喝过几滴。"

"我去拿来。"苏珊说。她再次跑下船舱，上来的时候，手里端了两个杯子，还有一个扁瓶子，上面贴了一个标签"仅供医用"。爸爸扫了一眼，念了两遍标签，然后拔出瓶塞，嗅了嗅瓶口，往两只杯子里倒了一些。

引航员和爸爸互相看了一眼，然后碰了碰杯子，一饮而尽。

"祝你健康，船老大。能为你效劳，我感到很自豪。我一辈子都不会忘记的。祝你健康，船长先生。"

约翰的脸已经被太阳晒黑了，听了他的话，刷的一下变成了深红色，似乎有点局促不安。他看了一眼爸爸严肃而又透着笑意的眼睛，说了一声："谢谢您。"

接着，爸爸和引航员聊了一会儿潮水，然后他转向约翰："船上有航海图吗？"

"只有英国的，"约翰说，"哈里奇到南安普敦之间的航海图。"

爸爸的眼睛眨了一下，但他转身对引航员说："我想，我们可以在这儿买一幅航海图。"然后，他又转向其他人，问道，"你们什么时候吃的早饭呢？"

"我们喝了热可可汁，还吃了牛舌，"罗杰说，"已经很久了。"

"嗯，我们还要立即给你妈妈发一封电报，"爸爸说，"我们最好上岸去。"

引航员对摩托艇上的人说了几句荷兰话。接着，他转过身，先看了一眼爸爸，然后转向约翰，一脸敬重的样子。

"船老大，"他说，"你最好让船穿过船闸，进内港去，然后你就能停在内港了。你把缆绳从浮标上解开,这个人会把你们拖过去。最好把主帆降下来,你觉得呢?"

"我来帮一把行不行,船老大?"爸爸说。过了一两分钟,主帆就被降下来了。爸爸和约翰在船身周围挡上防撞垫,引航员掌着船舵,妖精号被拖向内港。

"难以置信,真的是爸爸。"提提说。

"当然是爸爸呀。"罗杰说。

"我知道,"提提说,"可我还是不敢相信。"

第二十二章　异国的港口 ⚓

引航员掌着船舵，时不时地向那个驾驶小摩托艇的人喊几嗓子，摩托艇拖着妖精号绕了一个圈，驶向船闸方向。苏珊、提提、罗杰一起盯着他们的爸爸。他正在平静地帮助约翰收拾主帆。他们很久都没有见到爸爸了，但爸爸一点也没变，看起来还和原来一样，他仍然是原来的他，无论遇到什么事，总是不慌不忙的样子。他们穿过北海，来到荷兰港口迎接他，这一切仿佛是精心计划过的一样。他站在荷兰邮轮的上层甲板上，看见一艘小帆船进港了，接着又在帆船的前甲板上看见自己的儿子。仅从外表看，谁也猜不到他当时会有多么惊讶。他装作若无其事的样子，提提看着他，不知不觉地笑了起来。她和妈妈一样，每当谈到爸爸很久以前做过的事情，她的脸上总会挂着这种笑容。爸爸显然有些与众不同。虽然弗林特船长也是一个特别的人，可如果他意外遇见了他们，他一定会挨个问候他们，约翰船长、苏珊大副、一等水手提提、一等水手罗杰，还会马上问候他们的鹦鹉和吉博尔，不仅如此，还会问他们饿不饿，然后还会急切地追问到底发生了什么事，如果不问明白，他可不会善罢甘休。然而，爸爸不一样，他在引航员面前一个问题都没有问他们。他上船之后，并没有急着问他们的情况，就像刚刚离开他们只有几分钟，而不是去中国海域航行了好多年一样。他把半捆船帆拖到船尾，一言不发地走过去了，提提心里几乎有点难以置信。约翰同样不说话，只是默默地把一个防撞轮胎套在已经卷成一卷的船帆上。虽然他们都没有说话，但当他们越过正在堆放的船帆时，还是互相看了一眼。提提从他们的眼神里看出来了，他们在一起是多么快乐啊。

尽管嘴上不肯承认，尽管还没有回到风磨坊，可苏珊比什么时候都要高兴。不过，她心里还是挺着急的，一心想着去给妈妈发电报。如果爸爸问她一堆问题，了解所有情况之后，也许就会像她一样，急着赶往电报局。那样的话，她的心情就会更高兴了。

船闸的巨门打开了，妖精号从外港转了进去，沿着笔直的灰白色堤壁向前驶去。堤壁上有一条青苔形成的黏糊糊的线，可以看出这里的最高水位。闸堤上的人戴着扁平的制服帽，脸上挂着微笑，向下望着他们。爸爸站在前甲板上，已经把约翰系在浮标上的缆绳盘好了。他一扬手，就把那卷缆绳扔上闸堤，其中一个船闸看守把它接住了。

"防撞垫准备好了吗，船老大？"爸爸说，"我已经拿了一个到前边去了，不过你还要在船腹再装一个。"

约翰笑呵呵地看了一眼爸爸，然后喊了一声："苏珊！大副小姐！我们把另外一个防撞垫搬过去吧。"

引航员在船尾的缆绳箱里翻了一会儿，找到一盘最好的缆绳，然后也扔了上去。妖精号轻轻吻了一下船闸的堤壁，防撞垫把它和堤壁隔开了，一点船漆都没被刮掉。那艘小拖船停在他们前面，船尾的闸门已经关闭了。

"快瞧，那儿有水母，"罗杰叫喊起来，"还有螃蟹。"

尽管提提、苏珊、约翰心里装着很多事，但还是忍不住透过妖精号和堤墙之间的缝隙向下张望。那儿有一群小水母，它们快速抖动着环形的透明触须，身子一会儿收缩，一会儿张开，在水中慢慢向前游动。那儿还有许多大小各异的螃蟹，一个个争先恐后地从水底浮上来。它们侧着身子，不停地摇摆着蟹脚，快要接近水面时，一转身又迅速沉了下去，不见了。

闸室里的水位开始打着漩儿上涨，妖精号也在跟着慢慢上升，船身也摇晃起来。约翰、爸爸、引航员慌忙拿来防撞垫，塞在船身和闸壁之间。

就在这时，引航员用荷兰话冲那几个看守喊了几句。妖精号慢慢升起来，那些看守一点一点地收拢缆绳。过了一会儿，他们从船闸高坡上又喊了几个人过来，现在闸堤上聚集的人更多了，一个个低头望着下边这艘小帆船，还有几个奇怪的船员。这样的船员，这样的帆船，竟然横渡了北海！不久，一个穿着蓝色制服的人从人群中挤过来，给他们敬了一个礼，然后问他们谁是船长，有没有带证件。爸爸看了一眼约翰。

"我知道证件在哪儿放着。"约翰说完，匆匆跑向船尾，钻进了船舱。不一会儿，他就爬上来了，手中多了一个长长的信封，上面印着"船舶文件"几个字。他把信封递给了港务局长。

港务局长从信封中抽出证件，看了一眼，然后迷惑不解地看了看约翰，接着又看了一眼爸爸。

"你们谁是布雷丁先生？"他问。

"他把你当成了海盗。"爸爸平静地说。然而，不用约翰说什么，或者没等他开口解释吉姆·布雷丁不在船上的原因，那个引航员就滔滔不绝地讲述起来。港务局长专心地听着，时不时地打量着船上的一切，一会儿瞧瞧约翰，一会儿又瞧瞧爸爸。他们是不是要有大麻烦了？港务局长在盘问着什么。爸爸装了一管烟，一副无忧无虑的样子。突然，那个港务局长往下伸出手，把证件连同信封一起递了回来。

"吨位？"他问。

"4.86吨。"约翰回答说。他在船上待了这么久，早就记住了船舱下边主梁上刻的数字。

"船名？"

"妖精号。"

"从哪儿来？"

"哈里奇。"

"没问题了，船长，"港务局长说完，又敬了一个礼，"欢迎来到弗利辛恩！"接着，他又把一张白色的牛皮纸递了过来，"引航员说你今天或者明天就要离开……"

约翰看了一眼爸爸。

"你知道天气情况吗？"爸爸一边问，一边抬起头看着那个港务局长，脸上挂着微笑。

"海风转为东北风……海浪平缓。"

"要抓住机会呀，不是吗，船老大？"爸爸说。

"我们今天就动身吧。"约翰说。

"立即出发，"苏珊说，然后她又加了一句，"可我们先要给妈妈发一封电报呀。"

"不用付过闸费，"港务局长说，"你们想离开的时候，船闸会为你们开放。白天或晚上都可以。引航艇带你们去找一个好泊位……"

"我会带船老大过去的。"引航员说。

水面停止上涨了。船闸另一头的闸门开了。突然，摩托艇"突突"地发动起来，噪音越来越大，准备出发了。

"准备好了。"

缆绳被丢了下来。约翰盘起一根缆绳，驾驶舱里的罗杰竭尽全力地把另外一根缆绳盘绕起来。摩托艇缓缓前进，拖曳缆开始绷紧。他们又出发了。出了船闸，进入内港。内港两岸的石阶上坐着几个孩子，每一个人都手执一根鱼竿，正在港口里钓鱼。远处停泊着一艘长长的灰色战舰，桅杆上飘扬着荷兰国旗。在拖船的牵引下，一艘狭长的黑色驳船慢慢向船闸驶来。船尾的甲板室很高，上面摆了几盆红色的天竺花，看上去就像一个小花园。摩托艇拉着他们离开船闸，向内港驶去。港口的一侧是一条街道，街道两旁树木如荫，树下长满了绿色的小草。一排白色的尖木桩临水而立，木桩前边铺有一条阶梯，旁边泊着各种样式的小船，一溜向远处排开。有的是游艇，有的是圆滚滚的荷兰货船，船上收拾得一尘不染，系船索摆得整整齐齐，船尾甲板室的舷窗明亮亮的，像镜子一样。在这一长串船只的尽头，停泊着一艘黑色的汽船，看上去几乎和他们早上遇到的那艘引航船一模一样，只是船身上的数字有所不同。再往前是一片空旷的水面，虽然面积不够停一艘荷兰货船，但妖精号停在那儿已经绰绰有余了。现在摩托艇已经转了半个圈儿，掉转了船头，妖精号滑了过去，靠向那一排木桩。就像他们期待的那样，有人在木桩前边丢了一些黑色的汽车大轮胎，漂在水面上充当防撞垫。爸爸和约翰把船牢牢地系在木桩上。那艘摩托艇停在一旁，爸爸给摩托艇上的人付了一笔钱。摩托艇又发动了，飞快地往船闸方向驶去。

引航员和他们一一握手，先和苏珊握了一下手，然后是罗杰，接下来是约翰，后来是爸爸，再后来，他又和约翰握了一次手。

"没必要去买航海图，船老大，"他说，"我给你们拿一幅北海航海图来，不用付钱。"

"哦，可是……"约翰说。

"我家里有很多，"引航员说，"我妹妹的儿子也是跑船的，我们送给你一幅，你可以带回家。再见了，船老大。回头见。"他把雨衣卷抱起来，一步跨过木桩旁铺设的一块跳板，转身给他们敬了一个礼。爸爸也跟着跨了过去，然后问了他一个问题。

"如果是半潮，你就不会有事。"他们听见引航员这样说。随后，他沿着一条从木桩一直延伸到草地和街道上的石板路离开了。过了一两分钟，他就在他们眼前消失了。

罗杰跳下船，双脚牢牢地扣在跳板上。他睁大眼睛瞧了瞧，发现自己的脚似乎没有想象中那么安稳，于是又赶紧跳了回来。

"我已经到了荷兰？"他有些不太肯定。

"爸爸，电报怎么办？"苏珊问。

"我们必须先想想电报该怎么写，"爸爸说，"下船舱去，你给我们带路吧。"

"吉姆·布雷丁？我从没听说过他呀。"

他们发现，很难给爸爸解释清楚妈妈为什么不知道他们的情况，而且也不好解释爸爸坐上邮轮回哈里奇的时候，为什么他们刚好驾船到了弗利辛恩。

爸爸坐在左舷一侧的床铺上，苏珊和约翰坐在他身旁，苏珊紧紧拉住爸爸的一只胳膊。可是，约翰时不时地会站起来，因为他有太多的话要说，可一下子又说不清楚，所以太着急了。罗杰、提提、辛巴达都坐在右舷床铺上。提提和辛巴达坐在那儿没动，但罗杰不时从床上跳起来，趴在舷窗口往外张望港口内停泊的船只，还有那些划着独木舟的荷兰男孩儿。尽管他也在听别人说话，偶尔也会插一句嘴，可他总是坐不住，屁股很少能在一个地方停留久一点。

他们向爸爸介绍了他们的朋友吉姆·布雷丁。

"后来发生了什么？他上岸了，你们就在大雾中漂走了？嗯？大雾散了……他会发现他的船不见了，船员也失踪了……他可能去了风磨坊，去看看有没有人看见你们……"

"可妈妈……"苏珊的声音有些颤抖。

"她一定担心死了。"罗杰说。

"吉姆也一样。"约翰说。

"是的，可怜的小伙子，"爸爸说，"现在只能希望他因为太害怕，不敢去告诉你们的妈妈。他应该先去港务局局长那儿，报告他的船只失踪了……"接着，爸爸突然想到了什么，"真是奇怪呀，他为什么没能在雾中找到你们呢？"他说，"他是水手吗？"

"他是个很棒的水手，"约翰说，"他一个人就把妖精号从多佛开过来了。"

"嗯，也许他遇到什么事了，在岸上被绊住了。"他们彼此看了一眼。

"不知道发生了什么，"约翰说，"他只是去码头上买汽油。"

"起雾之前他就走了很久。"提提说。

"明白了。"爸爸一边说，一边从口袋里掏出一个小本子。他在本子上记了一些东西，准备发电报用。

"我们必须让你们的妈妈知道，你们都平安无事，"他说，然后又在本子上划掉几个字，又加了几行字，"也要给吉姆发一封电报，万一他去了风磨坊，就能收到了。不过，我们不必担心你们的妈妈也会去北海，也许吉姆还没去她那儿。不管怎样，我们往回走的时候，不能让吉姆乘坐晚班船过来。根据港务局局长提供的天气预报，我们今天下午就出发……你们还能再航行一夜吗？"

"当然可以。"约翰说。

"你们昨天晚上都睡觉了吗？"

"我们睡过觉了，"苏珊说，"可约翰没睡多长时间。"

"你也没睡多久，"约翰说，"不过我们精神都好着呢。"

"我和提提都睡好了。"罗杰说。

"还有一件事，"爸爸说，"你们的电报不能从荷兰发出去，否则你们的妈妈一定会急得崩溃掉。"

"可我们必须要发一封电报呀。"苏珊说。

"我们会发的，"爸爸说，"不过我们要在家附近发。看看，这个怎么样？"他摊开自己用大写字母写的电报，念了起来，约翰和苏珊也跟着他念："英格兰雪特里科特莱奇船长，请将以下未签名电报发送至风磨坊艾尔玛农庄沃克……地址正确吗？她住在鲍威尔小姐家里，不是吗？……妖精号及船员平安，明日回，勿答复。泰德·沃克……科特莱奇船长是我的老朋友。他会按我说的去做的。你们的妈妈会气疯的，可我管不了那么多。让她生气总比担心好。你们有什么建议吗？嗯，提提？"

"把辛巴达的事也加上去吧，这样她才会相信我们都没事。"

"好主意。"爸爸笑了，然后改了一下电报。

"现在，她看到的电报将会是这样的：沃克：风磨坊艾尔玛农庄，妖精号及新船员猫咪平安，明晚回……这样，我们的时间就多了。我们可不想让她明天早上一起来就为我们揪心。"

"你自己不给她发一封电报吗？"提提说。

"幸运的是，我已经发过了，"爸爸说，"我昨天在柏林给她发了一封。我再假装从邮轮上给她发一封。"于是，他又写了一封："沃克：英格兰伊普斯威奇风磨坊鲍威尔小姐，目前一切顺利……接到电报之后，她就知道我已经到了弗利辛恩，如果她去打听一下，她就知道我错过了今天的轮船。当然，这些都是编造的。如果我们想摆脱麻烦，我看只能这样了。"

"我们立即发电报吧。"苏珊说。

"都是编造的。"这是一件最离奇的事，然而，尽管他没有解释，他们也能想到其中的一些原因。他们独自出海，可爸爸并没有对他们生气，反而为他们感到高兴。他看着约翰，眼神有些异样。

"走吧，"爸爸一边说，一边扫了一眼妖精号上的挂钟，"晚点再给我讲讲你们的奇遇吧。"

"辛巴达怎么办？"提提问，"我要和它待在一起。"

"你不想去看看荷兰是什么样子吗？"爸爸说。

她当然想去，可她不想让辛巴达去岸上溜达，那样它会跑丢。她也不想把它单独留下，那样它会掉进水里淹死。它在海上差点就被淹死过一次，不能再让它有任何危险了。

"我不介意留下来。"她说。

提提的床铺在前舱。爸爸走进前舱，把她床下的一个小屉子拉开了，"给你，"他说，"我们回来之前，床铺都不会有人。这个屉子就当它的床吧，给它盖一条毛巾……我们别把屉子关太紧就不会有事。如果它又落海了，屉子不但能救它一命，还能让它睡一会儿觉呢。"

"它已经睡着了。"提提说。

"这样一定行的。"爸爸说，"好了。吉姆·布雷丁有牛奶罐吗？我们把牛奶罐带上去买点牛奶回来吧。如果小猫醒来了，比起浓缩奶粉来，它可能更喜欢喝刚从真实的奶牛身上挤下来的新鲜牛奶。"

第二十三章　荷兰的下午

他们踏上木桩一旁的跳板向岸上走的时候，只差一点就落水了。那块黑乎乎的木板不停地上下抖动，还没等他们把脚踏上去，它自己却朝着他们的脚底弹上来，然后又忽然沉了下去。约翰步履蹒跚地走在跳板上，眼睛紧盯着岸边的木桩，仿佛走在一根绷紧的钢丝上，心里总是战战兢兢的。苏珊摇摇晃晃地跟在他后面。提提走了两步，突然停住了，等了一会儿，才又慢慢向前走去，每步大概只向前挪动五六英寸，"如果我有四只脚就好了。"罗杰说。接着，他忽然想起吉博尔来（此时吉博尔正待在动物园里给其他猴子讲航海故事）。于是，他双手抓住跳板的边缘，四肢趴在跳板上，一步一步地挪过来，终于稳稳当当地上了岸。在船上待久了，他们反倒不习惯在岸上走路了，总感觉脚下软绵绵的，有点发飘。

"过来吧，"爸爸说，"要不了多久，你们就适应了。"

"快点，"苏珊说，"电报发出去之前，我们一分钟都不能耽误。"

在马路对面正对着妖精号抛锚的地方，有一家小小的商店。商店的门口挂着各种各样的木屐。现在罗杰已经站直了身子，不再模仿猴子走路了。他给大家指了指那家商店，不过他们并没有停下脚步。爸爸早就沿着马路往前走了。

"你知道去邮政局的路吗？"提提问。

"除非一大早它就搬了家，"沃克中校说，"我下火车后，在附近溜达了一圈。坐了十二天的火车，我得伸展一下腿脚……"

"十二天？"提提有些不解。

"包括夜晚吗？"罗杰问。

"实际上，无论白天也好，晚上也好，我大部分时间都在睡觉，"他们的爸爸说，"所以我很乐意在海上值夜班，换一换感觉……现在告诉我，约翰，你怎么会来弗利辛恩呢？"

"真的，我也不知道会去哪儿。"约翰说。

"你设定过航向吗？"

"大概是东南方向，"约翰说，"我们尽量朝那个方向走，可最后还是偏了许多。"

"你为什么要选那个方向呢？"

"那样可以在大雾中避开浅滩，"约翰说，"你知道，我们有哈里奇的航海图，当时我们靠近科克灯塔船，从图上看，那一带有很多浅滩，除了东南方向外，到处都是暗礁。"

"你有点碰运气，"爸爸说，"不过，倒也不是个坏主意。"

"我当时没有别的办法，"约翰说，"你知道，这艘船不是我们的，我们在雾里什么也看不见，况且我不想让船搁浅。"

"干得不错，不过，你妈妈也许不会这样说。快点，绕过这个街角。可是，你们出海之后，为什么要沿着这个航向继续走呢？"

"我们想等雾散了就返航，所以我们就保持航向不变，我想，只要朝相反方向走，就能回到我们出发的地方。"

"海风允许你们那样吗？"

"就是因为海风，"苏珊说，"都是我的错。我晕船了。我们返航的时候，太可怕了……"

"顶头浪，"爸爸说，"可怕极了。那时候天快黑了吧……"

"海风越刮越猛，"约翰说，"我当时想，我们应该收帆。"

"不错……顺利吗？"

"我腰里系了一根救生索。"约翰说。

"他差点就掉下船舷了。"苏珊说。她回忆起当时的景象，脸色马上变得苍白。

"可他不是没有掉下去嘛，"爸爸说，"继续说说看。"

"我们继续向前航行了一夜。苏珊掌了好久的舵。后来到了凌晨，天快亮了，我们在天空中看见一束灯光，就在船头的正前方。天亮之后，我们发现那是一座灯塔。"

"约翰还爬上了桅杆。"

"后来呢？"

"我们看见了引航船，然后我们就发出引航信号。我们觉得应该那样做。"

"是的。这边走……"

"我们一直在直走，不是很幸运吗？"提提说，"如果不直走，我们就不会遇见辛巴达……"

"好多走运的事全给你们碰上了。"爸爸说。他们还在继续往前走，他突然把一只手搭在约翰的肩膀上，捏了一把，"儿子，你将来会成为一名水手。"

就在这可怕的一刹那间，约翰感觉有什么东西迷住了眼睛，潮潮的，又热乎乎的……还有点咸咸的……尽管他非常高兴，却狠狠地咬了咬嘴唇，并且把头转向了另一边。

现在他们已经走过了好几条街道。街道两侧的人行道上种了一些小树。街上到处都是咖啡厅，门口露天摆放着一些桌子和椅子。一群骑自行车的女孩子，头上戴着细布做的白色大太阳帽，身上穿着圆鼓鼓的黑色裙子，就像胀满的气球一样，从他们身边飘过。男人们头上戴着软水手帽，身上穿着短夹克，腿上套着宽松的裤子，一直垂及脚踝，沿着街道溜达过来，其中一个人的嘴巴上还叼着一支雪茄。不远处，一个小男孩斜靠在路灯杆上，也许和罗杰差不多大吧，嘴角上竟然也叼了一支又肥又粗的雪茄。妖精号的船员们路过的时候，小男孩连忙取下雪茄，目不转睛地盯着他们。

"他在抽烟呢。"罗杰说。

"他们躺在摇篮里就已经学会抽烟了。"爸爸说。

一辆手推车吱吱呀呀地沿着街道疾驰过来，车上载了一大堆蔬菜。推车的是一个老头儿，他一边急匆匆地赶路，一边大口抽着雪茄烟。就在他要走过去的时候，他们忽然发现小推车下边的两个车轮之间竟然有一条体型高大的狗。那只狗的脖子上拴着一条链子，链子绷得紧紧的，很容易看出来，它正在快步向前小跑，卖力地干着属于自己的那一份活儿。

"瞧那条狗！"罗杰欢呼起来。

"勤劳的乡下人，"爸爸说，"连狗都在帮他们干活儿。"

"别让我们等你。"苏珊说，提提也转身去看那条狗。

"你们会有很多时间看的，"爸爸说，"我们再过一会儿就能把电报发出去了。"

他们又转过了一个街角，眼前出现一座大建筑物。爸爸领着他们走进大门。进门之后，眼前是一个大厅。大厅四周有许多窗口，每个窗口上都装有栅栏，上方还挂着不同的牌子，有电报窗口，有邮票窗口，还有汇款窗口。每个窗口前面，都有人在排队。

"好多人排着队去看笼子里有什么。"罗杰说。

"是我们最喜欢的动物。"爸爸说完，走过去排在一列队伍的队尾。

"你带的荷兰钱够用吗？"提提问。

"我想，我身上带的钱还有很多的。我留了一点打算在邮船上用，现在我要乘坐妖精号回家，身上没必要再留钱了。"

"快点，快点，快点。"苏珊的嘴唇动个不停，不过并没有发出声来。她只是在心里悄悄地对那个排在爸爸前边的老太太说。

终于，老太太心满意足地离开了。爸爸把两份电报从栅栏下面塞进去，笼子里的动物没有露出一丝激动的表情，只是冷冷地接过电报，仿佛觉得那些电报一点也不重要似的。他用铅笔尖点了点电报上的字数，然后对爸爸说，必须用正规的电报纸重新抄一遍。

"哦！"看见电报又被推出窗口，苏珊失望地叹了一口气。

爸爸一句话也没说。他转身走到一张桌子旁边，拿了两张电报纸，把电报又抄了一遍，然后带着抄好的电报又回到笼子前。真幸运，正好没人过来排队。那只动物又把电报上的字数了一遍。爸爸似乎递进去一大笔钱，这才转过身来。

"好啦，"他说，"我们已经做完了所有该做的事，过两个小时我们再返航。担心是没用的，不必担心了。振作点，苏珊。我们一起放松放松吧。买点储备品怎么样？"

"储备品？"提提问，"去哪儿买？"

罗杰咧开嘴巴，冲着爸爸笑起来。"我有地方放。"他说。

"我也觉得有地方放。到了海上，我们可能做不了多少饭呀。"

他们走出邮政局的门口，下了门口的台阶。天气似乎变了。头顶的阳光更明媚了，仿佛弗利辛恩的每个人的脸上都带着微笑，或者正在开怀大笑，就连商店的颜色也变了，变得更鲜亮，更耀眼了。妖精号的船员们停住脚步，欣赏着眼前的街景，就像刚刚走出校门一样，他们即将开始一次意外的假期。那些电报早就发往妈妈那儿去了，要不了多久，她就会知道，没有发生什么大事。

他们沿着人行道漫步，直到眼前出现一座开阔的广场，港口一侧矗立着森林般的桅杆。他们的目光越过一道矮墙，那儿停泊着许多艘荷兰渔船，和他们早上见到的渔船一模一样，它们一艘紧挨着一艘停在那儿，几乎连成了一片。每艘渔船的甲板上方，都晾晒着一张张红色的渔网。船上站着荷兰渔民，他们三个一群，五个一伙儿地聚在一起，斜靠在舷墙上，一边聊天，一边悠然自得地抽着雪茄。广场上有一些卖鱼的荷兰妇女，她们头戴宽边细布太阳帽，两侧发髻贴着金饰，一边和顾客讨价还价，一边把鱼装进木架子上的篮子里。

广场的最远处有一间咖啡屋，门口的遮阳棚伸展出来，正好遮住人行道上的阳光，遮阳棚下边摆着几张咖啡桌，桌面上盖着干净的白布。他们走到咖啡屋门口，不一会儿，一个荷兰侍者（看上去就像一个英国人）走了出来，把两张小桌并成了一张大桌。他们就在这张大桌旁边坐了下来。爸爸指了指菜单上的东西，那个侍者急忙跑进了咖啡屋。

"我点了汤和牛排，应该差不了，"爸爸说，"如果你想尝试那些名字怪异的食物，你永远不知道吃进嘴里的会是什么。"

罗杰早就觉得饿了，其他人一开始还不觉得饥饿，可刚在咖啡桌前坐下来，立马就和罗杰一样，肚子开始叽叽咕咕地叫起来。桌子上放着褐色的面包卷，手指一碰上去就碎开了。他们抓起面包卷大口吃起来。这些面包卷看上去和英国的没什么两样，然而，吃起来却又是一番风味。他们一边咽着口水，一边往嘴巴里塞着面包。算起来，他们只在日出时喝过几杯热可可汁，吃过几罐牛舌罐头，此后他们很久都没吃过任何东西了。过了漫长的几分钟，侍者终于出来了，手里端着一个大托盘。接下来，他在每个人面前摆了一只盛满热汤的深口盘。

"小心。"爸爸说。然而，太晚了，五条舌头几乎同时被烫到了。盘子里的汤接近沸腾，太烫了。

他们撕下更多的面包卷，一边吃，一边等待热汤快点凉下来。过了一会儿，约翰发觉自己的眼睛不知什么时候已经闭上了，太意外了。他睁开眼睛，看了一眼周围。不一会儿，他的眼睛又闭上了，脑袋似乎也比平时沉重多了。于是，他抬起一只手，撑起脑袋……接着又撑起两只手。然而，任何东西都不能把这颗沉重的脑袋撑起来。它慢慢垂了下去，越来越低……越来越低，他的头发马上就要落在汤盘里了，爸爸急忙伸出手，挪开盘子。约翰把脑袋搁在桌子上，睡着了。

"船老大在舰桥上待太久了。"爸爸平静地说。

"吉姆·布雷丁吃晚饭的时候，也像这样睡着了。"罗杰说。

"他从多佛驾船过来的。"提提说。

"你们的航行距离远多了。"爸爸说。这时候，他笑了，因为他看见邻桌一个荷兰人在盯着约翰，看见他的脑袋慢慢垂了下去。

尽管苏珊自己也非常困，但她一直想把约翰叫醒。可是，如果爸爸并不介意约翰在公共场合睡觉的话，她就没必要那样做了。侍者又走过来了，这次他端来四杯柠檬汁，一杯淡啤酒。无论是谁，只要他来看一眼约翰，就不会再说一年到头人们都不会趴在桌子上睡觉了。

"吹一吹它就不烫了。"罗杰看着他的汤说。

约翰忽然睁开眼睛，猛地惊醒了。他坐直身子，张开嘴巴，想跟大家说一声"对不起"，却只打了一个长长的哈欠。

"没事，伙计，"爸爸说，"喝口汤吧，你会感觉好一些。"

盘子里的汤仍然热乎乎的，里边漂着胡萝卜丝、土豆条、洋葱片。喝过一口之后，睡意马上就消失了，真是太神奇了！每个人都迫不及待地讲述着他们的航行经历，当时看起来恐怖的事情现在似乎变成了乐趣。灿烂的阳光照在广场上，到处一派繁忙。海风徐徐吹过，不时掀起桌布的一角。渐渐地，尽管没问多少问题，爸爸也能把他们的故事一点一点地串起来了，"鱼贩子，他们是这样叫你们的吗？……那艘灯塔船一定是北郡灯塔船……你们是从桑顿脊浮标旁边驶过去的……看见探照灯之后，你们没有往南走，真是幸运啊……比你们想象的还要远呢。那是奥斯坦德的大型探照灯……你们和那盏灯之间还隔着无数片险滩……辛巴达？我想，你们的妈妈不会介意的……"后来，他看了一眼手表，"我现在最担心的是你们常常提起的那个吉姆·布雷丁……如果他跑去对你们的妈妈说，他把你们弄丢了……好吧，快点，罗杰。我们尽快返航，越早越好……"

喝过汤后,他们又吃了一大盘鲜美的牛排,一块又香又脆的薄煎饼,罗杰还吃了一杯草莓冰。当他把最后一勺粉红色的冰水送进肚子之后,他觉得自己一直到喝下午茶之前都不会再饿了。

爸爸付过账后,提提抱起之前放在椅子下的牛奶罐。他们一起沿着来时的路往回走,打算回到还停在内港里的妖精号上。

"我们得留意一下,看看哪儿有牛奶店。"提提说。

"晚饭吃什么呢?"爸爸说。

"面包已经吃完了,"苏珊说,"还剩下许多干肉罐头、牛肉、腰子布丁、水果之类的东西,不过那些都是吉姆的。他还储备了一大堆茶叶和白糖,我们带来的可可粉还剩下半听。"

"我们得有足够的淡水,"爸爸说,"我们必须把那个汽油桶装满,没风的时候,只要有汽油,我们就不会在海上停留了。那台引擎是什么型号的?"

"轻型引擎,"罗杰说,"你只要一发动它,就能听见'突突突'的声音。它至少……"

"好的……这边来,苏珊,我们去买一些面包吧。"

他们走进一家小面包店,买了一条长长的棍子面包。无论是罗杰还是其他人,看到这么长的面包后,都忍不住笑了起来。

"现在去买牛奶,"爸爸说,"附近一定有牛奶店。"

不过,他们发现了比牛奶店还要好的东西。街道拐角处驶来一辆牛奶车。两根车辕之间有一条大狗,车旁还有一个脚穿木屐的男人,他一边扶着车子,一边往他们这边走来。爸爸从口袋里掏出一些钱,提提和罗杰拿了钱飞快地迎了上去。尽管他们不会说荷兰话,但那个卖牛奶的人似乎一下子就明白了他们的意思。他停下车子,打开牛奶桶上的龙头,拿出一只杯子,开始给他们抽牛奶。那条大狗默默地站在那儿,表情严肃地看着周围。

牛奶桶上有一个孔,抽牛奶的龙头就是从这个小孔插进去的。罗杰指着那个小孔说:"如果牛奶桶空了,他只要再搬一桶放在车子上就行了。"那个人用杯子量着牛奶,一杯接一杯地把牛奶倒进他们的罐子。付钱的时候,提提把自己手中所有的荷兰盾都递了过去,那人用手指翻了一下她手中的钱,捏了几张自认为合适的票子。

他们回到和内港平行的运河街。妖精号仍然待在原地没动。系泊索还在木桩上拴着，船尾停着一艘引航船，和他们早上见过的那艘引航船一模一样。然而，周围好像发生了什么事。街道和水面之间的草地上聚集了一大群孩子。哎呀……不会吧……是的……有人上船了。

"嗨，"罗杰说，"有海盗！"

"别着急。"爸爸说。走近后，他们发现船上那个人是他们的引航员朋友。他坐在舱顶上，膝盖上横着一卷航海图，一边抽着雪茄，一边和那些站在岸上往下看他的那群孩子们聊着天。他也许在给他们讲述妖精号的航海故事，因为妖精号的船员们穿过马路朝跳板走过去的时候，那些荷兰孩子们纷纷转过身来盯着他们，而且充满敬意地说了好几次"北海"。

"哦，船老大，"引航员对约翰说，"那帮孩子不相信你驾船横越了北海。是吗？我会转告他们的。我给你爸爸拿了一张航海图来。海风转向了，你们正好顺风回家……"

接着，他在舱顶摊开航海图，一一指出图上标记的灯塔船，并且告诉他们的爸爸说，他已经订正了灯光信号说明："灯光信号去年有变动。这是一张旧图，不过，所有标记都订正过来了。"

爸爸提到汽油和淡水，引航员转身对那些岸上的孩子们说了几句什么。不一会儿，两个男孩沿着街道飞快地跑开了，另外两个穿过马路，钻进那家门口挂着木屐的小商店。

一个人走出商店，用荷兰话对引航员喊了几句。引航员又回应了几声。

"没事了，"他对爸爸说，"那个人会给你们提供淡水。"他又喊了一嗓子，那个人走回商店。很快，一个男孩一歪一歪地穿过马路，手里提着一罐水，下斜坡的时候，水从罐子里溅了出来，正好洒在他的脚上。他沿着石板路走过来，然后站在跳板上，把水罐递了过来，苏珊接过水罐，又递给约翰，约翰走进驾驶舱，把水倒进地板上的储水箱。他们把水罐递回去后，两个女孩子争执起来，抢着要运下一罐水。然后，另外一个男孩抢到了水罐，接着又有一个男孩抢到了水罐。就这样，那群孩子轮流抢着给他们运水，直到水箱里的水面漫过塞子。妖精号再也装不下更多的水了。

然而，运汽油的时候，差点出了岔子。爸爸对那个引航员说，他们需要"汽油"，那个引航员就对岸上那些孩子喊了几声，几个男孩领着一个荷兰年轻人走过来，手里提着两只绿色的大油壶。爸爸拧开一只油壶的盖子，又打开空荡荡的汽油箱，准备把油壶里的油倒进一条管子里。这时候，他突然注意到油壶里装的不是清澈如水的汽油，而是淡蓝色的东西。他停住手，闻了一下。

"这是煤油，"他说，"煤油壶在哪儿，约翰？我们的导航灯正好需要一些煤油。"

引航员哈哈大笑起来，"啊，"他说，"你们的汽油说法和我们不一样……不是这种油……"那个荷兰年轻人也笑了起来，然后转身离开了。不一会儿，他又提着两壶油回来了。

这一次，爸爸在倒油之前闻了闻。"没错，就是这种。"他说。

"有的引擎喝汽油，有的引擎喝煤油，"引航员说，"你们说的汽油在我们荷兰是煤油……这是习惯不同呀。"

"哦，太好了，你们把它染成了蓝色，"爸爸说，"如果往油箱里倒错了油，那可就糟透了。"

最后，一切都准备就绪了，汽油钱也付过了。爸爸朝马路对面望了一眼，看见那个商店老板还站在门口，脸上洋溢着微笑。"水要多少钱呀？"他问。

"他送给你们的，"引航员说，"是不是呀？"他冲马路对面大喊了一声。那个人笑容绽得更开了，他挥挥手，一句话也没说。很明显，他并不打算问他们要钱。

"还有一会儿时间，"爸爸说，"难道没人喜欢木屐吗？你们到了荷兰，不从这儿带点东西回去吗？不然就白来一趟了。我们去那家商店里转转，看看能不能给布莱基特带点什么回去。"

他们四个人又跳上木跳板，登上了岸。"这块跳板走在上面真舒服呀，"罗杰说，"水里也没有大鲨鱼。"爸爸也跟了过去。他一边走，一边盘算着口袋里还剩多少荷兰盾。这些钱足够买五双木屐了，其中一双为二号木屐，尺码比罗杰的脚还小一号，苏珊认为布莱基特穿这么大的鞋正好合脚，还可以买一支牙刷、一盒雪茄、一个荷兰小木偶。那些木偶身上穿的衣服正好和门口的一个荷兰小姑娘的衣服一模一样。那个小姑娘看见罗杰在试穿一双木屐，忍不住"咯咯咯"地笑起来。

他们抱着一大堆买来的东西，回到妖精号上。罗杰放下手中的玩具和木屐，钻进船舱，给爸爸解释吉姆是怎样发动引擎的。

"汽油足够了，"他说，"油箱里的油用完了再加油。他还说，发动引擎之前必须检查一下轴管，然后再加一些润滑油。"

"好的，我来看看吧。"爸爸说。罗杰推开驾驶舱地板上的一扇活门，伸手拧了几下润滑器。"你比我干得更好啊，"爸爸说，"我身上的衣服不适合在引擎室里穿。那么，是不是一切都准备好了呢？"他迅速钻进船舱，"油加满了……好，发动了……哦，船上有这样的引擎还真不赖。"水手梯下方的那台轻便小引擎第一次旋转起来，"突突、突突突……"它似乎一直在等待这个机会。

爸爸又爬了上来。

"解开前系泊缆，约翰……尾缆……谢谢。"

有个荷兰小男孩跑过来，把尾缆给他们递上船。

"好啦，再见了，引航员先生，真的很感谢你啊。"

"我和你们一起去船闸，"引航员说，"我送你们过去。还是由我来掌舵，好吗？"

伴随着引擎"突突突"的欢唱声，妖精号缓缓驶离岸边的木桩。引航员探出头，看了一眼内港，然后转向船闸，"你们必须发信号，"他说，"鸣笛。"

罗杰飞奔着跑向船舱，差点把正在给辛巴达喂牛奶的提提撞倒了。此时，他们仍然在内港里行驶，水面十分平静。不一会儿，他又跑了回来，手中抱着一把雾角。他把活塞拉出来，然后又压了下去。雾角呜呜地吼起来。几乎就在同时，他们看见船闸的大门打开了。

"扳开离合，"爸爸说，"快去，罗杰，你是船上负责引擎的机械师。"

妖精号缓缓滑进船闸。约翰和苏珊已经准备好了防撞垫，爸爸把缆绳抛给船闸看守，小帆船又一次停靠在陡直的灰色闸墙下方。

"你们没在荷兰待多久啊，船老大。"其中一个看守一边说，一边看着下边。

"我们本来想多待一会儿，可是没办法啊。"约翰说。他往上看了一眼，心里知道那两个船闸看守是在和他说话，不是在和爸爸说话。

就在这时，闸堤上传来木屐踩在碎石上的"噼里啪啦"声，那些在内港帮忙的荷兰孩子们一个个手拉着手，沿着堤岸跑了过来。他们一边大口喘气，一边笑眯眯地看着妖精号准备出海。

就在他们等待一侧闸门关闭，另一侧闸门打开的时候，爸爸和引航员下到船舱里去了。爸爸拿出两根绳子，把北海的航海图固定在桌子上。然后他又在架子上翻找了一会儿，找到吉姆·布雷丁的平行尺和量角器，接着又把吉姆的航海天文历抽了出来，开始查看北海的潮汐。妖精号返航的时候，他们不能再单凭运气导航了。

"嗨，"罗杰喊了一声，"闸门开了，我们可以出去了。"

接着，引航员又一次和船上的船员们一一握手，然后沿梯子爬上船闸一侧的闸堤，离开了妖精号。

"再见啦，船老大，"他说，"你下次来荷兰的时候，还找我给你引航吧。"

"再见，再见……谢谢你，真的非常感谢。"

引航员最初上船的时候，他们心里不知道有多害怕呀。约翰一个人在掌舵，其他人都躲在水手舱里，弄出种种响声，假装大人在开派对的样子。现在回想起来，真是令人难以置信。

"再见……再见，英国人。"那群荷兰男孩一边沿着码头奔跑，一边朝他们呼喊。

爸爸喊了一声："出发！"罗杰往上推了一下变速杆；"全速！"他立即又加大了油门。引擎的"突突"声越来越快了，调门越来越高，越来越有力。于是，妖精号穿过闸门，驶入大海。

提提抱起辛巴达，把它举得高高的，因为没有上岸，它见到的荷兰比他们任何人都要少。那群荷兰孩子一边挥舞着帽子，一边大声叫喊："再见，英国人！"一直到妖精号几乎听不见叫喊声了，他们还站在码头上，久久不愿离去。

"我们过段时间再来吧。"爸爸说，他似乎知道他们心里在想什么，尽管出了国，他们却没待多久就要回去了。

"除了快点回家之外，我们别的都不在乎了。"苏珊说。

"我们下次带上妈妈和布莱基特一起到这儿来。"提提说。

他们正在绕过外码头的前端。

"你来掌舵吧，船老大，"爸爸说，"我去升帆，虽然这会儿海风不大，不过离开海岸后风就大了。引擎一直开着吧。"

"突突突，突突突"，小引擎尽情地欢唱着。午后的阳光在海面上顽皮地跳跃着，反射出点点金光。潮汐不断往远处的大海上退去。妖精号很快就把弗利辛恩抛到了身后。主帆、三角帆、支索帆先后升了起来。有了爸爸的帮忙，那些升降索看上去要比约翰一个人往上拉的时候漂亮多了。就像港务局长说过的那样，海风转向了，轻轻地拂过荷兰小镇的古老屋顶，镇上的风车缓缓旋转着粗大的手臂。码头上的旗帜迎着海风在飘舞。妖精号沿着陆地一旁的航道前进，升帆之后，船身开始稍稍倾斜。

"船走得很漂亮啊。"罗杰说。

"我们要回家喽。"提提说。

"船老大，最好从浮标右侧过去。"爸爸说完，看了看船帆，然后一头钻进船舱，又去查看航海图去了。

第二十四章 美妙的航程 ⇥

踏上返航的征程后,妖精号上立刻就充满了欢乐。它再也不像来时那样,越走越远,不断驶往陌生的海域。现在船上每个人都归心似箭,希望尽早回到家乡。只要一想起妈妈、布莱基特,还有吉姆,仍在风磨坊等着他们,不知道他们到底去了哪儿,他们心里就觉得十分难受。不过,发完那些电报之后,每个人的感觉还是好多了。妖精号似乎也在努力帮助他们,一路往回疾驰、疾驰,希望早点和它原来的主人团聚,一秒钟也不愿耽误了。正常情况下,他们(除罗杰外)觉得引擎的"突突"声几乎要把人吵死了,可现在它听上去却像欢快的歌声。妖精号一直沿着海岸背风处前进,身后泛着长长的白色尾浪,再过一会儿,它就要驶上通往北海的航道。

离开海岸后,海风刮得更大了。西卡贝尔灯塔再次映入他们的眼帘。它建在一座教堂顶部,像铅笔一样笔直地矗立在海面上。夜幕降临后,它的身影越来越小,越来越模糊,最后消失不见了。不久,船尾远处的天空下,浮现出淡淡的灯光,它不停地闪烁着,似乎在提醒他们,它所在的地方就是他们刚刚离开的荷兰。

有很长一段时间,他们一直开着引擎,引擎发出的噪音听上去的确令人鼓舞。

"罗杰,"爸爸最后开口说,他已经点亮了导航灯,一盏是红色的,另一盏是绿色的,分别挂在左舷和右舷的侧支索上,"罗杰,我们的机械师,你去把油塞转一下,关掉吧。不用引擎我们也能走这么快。"

罗杰转了一下油管,关闭了汽油旋塞,然后又等了一会儿。爸爸关闭了油门,把离合杆推到中间,引擎的噪音立即变了,"突突突……突突……突……"引擎的噪音平息下来,他们耳边只有妖精号侧舷滑过水面时发出的"沙沙"声,清晰而又稳定。

"船走得不错啊,"爸爸说,"现在,你们都该去睡觉啦,罗杰和提提先去睡吧。"

"还有两只杯子要擦洗呢。"苏珊打着哈欠说。

苏珊仍然记得那一天早上的阳光十分灿烂,吉姆把妖精号停在菲利克斯托港,当时他们是多么快乐啊。然而比较起来,她现在更加快乐了,只是心里有点担心,在返航的旅途中她会不会又晕船呢?然而,因为他们在陆地上待的时间并不长,回到船上后,她只是一开始感觉有点怪怪的,后来离开海岸后,马上就完全好起来了,所以她心里明白,这次无论如何她也不会晕船了。哦,她甚至敢坐在水手舱的舱顶了。她站在不停震动的引擎上方,烧了一壶开水,泡好茶,接着又在火炉上稳稳地放了一个平底锅,把牛排罐头和腰子布丁放进锅中热着。她现在也吃得下自己的那份布丁了。

提提要照顾辛巴达,根本顾不上去想晕船、头疼之类的事情,现在爸爸说了,她们该去睡觉了,于是她抱起小猫,爬上了自己的床铺。过了一两分钟,他们都睡着了。

罗杰这会儿可忙了。他又爬进驾驶舱的地板下方,第二次拧开轴管的润滑器了,然后又给曲轴箱加了一点润滑油。此外,就在约翰掌舵的时候,他还帮爸爸往导航灯里边添了一些煤油,这件工作的味道实在太难闻了,他的姐姐们都躲开了。

"我一点都不困。"他说。然而,命令就是命令,他必须上床睡觉。于是,他爬下船舱,又爬上床铺,盖好毯子,舒舒服服地躺下来。苏珊在他的身子外侧塞了一卷船帆,怕他会滚落下来。他的脚趾在毯子下边搓来搓去,感觉好玩极了,过了一会儿,他就睡着了。

接着,苏珊也上床了,她的脑袋一挨枕头就睡着了。虽然前一天晚上她比约翰睡得时间长一些,可她还是非常疲惫。她已经摆脱了晕船的痛苦。爸爸登上妖精号后,她感到心里踏实多了,心里不再有任何恐惧了,也不再因为出海而感到愧疚了。他们飞快地往家的方向驶去。苏珊睡得很沉,仿佛从来没有离开过哈里奇港似的。

约翰仍然留在驾驶舱里。

"你一会儿也去睡觉吧,伙计,"爸爸说,然后他又说,"不过你得先掌一会儿舵吧,我看看潮汐的方向。偏北……"

"西偏北,是的。"约翰一边说,一边掌舵。爸爸爬进船舱,去给其他船员道一声晚安。事实上,他根本没有必要那样做,因为他发现他们三个人都已经睡着了。于是,他走到桌子旁边,桌面上还固定着那张航海图。他在航海图上画了几条线。约翰往下看了一眼水手舱,看见爸爸一边拿了一把平行尺在测量,一边在一张纸片上记了一些笔记。如果你知道自己什么也不用担心,再过一两分钟就要去睡觉了,那么你掌起舵来就会轻松多了。

"我还能驾驶一整夜。"约翰对爸爸说。这时候,爸爸已经走上甲板来了,他扫了一眼罗盘,然后沿着舱顶往船头走过去,检查了一遍两侧的导航灯,确保它们都在正常燃烧,不会出问题。

"是的,你做得到,"沃克中校说,"不过,我认为你已经完成了你的工作,该下去睡觉了。我已经睡了两个星期的觉了,我来掌舵吧。"

"晚安,爸爸。"约翰说,然后又看了一眼周围的夜空。

"晚安,船长。"爸爸说。

两分钟之后,约翰上了他的床铺。他立即打起盹来,偶尔又会醒过来,然后伸手去摸索舵柄,害怕妖精号的航线会走偏。他刚要叫喊起来,却又想起驾驶舱里已经有一位值得信赖的人在掌舵了。他躺在床上,从灯光明亮的船舱向上望去。透过四四方方的水手舱口,他看见一块漆黑的天空,舱口右边是一盏小小的烛台灯,把罗盘照得十分明亮,可舱口上方除了黑魆魆的天空外,什么也没有。接着,爸爸划了一根火柴,一道闪光过后,火柴燃着了。当爸爸举起火柴点燃一支荷兰雪茄的时候,他看见爸爸的脸被火柴的光线照得通红。火柴灭了,只剩下雪茄的一头还在黑暗中闪烁着炙热的红光。偶尔,爸爸还会吹一下雪茄上的烟灰,烟头就会立即变得更闪亮了,约翰还可以看清爸爸的脸。过了一会儿,烟头又暗下去了。再后来,烟头从他身旁晃了一下,消失了。接着,它又亮起来了,又能看见了。

约翰躺在那儿不动,尽管他很疲倦,可心里却非常满足。天啊,如果爸爸没从那艘离开弗利辛恩前往哈里奇的邮船上跳下来的话,事情将会变得多么糟糕呀。他现在可能已经到了风磨坊,妈妈可能已经知道他们几个单独去了北海的另一面。现在爸爸上了船,最最重要的事情就是尽快赶回家。约翰听了听船外,水流冲过一侧舷板,发出清晰的"哗哗"声。他把手伸过去,摸了一下舷板,仿佛想感受一下湍急的洋流。妖精号尽力了,它走得真不错啊。不需要解释,爸爸就知道他们也尽过力了,因此看上去他对他们都很满意。"你会成为一名水手的,儿子。"约翰把爸爸的话在心里重复了一遍又一遍,似乎那是一句神奇的咒语。后来,除了床铺旁的舷板外侧"哗哗"的激流声外,他又听到了另一种声音。满天繁星的夜空下边,爸爸站在驾驶舱里,一边抽着雪茄,一边吹着海风,然后愉快地唱起歌来。他的声音压得很低,一点也不像在唱歌,反倒像在哼哼什么。他哼的是什么呢?哦,是那首古老的航海调子。他们早在幼儿园里就会唱这首歌了。

  我要去里奥……我要去里奥……
  哦,再见了,我美丽的少女,
  我们将在里奥格兰德河相遇……

过了一会儿,他似乎忘了船舱里还有船员在睡觉,嗓门又加大了一些……

  一艘黑帆船啊,顺流而下,
  吹呀,呜呜的笛声,吹起来呀。
  一艘黑帆船啊,顺流而下,
  吹呀,孩子们,呜呜地吹呀。

这一段唱完之后,爸爸似乎完全忘了船上并非只有他一个人,竟然放开喉咙大声唱起来。他一只手掌着舵,另一只手夹着那支雪茄,红色的烟头伴着歌声在夜色中画着圆圈儿……

  站在黑帆船的船头上,我翘首遥望,
  快啦,快啦。

站在黑帆船的船头上，我翘首遥望，
　　好啊，快啦，黑帆船它快疾无双。
　　吹啊，孩子们，呜呜地吹啊，
　　哦，快看啊，加利福尼亚。
　　就在萨克拉门托的河岸上，
　　有人在传说，
　　那儿的黄金堆成了山。

　　突然，前舱出现一阵骚动。
　　"嘘！辛巴达，"约翰听见提提小声说，"没事的，那是爸爸在唱歌。"
　　"约翰，"苏珊低声说，"他觉得我们没有犯错吧。不然的话，他就不会那样唱歌了。"
　　"他很久都没有回家了，"提提说，"马上要到家了，所以他就唱了起来。"
　　罗杰一直没有从梦中醒来，其他人低声聊了一会儿，现在又睡着了。
　　夜里，罗杰突然醒了。不知道是什么东西，摸上去又凉又硬，正在轻轻地敲打着他的脑袋。哦，是一把平行尺。它从桌子上滑下来了，不知怎么竟然挂在他的头发上，头发被扯掉了好几根。他猛一激灵，完全醒过来了。他睁开眼睛一看，爸爸拿着一支手电，正在查看航海图呢。船舱里的灯光调暗了，爸爸看不清那个荷兰引航员在灯塔船图标旁边画的红色记号。
　　"对不起，伙计。"爸爸说。
　　"谁在掌舵呀？"罗杰问。
　　"这会儿它自己在走，没人掌舵。"
　　"我们是不是快到家了？"
　　"走一半了。不过海风减弱了。你再睡一会儿吧……"
　　"需要发动引擎的时候，喊我一声。"罗杰迷迷糊糊地说。
　　"我会的。"爸爸说。他把尺子放回罗杰头顶的架子上，转身走了出去。

　　一束金色的阳光穿过打开的水手舱口照进船舱。妖精号的船身时而跃起时而落下，那束阳光不停地闪烁跳动，一会儿跳到挂钟和气压计上，一会儿又溜进前舱，接着又钻出来，回到水手舱里。

"起床啦，来值班喽！"

天啊！天亮了……天已经大亮了，外边的阳光好晃眼呀。在船舱里值班的船员们一个个从床铺上一骨碌爬下来，学着辛巴达的样子，揉了揉惺忪的眼睛，纷纷嚷着肚子饿了。他们急忙穿好衣服，爬上了甲板。明媚的阳光下，湛蓝的大海仿佛是一块清澈的蓝宝石。朝远处望过去，那儿有一艘灯塔船。灯塔船的南边，一缕羽毛似的轻烟袅袅升起，说明那儿一定有一艘巨大的汽船。

"我们在哪儿呀？"约翰说。

"快接近沉船湾灯塔船了，"爸爸说，"喂，你们谁来掌一会儿舵呀？一直往前走，去灯塔船那儿。我去活动活动胳膊。早饭吃什么呀，苏珊？水壶还在炉子上吗？哈罗，小猫咪……饿了？"

"非常饿……你也饿了吧，辛巴达？"提提说。

"待会儿好好吃顿早饭吧，然后我们再把引擎发动起来，"爸爸说，"海风减弱了，已经有一阵子了。罗杰，你去给尾轴上点润滑油怎么样……"

"要过多久我们才能见到陆地？"苏珊问。

"要不了多久……如果发动引擎的话，我们就能更快见到陆地了。"爸爸离开驾驶舱，爬上了舱顶，他伸开胳膊，打了一个哈欠，"没错，就那样，约翰……抬高一点，让潮水带着我们走。"

提提下船舱去了，她要给饥饿的辛巴达喂食。罗杰掀开驾驶舱的地板，钻了进去，然后拧开尾轴的螺丝帽，就像吉姆一样，又给尾轴加了一些润滑油。苏珊点燃火炉，把水壶搁在火炉上，然后坐在水手梯上盯着它，以防水开了会溢出来。借着微弱的东北风，约翰驾驶着帆船往灯塔船方向驶去。现在船舵好容易掌啊！记得驾船往南走的时候，海上巨浪滔天，狂风肆虐，他拼尽全力才能稳住船舵。

妖精号快接近沉船湾灯塔船的船尾后，他们挤在驾驶舱里吃起早饭来。早饭丰盛极了。有可可汁、荷兰面包、英国黄油、牛肉罐头，还有从风磨坊带来的鸡蛋。如果船上只有他们几个孩子的话，苏珊就会凑合着做一顿早饭，只要把那些鸡蛋煮熟就行了。然而，她想起爸爸上次在家时的情形。于是，她把那口在大雾时充当雾钟的大煎锅拿了出来，摆在火炉上，把最后一勺黄油倒进锅中熔化了，然后在黄油里打了六个鸡蛋，接着又用叉子搅了搅，直到鸡蛋在锅中炸开，开始滋滋地往外冒起热气。爸爸坐在舱底，并没有注意到她在做什么。然而，早餐准备好后，她把装满可可汁的杯子递进船舱，又把五个煎蛋分别装进五只深口碟子里，爸爸马上哈哈大笑起来。

"我还以为明天才能吃到煎蛋呢，"他说，"没想到啊，今天就能吃到了。嗯，味道美极了。谢谢你，苏珊。"

驶过灯塔船的时候，他们和灯塔船上的值班人员打了招呼，彼此道了一声"早上好"，那些值班人员站在高高的船舷旁，望着这艘小帆船从船尾驶过去。

"天气不错呀，"一个人大声说，"横穿北海的时候，一切都顺利吧？"

"没出任何问题。"爸爸大声回答说。

"前天晚上可不像这样，天气糟糕透了。"那个人又说。

"还过得去吧。"约翰平静地说。

"出海的时候，你们看到这艘灯塔船了吗？"爸爸问，"你们一定是紧挨着它驶过去的。"

"我们当时只听见有人在说话，"约翰说，"这些灯塔船我们一艘也没见到，只在午夜见到了一艘。"

"雾太大了，什么也看不见。"苏珊说。

"只能看见浮标，"罗杰说，"差点就撞上去了。"

"那些灯塔船不停地鸣笛，我们听得很清楚。"提提说。

他们继续向前驶去。爸爸看了一眼航海图，对了一下挂钟上的时间，又翻了翻航海天文历，然后把航向稍微改变了一点。

"现在大概是半潮，"他说，"我们要让潮水带着我们进港。"

这时候，他们已经吃过早饭，沉船湾早就被远远地抛在身后了。

"过来，苏珊，"爸爸说，"我们在驾驶舱洗刷杯子吧。不过我们先得把引擎发动起来。"

是的。爸爸这会儿也有点着急了。不一会儿，引擎就"突突突"地响起来了，妖精号的尾浪突然拉长了，船头下方泛起一条细长的白色泡沫带，翻滚着伸向远方。

"不远了，"爸爸说，"谁先看见科克灯塔船，我们就奖给他一个先令。"

事实上，罗杰正要开口说话，他一只手抓住船舷，一只手指着前方。

"天啊,"爸爸透过望远镜看了一眼,惊讶地说,"没错。你的眼神太好了。好吧,谁先看见陆地,我们再奖给他一个先令。"

驶过科克灯塔船不久,他们很快就看见了陆地。这次他们几个都看见了,所以就齐声大喊:"陆地呵!"如果爸爸身上还有零钱的话,他现在唯一要做的就是挨个给他们发硬币。不过,爸爸身上没有多少零钱了,他们同意让爸爸在风磨坊换了零钱之后再给他们。现在,他们已经能看见波德塞高大的无线电塔了。又过了一会儿,哈里奇背后的烟囱也露了出来,接着菲利克斯托港口以北的悬崖也浮现在他们眼前。

"最好把检疫旗[1]升起来,"爸爸说,"我们必须接受海关检疫,因为我们出国了。"

"我去拿。"提提说。

"知道是哪一面旗帜吗?"

"当然知道,"提提说,"是那面黄色的。上次南希患腮腺炎的时候,我们升过那样的旗帜。"

她一溜烟爬下船舱,解开一捆信号旗,找到一面和黄鹂颜色一样的小方旗,然后又回到甲板上。约翰拿着旗帜,朝前甲板走过去。现在,它已经在十字桁上随风飘舞了。

"船头右边来了一艘船。"罗杰大叫。

"是一艘帆船。"提提也嚷了起来。

"有一艘拖船拖着它。"罗杰说。

从科克灯塔船旁边驶来一艘老式大帆船,这是一艘四桅驳船,船头有一艘拖船拖着它缓缓驶过浅滩。不久,它将扬帆驶往波罗的海。

"船上装满了货物,"爸爸说,"瞧,它的船舷离水面有多高啊。它将在伊普斯威奇卸掉船上的谷物。它从遥远的澳大利亚起航,绕过危险的合恩角,现在要回家了。"

"我们也到家了。"提提说,"哦,爸爸,我们到家之前妈妈会不会知道我们出海了呢?"

---

[1] 黄色检疫旗表明船上未发生疫病。

"说不准啊,"爸爸说,"已经过了两天两夜……那个小伙子,就是你们的朋友,也许跟你们的妈妈说了,他把你们弄丢了。"

他们远远地望着那艘驳船,心里既敬畏又担心。驳船上的水手站在帆桁上,打算降下那些白色的船帆。透过望远镜,他们可以看见它的名字——波美拉尼亚号。爸爸告诉他们说,这艘帆船来自波罗的海的玛丽港,那是一座海岛港口。他们还看见那艘灯塔船的红色船舷上写着几个白色的大字:科克号。科克号灯塔船的雾笛声曾经把他们吓坏了,他们就是从这里驶入了大海。他们还看见一些浮标,当时好险啊,差点就撞上去了。菲利克斯托的房舍越来越清晰了,长长的码头、护陆堤,一直伸向海边,还有哈里奇的教堂……他们一座接一座地驶过那些标记浅滩的浮标。经过科克灯塔船的时候,爸爸就把吊杆转过来了,现在他们正沿着海岸线驶往一只锥形大浮标,离港口仍然非常远。

"必须从那座浮标的外侧过去,"爸爸说,"那是比奇诺浮标……"

他们彼此望了一眼,上次见到比奇诺浮标的时候,他们心里不知道有多么害怕啊。

"当时雾好大呀,我们几乎直接撞上去了。"罗杰说。

"过了这座浮标我们才知道自己已经出海了。"约翰说。

他们匆匆驶往那座浮标,一路上没再说什么话。船上只有辛巴达没去想吉姆·布雷丁和妈妈……吉姆·布雷丁弄丢了船。如果他已经告诉了妈妈,不知道妈妈会有多么担心呀。谁也不敢想象。

"振作点,"爸爸最后说,"她昨天肯定收到电报了。"

"喵——"辛巴达大声叫唤起来,它还想再喝点牛奶。

第二十五章　糟了！船丢了两天！

　　吉姆·布雷丁醒来了。突然，窗帘拉开了，一束明亮的光线射进房间……他记得……有个人伸出胳膊搂住他的肩膀，另外一个人把枕头塞在他背后……膝盖上方摆了一张红色的小桌，桌子上放着一个托盘，盘子上盖着白布……手指间夹着一把勺子……一碗面包加牛奶……已经快空了……有人在喂他吗？他舀起最后一勺牛奶……碗底还剩一点牛奶。他用勺子在碗底刮了一下，然而，那点牛奶已经刮不起来了，他只好放弃，同时感觉身上非常疲惫。勺子从他手中滑落下来。有好几分钟，他几乎不知道勺子掉在哪儿了，他看了一眼小桌上的杯子，里边装着鲜黄色的液体。是生鸡蛋？是橘子汁？他伸出手，把杯子端过来，送到嘴唇边使劲儿嗅了嗅。天啊，头疼死了！不管了，管它是橘子汁还是生鸡蛋，他都要喝一口。他颤抖着手，斜过杯子，往嘴巴里倒了一口，然后咽了下去，下巴上洒了一点……他穿的是什么衣服呀？是白色的睡袍吗？吉姆看了看袖子，感到非常恶心。他可从来不穿这样的衣服呀。难道他变了一个人吗？连他自己也不知道？

　　门开了。一个护士急匆匆地走了进来。

　　"好多了，"她说，"哦。我把托盘拿走，你躺着别动，等医生过来再检查一下。"

　　吉姆瞪大了眼睛。医生？什么医生？房间里白得刺眼，到处收拾得干干净净。这到底是在哪儿呀？

　　"我在哪儿呀？"

"在医院里，"护士说，"你真幸运呀。医生说，你的脑壳挺硬的。现在不要说话了，一会儿有医生来看你。"

她走了。

吉姆这时候才发觉脑袋上缠着厚厚的绷带。他这是怎么啦？突然，他想起来了，他去码头上给妖精号买汽油。可是，当他……那是什么时候呢？码头上没有汽油。他乘坐一辆公共巴士前往最近的加油站。后来，他穿过马路，把油壶装满后，又搭乘另外一辆巴士返了回来。他还记得正当他要急着下车的时候，有个老太太从车上站起来，挡住了通道。后来……那是昨天还是今天早上呢？他隐隐约约地记得，有人在黑暗中说话，那一定是昨天了。他是不是在这儿躺了一整夜呢？

那些孩子独自留在妖精号上……哦，他的脑袋真疼啊。他们独自留在船上……一整夜……他跟沃克夫人保证过，他要好好照顾他们。

他掀开身上的毯子。护士又进来了。

"别、别、别，"她说，又把被褥给他盖上，然后替他把两侧拉紧，"你必须躺下，多休息一会儿。"

"我不能躺在这儿啊。"他焦急地说。

"医生马上就来了，"护士亲切地说，"他昨天晚上给你打了一针。你现在不能动，等他来了再说吧。如果发烧了，他会不高兴的……"

"可是……"

护士冲他笑了笑，关上门出去了。

他又是独自一人了。

他又把身上盖的东西掀掉了。哎呀，一秒钟都不能耽误了。他必须立即离开去看看那些孩子。他们无权阻止他。他尽可能麻利地小心挪下床。可是，房间为什么不能稳下来，为什么在打转儿呢？

"站稳了。"他小声对自己说，然后设法走到窗子旁边，向外边看了一眼。明亮的阳光照耀在街道上的红砖房上。他熟悉那条街道。他努力回忆这所医院的名字。"可是，我怎么会到这儿来呢？"他喃喃地说，"我的衣服哪儿去了？"

他摇摇晃晃地走回床边，伸手扶住床脚处的一根栏杆，栏杆上挂着一张卡片，上面印着一个红色的表格。他看了一眼上面的字："病人姓名……"有人用墨水这样写着："未知，水手？丹麦人？"接着，他又看见一行字："脉搏……"后面是一排数字；"体温……"，后面也是一排数字。接下来是"注明"，有人在下面写着："注射 A.2"，还有"安眠药，晚上 9 点"。然后，他又看见有人在卡片底部的"病人姓名"后边的空白处写了几个清晰的圆体字，他读了出来："会说英语。"

"嗯，我当然会说英语。"吉姆·布雷丁说。

房间里没有什么家具，只有一张白色的病床、一个洗脸盆、一个白色的床头柜，柜子上放着一个杯子、一瓶水，床头柜的旁边还摆着一张白色的椅子。他们偷走了他的衣服吗？紧接着，他在雪白的墙壁上看见一扇刷了白漆的小门，门上装有一把锁，锁孔里插着一把钥匙。他打开那扇小门，发现门后边是一个橱柜，里边装了一些挂衣钩，还有，哦，谢天谢地！——他的海靴，他的运动衫，他的法兰绒裤子，全都在钩子上挂着呢。

他一瘸一拐地走到房门旁边。门没有上锁，也许护士或者医生随时会来。他试图穿上裤子，却发现自己只能坐在椅子上穿。平时他穿裤子多快呀，左腿一蹬，右腿一伸，手往上一提，再把皮带系上，一转眼就穿好了。今天不知道怎么回事，他的一只脚很难伸进裤腿里，另一只脚似乎也不能保持住平衡。如果他抓住病床的栏杆，他就无法提起裤子了。最后，他只得坐在椅子上穿裤子。可是，这样穿实在太慢了。他必须尽快穿好裤子。

那个令人恐怖的白色睡衣很容易就脱下来了。然而，他的脑袋上缠满了白色的绷带，要把运动衫从头上套下去就不是那么容易了，这真是一件痛苦而漫长的工作！他的脑袋里边似乎有一把汽锤在狠狠地敲打。现在该穿海靴了。最后，当他把鞋跟蹬上去的时候，仿佛有人在他下巴上打了一拳。

他跟跟跄跄地穿过房间，走到门口，接着把门打开了一条细缝，一只手抓住门框，另一只手抓住门把手。他们无权把他关在这儿。他从来没有要求到这儿来。妖精号在港口泊了一夜，船上只有那些孩子。他凝神听了听，有人来了。门口传来脚步声，接着又走远了。他停了片刻，蹒跚着走出房门，那个护士拐了个弯儿，往右边去了。是的，往右边去了。那么，他就往左边走吧。他用一只手扶着墙壁，匆匆挪动虚弱的脚步，沿着长长的走廊向前走去。到了走廊的尽头，那儿有一个平台，平台下边是一段台阶，一直通向一个大厅。有人在大厅里说话。大厅的门大开着,灿烂的阳光如金色的水流,从门口涌进来。他听见一个护士在说:"如果你愿意等一会儿,我去把护士长叫来。"他模模糊糊地看见有人进了走廊,接着有一团白影飞快地飘了过来。那个护士向台阶这边走来了。过了一会儿,他感觉她马上要上台阶了,然而,她并没有走上来,护士长一定在一楼。现在,他的机会来了。他必须赶在护士和护士长返回之前爬下台阶,然后从大厅的门口偷偷溜出去。如果他的膝盖不发抖就好了。

他一步一步地挪下台阶,中途差点失去平衡,幸好一只手扶住栏杆,另一只手扶住了墙壁。他瞥了一眼右侧的走廊,看到走廊的长椅上坐着一个人,也许是一个病人,也许是个访客。那个人吃惊地瞪着他,仿佛觉得他是一个可怕的怪物,因为他的衣着看上去的确令人奇怪,上身穿了一件运动衫,腿上套了一条法兰绒裤子,脚上穿了一双海靴,脑袋上缠着绷带,绕了一圈又一圈,看上去活像个白色的大冬瓜。

他身后的水泥地板上响起了脚步声。护士长和护士走过来了。一刻也不能停留了,他急忙穿过大厅,从大开着的门口溜了出来。门外阳光太明亮了,像朝他脸上打了一拳一样,让他感到有些眩晕。他眨了眨眼睛,身子晃了晃。现在,他已经走到大街上来了。他一分钟也不敢停留,直接沿着街道向前走去。他仍然感觉十分虚弱,双脚好像是借来的,总是不愿听他的使唤。他转过一个街道的拐角,身后的医院已经看不见了。

这条街道一直通向菲利克斯托码头的主干道。他转了一个弯之后,正好前边停了一辆巴士,有人正从巴士下来。他挣扎着爬了上去。车厢里挤满了人。

"抓稳了。"售票员说。巴士又启动了,向菲利克斯托码头驶去。

吉姆摸了摸口袋。好极了,钱还在口袋里。他掏出一个便士,付了车费。

"很高兴见到你,还不算太糟吧?"售票员看着他,面带微笑,"比尔也会很高兴的。是的。他们对他说,要过很久你才能好起来……"

"比尔?"吉姆感到有些奇怪,他不知道这个售票员在说些什么。

"你撞了比尔驾驶的那辆巴士,"售票员说,"警察正在调查他,你得告诉他们,是你自己撞上去的。不是他的错。真幸运呀,你没把那辆巴士撞坏。他还是被叫去调查了。一开始他以为你会被撞死。看来他的运气差了点,没有把握好机会,他一点也没想到你会那样撞上去……"

过了一会儿，吉姆想起了港口里的妖精号，还有船上的四个孩子，售票员还在喋喋不休地给其他乘客讲述那场事故："他从我的车上慌慌张张地跳下去，手里还提着一只汽油壶，向右横穿过马路[1]。是的，他还没穿过去，就听见'嘣'的一声，撞到了对面开来的一辆巴士上，驾驶员是老比尔。他差一点就被撞死了，只差一点。老比尔的挡泥板上留了一个坑。看到他在马路上吐了一地，老比尔吓得脸色苍白，以为他要死了。这个年轻人躺在地上，一动不动，后来人们急忙把他抬到车上，送到医院里了。如果等到救护车来，他早就一命呜呼了。就像他们说的那样，结果好，一切就好。他的胳膊和腿都还好好的，身体又恢复了……到站了……菲利克斯托码头……没错……沿着那条路直走，前边就是渡口……不用谢，夫人。再过十分钟我们就发车……谢谢……"吉姆下车的时候，他帮忙扶了一把，"祝你愉快。你安全了，这是终点站，这次老比尔的车撞不到你了。"

吉姆尽可能快地穿过码头旅馆前的那片宽阔的广场。妖精号还停在那儿吗？他提着油壶上岸的时候，透过那些栏杆，可以清清楚楚地看见它。他急忙绕过船坞办公楼，沿着那段短小的突堤走过去，几乎没有注意到码头下方停着一艘前往哈里奇的渡船，一群旅客正在排队登船。他避开一辆轨道卡车，接着又绕过一个高高的煤堆，然后抬起头，向港口对面望去。他望了一眼，又望了一眼。

妖精号不见了。

吉姆用手扶着堤沿上的一根系船桩，站稳了身体。它一定去了别的地方吧。他越过哈里奇镇，朝卫士浮标那儿望了一眼，希望能在那些渔船中间找到妖精号。接着，他又抬头看了一眼奥威尔河的河口。雪特里沙嘴那儿只有几艘驳船，一艘帆船也见不到。那么，它会不会去了斯陶尔河的河口呢？那儿停着一艘港务局的汽船、一艘挖泥船，还有一艘白色的大游艇，可是，他连小帆船的一点影子也没见到。

妖精号不见了，仿佛从没有在那儿停泊过一样。

吉姆一摇一晃地返回码头。渡船马上就要出发了，准备前往哈里奇镇。

"等一等。"他大声叫喊，然后步履不稳地爬下通向码头的台阶，接着登上了船。哈里奇的港务局长应该知道妖精号去哪儿了。然而，一个可怕的念头又在

---

[1] 英国行人靠左走，与东方人的习惯不同。

他疼痛的脑袋里浮现出来。它是不是被撞沉了？会不会有一艘驳船在夜晚把它撞沉了？约翰点亮系泊灯了吗？船上还有煤油吗？他一屁股坐在座位上，小渡船"呜呜"地穿过港口的时候，他一刻不停地向四周张望。渡船上的大副过来查票了。他还没有购买船票，不过幸好那个人认识他，要他去渡船的另一头买一张船票。

"打架了？"那人看着他头上的绷带问。

"见到妖精号了吗？"吉姆问，"我昨天早上在沙洲附近抛的锚。"

"我昨天没有值班，"那人说，"它今天不在港口里……嗨，鲍勃，见过妖精号了吗？一艘小快帆船，昨天停在沙洲那儿。"

"从来没有见过它。"船老大说。

吉姆感觉自己的脑袋"轰"的一声要裂开了。他们怎么可能没有见过它呢？没有必要和他争论，他已经不想再说话了。港务局长一定知道。小渡轮"突突"地横过港口的时候，他抬头看了看奥威尔河和斯陶尔河的河面，希望能看见妖精号的白色船舷、低垂的桅杆，还有它远近闻名的褐红色的船帆。那个叫约翰的孩子绝对不敢一个人升帆。他肯定知道，只有等待帆船的主人回到船上，否则他们什么也干不了。吉姆自己曾对他们说，只让他们等十分钟，然而，一天已经过去了……他们等了好久了……还会等下去吗？……哦，如果脑袋不疼了该多好啊！那样他就能"想一想"了。

小渡轮驶入哈里奇的小码头后，吉姆爬下渡轮，准备去岸上。他登上通往突堤的木梯，走向港务局长的办公室。

港务局长坐在办公桌后面，一抬头，看见他摇摇晃晃地走了进来，于是哈哈大笑起来。

"你把脑袋包那么严实干吗？有人用穿索针打破了你的脑袋吗？"

吉姆这会儿可没有心情开玩笑，他也不想解释他的脑袋是怎么打破的。

"知道妖精号在哪儿吗？"他问。

"妖精号？"

"我的小帆船。狗牙草型小帆船。总重七吨，在泰晤士注册，载重4.86吨，注册号为16856。"

"是周二从多佛过来的那艘帆船吗？"港务局长问。

"不，不，不，"吉姆说，"我后来又驾驶着它从风磨坊驶往雪特里，昨天早上把它停泊在沙洲附近,后来我就上了岸……"

"船上有人吗?"

"有四个孩子。"吉姆焦急地说。

"我记得那艘船,"港务局长说,"不过那应该不是昨天,昨天沙洲附近没有帆船。那是前天的事了。你那天晚上在雪特里突堤附近下了锚。第二天清早,我看见你们下水游了一会儿泳,然后你们很早就往港口下游走了。风停之后,你们在菲利克斯托码头抛了锚。后来就起雾了。那可不是昨天,那是前天的事了……"

"前天……"吉姆重复了一遍,"起雾?可是当时没有雾呀?"

"没有雾?"港务局长大笑起来,"前天退潮的时候,起了一场名副其实的大雾,大白天四周一片漆黑,都快赶上黑夜了。到了晚上,又是刮狂风,又是下暴雨,别提有多吓人了。怎么?你一点都不知道吗?"

起雾了,而且刮了一夜的狂风。他一定在医院里住了两天,而不是一天。

"我被车撞了,"吉姆说,"我一直在住院。妖精号究竟在哪儿呢?它遇上什么事了?大雾散了之后,它去哪儿了?"

"大雾散开之前它就离开了,"港务局长说,"那天晚上我在港口里巡视了两趟,那个地方根本没有任何船只。起雾之后,他们可能担心撞船,也许摸索着驶往上游河道了,或者去了菲利克斯托码头。你还没有去那儿看过吧,是不是?"

没有。他的确没有,虽然他的眼睛已经把整个港口搜索了一遍。他记得码头最上方曾经停泊着一些小帆船。那儿经常会有帆船下锚,可他一直没有想过去那儿看看。

他一点也不记得自己是怎么离开港务局长办公室的,只记得当时办公室里响起一阵吵人的电话铃声。他又回到小码头上,买了一张船票,及时登上小渡轮。

"找到船了?"大副问。

"没有,"吉姆回答说,跟着也问了一句,"那场大雾……是什么时候的事呀?"

"前天。"大副说。吉姆听了心里有些难受,叹息了一声。他真在那间白色的病房里待了两天两夜吗?这两天会发生什么事呢?没有小舢板,他们不可能上岸。他们会不会向另一艘船呼救,然后被那艘船拖回风磨坊了呢?会不会被拖进了船坞？哦，糟糕！他曾经保证过，他们昨天就该回去的。如果他们不在船坞，也许会回风磨坊了吧？在大雾天里，什么事情都有可能发生。

渡轮驶过菲利克斯托码头突堤的外端时，吉姆看了一眼停泊在码头远处的一排小帆船。妖精号不在那儿，不过他却看见了他那艘黑色的小舢板——淘气鬼号——拴在一根铁链上。一定是有人替他把它系在那儿了。他上了岸，迈着蹒跚的步子爬上台阶，他要去见见码头负责人。

"你知道我的船去哪儿了吗？我的妖精号，七吨的小帆船？昨天它在沙洲附近停泊着……不，不……是前天……"

"起雾前……我见过它，"那个负责人说，"那是一艘白色帆船，舷弧后边装有斜帆。是的，大雾上来之前我见过它。可是它第二天早上就不见了。也许你的船员们沿着河道往上游走了。"

"可船上只有几个孩子呀。"吉姆焦急地说。

他该怎么办呢？打电话给沃克夫人？不好，如果妖精号在风磨坊呢？如果它不在那儿，那就更糟糕了，糟透了。不行，他不能打电话。他必须亲自去告诉沃克夫人……现在就动身……可是，风磨坊在河对面的雪特里那一侧。他的小舢板就在这儿……不管怎么样，他都要划船过去，妖精号一定在那儿。他急忙走到船坞的尽头，抓住淘气鬼的缆绳。没错，那是他唯一能做的事情了。他不能一直划过去，那样太费时了。他可以先划船去雪特里，然后把淘气鬼停在岸边，再搭乘一辆巴士，沿河岸去沃克夫人那儿，给她解释一下他当时为什么会把他们独自留在船上。

他解开淘气鬼的系泊缆，把船桨搭在桨架上，慢慢地把船划出船坞。每划一下船桨，他的脑袋就会剧烈地疼痛一下，仿佛就要裂开似的。

这将是一次漫长的旅行，即便只是去雪特里。好在已经涨潮了，潮水可以推着他前进。耀眼的阳光照在水面上，光线反射上来，晃得他睁不开眼睛。他回头看了一眼，如果要去雪特里，他必须在船尾方向的陆地上找准标记，这样才不会划偏。可是，他究竟该如何给沃克夫人解释呢？

"啊嗬唷！"

身后传来一阵呼喊声。他停下手中的船桨，环视了一圈。一艘快艇向他驶过来，船头激起高高的水浪。海关巡逻艇。他认识那艘巡逻艇，也认识艇上的海关官员。

"啊嗬唷！你在寻找你的船吗？港务局长让我们转告你。科克方向驶过来一艘小纵帆船……"

"科克？"

"是啊……瞧，它过来了，就要过护陆堤了。"

那个人往大海方向指了一下。吉姆看见护陆堤的外侧果然有一艘白色帆船，它张着红色的三角帆，正往比奇诺浮标方向驶来……一刹那间，他已经意识到那是谁的船了。

"谢谢你们。"他一边大声道谢，一边掉转船头。不一会儿，那艘巡逻艇"嗖嗖"地开走了，船尾掀起一片白色的飞沫。

怎么会从科克方向过来呢？难道是来自外海？可是，谁把它借走了？谁敢把它开出海呢？船上的船员们怎么样了？没有必要猜了……他的脑袋已经转不动了。那艘帆船的确是妖精号，它蜿蜒穿过外海的浮标，正往这边驶来。吉姆拼命挥舞手中的船桨，不顾一切地迎了上去。

第二十六章 "没什么好申报的!"

"比奇诺到了。"

他们从那座浮标旁边驶过的时候,看见了它的名字。和他们上次看见它比起来,完完全全是另一种感觉了!当时一切都糟糕透了,现在一切都顺顺当当,全都反过来了。有了爸爸在船上,还会出什么岔子呢?瞧,他这会儿正在收拢主帆索呢。

"准备好了吗?"他问,"好的。我来拉后支索。约翰,你马上把船头转过来。"

约翰把舵柄往上一扳,吊杆横了过来,妖精号向港口驶去。只过了片刻,前桅帆的帆索就收好了。

"右舷船头方向有一艘巡逻艇,"罗杰大声喊,"它已经开过来了,速度好快呀。"

"你们从哪儿来的?"

爸爸准备开口回答,但他犹豫了一下,看了一眼约翰。"你来说吧,船老大,"他平静地说,"我只是船上的乘客……"

"弗利辛恩。"约翰大声回答说。

"什么?"那个人似乎没有听清。

"弗利辛恩,"约翰大声说,"荷兰……"

"我们一会儿登船检查……你们去雪特里吗?"

约翰看了一眼爸爸。

"告诉他们，你会去雪特里沙嘴，然后沿着河流往上游走，去风磨坊。"

"我们要去雪特里沙嘴。"约翰回答说。

"好的，我们一起过去，马上给你们办理入关手续……"巡逻艇转了一个弯儿，离开了。然而，咆哮的引擎声又折返回来了，他们听见那个人又在大声叫喊。巡逻艇的引擎轰鸣声，加上妖精号的小引擎发出的"突突突"声，他们只听见那个人最后说的几个字，可这几个字已经足以让他们担心了——"有人在寻找你们"！

他们忧心忡忡地互相看了一眼。谁在寻找他们呢？是吉姆还是妈妈？他们仿佛看见妈妈心急火燎地一个地方一个地方地寻找他们，每碰到一个人，她就会问他是否见过一艘小纵帆船，船上有四个孩子。最糟糕的事情已经发生了。

罗杰又叫喊起来："前边有一艘船……"然后他又说，"喂，那是哈里奇吗？船上有个当地人……戴了一顶无檐帽。"

他们现在已经进入沙嘴了。妖精号先驶过一架停在水面上的水上飞机，又驶过菲利克斯托码头一侧的吊架。他们一直在盯着那艘海关巡逻艇，所以一开始他们并没有注意到水面上有一个黑色的小点。现在它已经靠得很近了，它是一艘小舢板，上面坐着一个人，正逆着潮水拼命往这边划过来，水面上翻飞的船桨不断激起亮闪闪的水花。嗯，罗杰说得没错，那个人的脑袋上的确戴着一顶白色的无檐帽。

"那是淘气鬼号，"约翰嚷起来，"船上的人是吉姆·布雷丁。"

"是吉姆。"与此同时，提提也叫了起来。

"他为什么要戴一顶无檐帽呢？"罗杰问。

"啊嗨唷！啊嗨唷！"他们一起大声喊起来。

那顶随着船桨翻飞而左右摆动的白色无檐帽突然静止不动了。吉姆回头看了一眼，接着又猛划一下船桨，掉转了小舢板的船头。

"他就是那个把你们弄丢的家伙？"爸爸问，"依我看，他好像遇上了麻烦。有人把他的脑壳敲破了。"

"他可能刚游过泳，头上包了一条毛巾。"苏珊说。

"他想把头发弄干。"提提说。

"我觉得我们最好过去接他吧。罗杰，关掉引擎。我们去接他上船，行不行，船老大?"

约翰点点头。他现在已经知道该怎么停船了,再来一遍就更熟悉了。罗杰已经下船舱去了,不一会儿,引擎停了。妖精号只升了一张船帆,慢慢滑向吉姆的小舢板。爸爸拽了一把右舷支索帆的帆索,船帆横了过来。接着,他又拽了一把主帆索。"让船头迎着风。"他说。约翰把船舵扳平,妖精号掉了个头,开始迎风而行,不过并没有走多远,因为支索帆一旦逆风之后,就会把船往后拉,所以支索帆和主帆使劲儿的方向正好相反。妖精号几乎不动了,它停在水面上,在潮水中缓缓漂移。就这样,船停住了。再过一会儿,如果又有引航员来登船的话,这次约翰就不会紧张了,他已经知道自己该怎么应付了。

吉姆划着淘气鬼号靠近了。他看上去疲惫不堪,似乎非常高兴,但又有点迷惑不解。妖精号上站着一个身材瘦削、面色黝黑的成年人。那个人接过他递过去的系船索,在手腕上绾了两圈,然后在系船柱上打了一个双结套。这是谁呢?他又看了看其他人,四个孩子都在船上,一个也不少。他们能够看得出来,他似乎在说:"你们为什么要把我的船劫走呢?"于是,他们七嘴八舌地给他讲了事情的经过。

"我们本来不想出海的……这是我们的爸爸……我们把你的船锚弄丢了……还有锚链……我们在大雾里边漂了很远……回不去了……你知道,你说过那儿有'巡岸鲨',要避开他们……可是,你的脑袋怎么啦?……快点,爸爸,他受伤了……"

沃克中校立即伸出手,牢牢抓住吉姆的胳膊,希望帮他爬上船。过了一会儿,他们又往后退了一点,不然就会把淘气鬼撞翻了。吉姆终于安然无恙地爬上船了。他感觉有点头晕,眼前发黑,"扑通"一声跌坐在甲板上。

"没事的,老伙计,别说话。时间多着呢。苏珊,去把支索帆的帆索解开。让船帆转向下风,约翰。"

妖精号扬起船帆,继续向港口进发,船尾拖着那艘黑色的小舢板,就和他们从风磨坊出发时的情形一样。然而,吉姆·布雷丁仍然坐在驾驶舱的地板上。他双唇紧闭,看上去十分难受,他已经不是他们所认识的那个动作敏捷、做事风风火火的船老大了。

"他可能休克了,"爸爸说,"别去碰他,也别和他说话。"可是,他自己却忍不住问了一个问题，"我妻子知道吗？"

吉姆不解地看着他。然后，他的嘴唇动了动，"我还没有告诉她，"他有气无力地说，"他们把我送进医院。我今天早上才溜出来……"

"谢天谢地。"爸爸长舒了一口气。

压在他们心口的一块大石头终于被搬开了。妈妈可能会非常担心他们，可她毕竟还不知道最糟糕的情况。然后，他们又想到了吉姆。他住院了？他怎么了？一定遇上了大麻烦。

"依我看，他应该去躺一会儿。"苏珊说。

"好主意，"爸爸说，"别着急，会好起来的。"

吉姆扶着水手梯，一级一级地挪了下去，然后爬上约翰的床铺，躺了下来。苏珊在他的脑袋后面塞了两个软垫子。

"我休息一会儿就好了。"他说。

"我们把他的船锚打捞上来怎么样？"约翰说，"我知道在哪儿，我们就要路过那儿了。就在那边。码头的正对面。"

"我们先回去跟你们妈妈说一声吧，"爸爸说，"船锚等等再说吧，吉姆也不会急着要它。"

于是，妖精号继续前进，继续往宽阔的港口上游驶去。它先驶过卫士浮标，接着又驶过另外一座标志着雪特里角末端的浮标。现在它正朝奥威尔河的雪特里岸边滑过去，那儿泊着五六艘小驳船，全都下了锚。

"用钩杆挡住那些船的前舷吧，"爸爸说，"缆绳呢？那一截升降索没什么用。"

"我们找不到别的东西了。"苏珊说。

爸爸把脑袋探进水手舱，"你的小锚有锚缆吗？"他问。

"在船尾的柜子里。"吉姆说。

不一会儿，爸爸就找到了柜门的门闩，打开一个他们从未注意到的储物柜，它紧挨着尾甲板。

"难怪我们找不到呢！"看到爸爸拿出一盘粗壮的椰树纤维缆索，苏珊恍然大悟地说。这根缆绳太粗了，即使是一艘比妖精号更大的船只，它也能轻轻松松地拉动。

爸爸抓着那盘缆绳，走到船头。他先把那小锚的锚柄拉出来，然后又把缆绳系在锚柄上。约翰在船尾一边掌舵，一边瞭望，忙得不亦乐乎，生怕会出什么差错。过了一会儿，支索帆嘎吱嘎吱地落下来，三角帆也卷了起来，爸爸回头看了一眼说："都准备好了。"听上去像是在等待命令似的。

吉姆已经回到船上了，如果约翰继续担任船长的话，似乎显得不大合适了。然而，吉姆现在待在船舱里，两个护士小姐正忙着照顾他呢。其中一个当然是苏珊，另外一个是提提。苏珊觉得吉姆可能需要喝水，所以就下去给他烧水喝。提提走到吉姆面前，怀里抱着那只让吉姆感觉莫名其妙的小猫，打算给他说说小猫是怎么得救的。那天上午，吉姆有好几次怀疑自己是不是得了失心疯。在他看来，也许只有妖精号上的这只小猫能够解开所有谜团。有那么一会儿，约翰往船舱下边瞄了好几眼。他看见那颗戴着"白色无檐帽"的脑袋正靠在一块红色的垫子上，苏珊站在一旁，手里端着一杯水，提提抱着辛巴达，慢慢地，小猫爪钩住吉姆的运动衫，吉姆看着那只小猫，有点迷惑不解，伸出一只手摸了摸小猫身上柔顺的细毛。不行，不能等吉姆上来了，很明显，现在该由约翰发布抛锚的命令，而且只能由他一个人发布。约翰看了看最近的那一艘驳船，心里盘算了一下还有多远能靠岸，然后掉转船头，让船身转向逆风。

"抛锚！"他叫了一声。

哗啦！船锚被抛入水中。

他们刚把主帆降下来，就看见海关巡逻艇飞一般地向他们驶来。

"等一等，我把防撞垫拿过来。"约翰大声叫喊。

"别担心，我们不会撞到你们。"巡逻艇上的人一边说一边指了指艇身一侧挂着的一张巨大的缆绳护舷垫，比较起来，妖精号的防撞垫就像小孩的玩具。

巡逻艇朝他们缓缓滑过来，引擎还在不停地轰鸣。接着，一个海关官员跨过船舷，爬了上来。

"我们刚抛锚，还没把船顺好呢，"沃克中校平静地说，"他们把锚缆弄丢了……"

"丢了锚缆……"天啊，爸爸说得多轻松呀，听上去就像一件再平常不过的事情。可是，当时不知道有多紧张啊。锚缆呼呼地穿过导链孔，几乎快磨得冒烟了。为了阻止它继续滑落,约翰试图用脚踩住它,可一只脚刚踏上去,他就重重地摔了一跤。

"没关系的,"那个海关官员说,"我们的船不会和你们拴在一起。上来吧,乔治。"

一个年轻的官员爬上船,手里拎着一个皮箱。

"快出来呀,苏珊,"爸爸喊道,"给我们让点位置,我们要用船舱下边的小桌……不,不,病人别乱动。"看到吉姆·布雷丁挣扎了一下,似乎想坐起来,他连忙加了一句。

苏珊钻出船舱,进入驾驶舱。提提本来也想出来,可转念一想,不如去前舱算了,于是她抱着小猫,钻进了前舱。罗杰站在前甲板上,急忙从前舱口钻了下来,他可不想错过任何事情。他从舱口爬下来的时候,两条腿吊在半空,无助地晃来晃去,幸亏提提眼疾手快,一把抱住他的双脚,然后把它们引到一个蹬脚处,他这才爬了下来。

"请吧。"爸爸说。两个海关官员进入船舱,爸爸紧随其后。"你也下来吧,约翰。"他喊了一声。

"他们告诉我说,你的脑袋碰得可不轻,裂了一道大口子。"那个年长的海关官员对吉姆说,"我们只是听说菲利克斯托码头上有巴士撞了人,不过还不知道撞的是你。谁把你的船开到荷兰去呢?"

吉姆这会儿头晕得厉害,说不出话来。

"没事的,老伙计,"爸爸说,"我们来说吧。"

"我们本来没打算出海的。"约翰说。

"你们是海盗,"那个海关官员说,"没错,这是海盗行为……哦,谁能想到呢……哈里奇港竟然会有海盗出没……如果船主想起诉的话……"

两位海关官员坐在餐桌后边的左舷床铺上。爸爸坐在他们身旁。约翰坐在水手梯的梯脚下。苏珊站在驾驶舱里,朝下望着他们。罗杰和提提站在前舱门口处,一边全神贯注地听他们说话,一边目不转睛地盯着他们。

"是的,"第二个海关官员说,"这是海盗行为,如果船主想起诉……"

"喂,"提提插了一句,"我们真的是海盗呀……从来没想到啊,不过你们当然不会弄错……我们会被人吊在行刑台上吗?身上拴着铁链子……在海风中荡来荡去。哦,依我看,吉姆,你快去起诉我们吧,南希一定开心死了……"

海关官员们哈哈笑起来。"我们来谈谈正事吧,"那个年长的官员说,"海盗们,或者水手们……你们有什么东西要申报吗?"

"没什么好申报的,"爸爸说,"哦,想起来了……有五双木屐……一个荷兰娃娃……一盒荷兰雪茄……我已经抽了几支……你们也来一支?还有一只小猫……国籍不明……把那些纪念品全拿出来吧,提提。"

他掏出那盒雪茄,摆在桌子上,提提和罗杰则把布莱基特的玩具娃娃和五双木屐抱了出来,全都摆在桌子上。接着,提提还把辛巴达抱了过来。

"它是个可怜的水手,"她说,"它的船失事了,我们在海上救了它。"

"最好把鞋子穿上,这样我们才不会收你们关税。"另外一个海关官员一边说,一边擦燃火柴,给自己点上一支雪茄,然后又给他的上司也点了一支。

"这个荷兰小美女是谁的?"那个年长的官员说。

"是送给布莱基特的,"约翰说,"我们的妹妹,她在家待着。"

另外一个海关官员推了推小娃娃的后背,想瞧瞧它的眼睛会不会闭上,可它们并没有闭上。他打开随身携带的皮箱,皮箱里塞满了各种印制表格。

"给我们看看行船证吧。"他说。

"它们放在苏珊床下边的抽屉里。"

罗杰早就跑过去把抽屉拉开了,然后递过来一个大信封。一个海关官员从信封中抽出几份文件,展开之后,低头认真看了起来。接着,他抬头看了一眼对面的吉姆·布雷丁。

"谁是船主?"他问。

"我是。"吉姆说。

"谁是船老大呢?这个问题很重要哦。你们回来之后船主才上船的。"他看了一眼爸爸,可爸爸摇了摇头。

"我不是船长……我只是顺路搭了一程。如果你愿意,就把我看作是甲板水手吧……他才是船老大。"

两位海关官员一起盯着约翰。

沃克中校从口袋里掏出自己的护照,递了过去。

"我们听说你要过来了,先生。"那个年长的海关官员一看到护照上的名字,立刻说道。

"是的，"沃克中校说，"我和儿子正好顺路，从弗利辛恩回来。他是船老大。"

"船是爸爸开回来的。"约翰说。

"那也是奉命行事呀。"爸爸说。

"可是，到底是谁把船开到荷兰去的呢？"

"是我们，"约翰说，"可我们根本没有打算出海。我们保证过的……"

"你们四个孩子驾船横穿北海去荷兰？前天晚上你们在哪儿？"

"在海上。"约翰说。

"上帝保佑。"那个年轻的官员说。

"太让人震惊了。"那个年长的官员说，约翰感觉他的手被狠狠地握了一把。

事实上，爸爸的脸上并没有露出任何笑容。然而，他们四个孩子却能感觉出来，他的心里一定很高兴。

那个年长的海关官员从皮箱中抽出几张表格，然后把一张复写纸夹在两张表格之间，开始填写那些表格。

"你站过来吧。"说完，爸爸挪开一些地方，让约翰站在自己和那个年长的海关官员之间。那个海关官员手里握着一支复写铅笔，正在表格的空白处用力填写。

无疫入港许可证

  兹证明，我已检疫（"先生，叫什么名字？""约翰·沃克。"）约翰·沃克先生，妖精号帆船船长，近期从弗利辛恩返回，口头询问该船长后获悉，船只航行期间，船上无人感染疫病，船只无须隔离，可自由行驶。（"船上有人患上传染病吗？""没有。"约翰回答说。"苏珊晕船晕得很厉害，"罗杰说，"可能是提提传染给她的。""我们不记录晕船，"那个海关官员说，"前天晚上无人遇险……"他在填写最后一个空。）本人于哈里奇出具该证明……日期……（"今天几号，乔治？"）签名……（他写上自己的名字。）

              海关税及货物税缉私官

"这张给你，船老大。"说着，他把那张表格递给约翰，然后又把复印件放进皮箱收好，"你们已经检疫过了，你们可以想去哪儿就去哪儿了。我不知道你们的船主会对你们说什么，你们私自把他的船开到大海对面去了，不过这个我们管不着，那是他自己的事了……祝你愉快，中校。要不要我去对他们说一声，你到了雪特里？"

"我到风磨坊后会打电话的，"爸爸说，"不过，喂，年轻人，"他转身看着右舷床铺上戴着"白帽"的船主，"你不是说你被医院关起来了吗？如果他们发现你不见了，一定会急得像热锅上的蚂蚁，你最好给他们捎个口信过去，否则就会闹出乱子。我觉得他们很值得同情。"

"你能转告他们我正待在我的船上吗？我晚点再去解释好吗？"吉姆说，"我现在不想回那儿去……"

"我们马上就给他打电话，"海关官员说，"告诉他们说，你已经康复了。"

海关官员和他们握过手后，从水手舱口爬了上去。除了吉姆之外，他们大伙儿都爬上了甲板。海关巡逻艇泊在船舷一旁。那两个人跳上巡逻艇，冲他们挥了挥手上的雪茄。巡逻艇又启动了，往哈里奇方向驶去，船尾掀起一大片白沫。

"没事了！"爸爸说，"现在该去给你们的妈妈报平安了。"

吉姆从水手舱的舱口探出缠满绷带的脑袋。

"我不知道如何向沃克夫人解释，"他沮丧地说，"我给她保证过，要照顾好他们。"

"你不用解释，我们来说吧，"爸爸说，"谁也没有被淹死。"

第二十七章 盘 缆 ⚓

海关官员们走了。这艘船已经检疫过了。约翰降下那面黄色的检疫旗，转身把它递给了提提。提提又把它装进信号旗袋子，然后放回原处。

"喂，"爸爸说，"潮水转向了。船往河流上游走不动了。风势也不强，吹不动船帆，现在船帆用不上了。既然大家都在，那我们就来一次进港大清理吧。"他拉了一把主帆上的帆布，"像骨头一样干燥。我们把帆罩盖上。不用，吉姆。我们来吧。你去躺着，这些都交给我们做。"

每个人都忙碌起来。苏珊和提提爬下船舱，把船员们的东西通通塞进一个上岸用的大背包。爸爸摊开船首三角帆，重新把它卷好，接着又爬上船首斜桅，在桅杆上套了一个轮胎。约翰把支索帆拖到前甲板上收好。接下来，他们大家又一起动手，把主帆一点一点地从吊杆上取下来，然后整整齐齐地把它叠了起来，帆面上连一条褶皱都看不见。接着，他们又把长长的绿色帆罩拖过来，把主帆罩了起来，以免它会受潮，影响下次使用。

"驳船晃起来了，"苏珊说，手中提着一个鼓鼓囊囊的背包，"对不起，罗杰。"她差一点踩到趴在地上的罗杰，他正在忙着拧紧尾轴上的润滑帽。

那些驳船的船头不再一律指向河口的下游。有的船头指着这个方向，有的指着那个方向，开始慢慢地打转儿。妖精号也跟着它们转动起来。最后，所有船只的船头都指向了河口的上游。潮水转向了，风几乎全停了，水面平得像一面镜子，驳船的倒影在水面上轻轻摇曳。

"喂，船老大，"爸爸说，"可以出发了吗？"

"我们准备好了。"约翰说。

罗杰又用扳手拧了一圈润滑帽，然后从地板上爬了起来。

"你脸上沾了好多润滑油脂。"苏珊说。

罗杰抓过一团废棉球，擦了擦脸蛋。

"越擦越糟糕。"苏珊说。

"你做饭的时候不会沾油吗？"罗杰问。

听他这样一说，苏珊"咯咯"笑起来，忘了罗杰脸上的油脂。

"没错，罗杰，"爸爸说，"她是厨师，你是机械师，都会沾上油渍，避免不了的，不可能一滴油都不沾。"

他爬下船舱，发动了引擎。

"引擎启动的时候，你还能用火炉吗？"他站在水手梯的脚下，"突突"的引擎声在他耳边响起。

"我昨天晚上用过一次。"苏珊回应说。

"是的，你用过，"爸爸说，"我们邀请妈妈和布莱基特来船上吃饭怎么样？如果船主不介意的话。"

"你觉得他们会来吗？"吉姆有气无力地说，"我一个人离开船，给大家造成这么多麻烦。"

"都过去了，"爸爸说，"她们当然愿意来。你不该上岸的，这是你犯下的唯一错误。船长不许离开船只……没有一位大副口袋里装有船长证书……你应该派约翰去买汽油……不过，"他停顿了一下，看了一眼吉姆头上的绷带，"我很高兴，你没有让他去。引擎不错呀，运转很正常，不是吗？的确很轻便，只要一起锚，我们马上就能到家了。"

他钻出前舱口，爬上前甲板。约翰看见爸爸往上拉锚缆，就急忙跑过来帮忙把缆绳盘起来。

"锚被绊住了，"爸爸说，"去驾驶室看看，告诉机械师把船往前挪动半个船身。"

罗杰把变速杆往前推了一下，引擎的噪音立即变了。"哐当！"斜桅支索下边传来一声巨响，他们看见船锚已经被拉上来了，落在甲板上。妖精号又启程了。

现在，爸爸来到了船尾，"你们去把前甲板上的河泥冲洗干净好吗？"他说，"准备迎接访客。别太担心做饭的时间，苏珊。沿河道直接往上走，约翰。靠左舷驶过那座黑色浮标。我下去和吉姆聊几句。"

"可是……"约翰接过舵柄说。

"就这样往前开，船老大，"爸爸说，"如果你只靠船帆就把这艘船开到荷兰，你当然也能利用引擎把船开到上游去。"

"突突突——突突突——突突突——"船上的小引擎卖力地工作着。妖精号迎着退潮，沿着河道往上游缓缓前进。约翰站在驾驶舱里，双手稳稳地掌着舵柄。三天前他在干什么呢？想起来了，三天前他们刚刚登上妖精号，正好经过这一段河岸。他当时站在甲板上，时刻等待船长的命令。真是难以置信呀，现在已经完全不同了。他去过荷兰，而且还顺利返航。爸爸和吉姆待在船舱下边，吉姆躺在床铺上，爸爸坐在他对面，正在抽他的荷兰雪茄。他们看上去对甲板上的一切毫无兴趣，把整艘船都托付给了他，仿佛已经把他当作一个航行了一辈子的老水手。

苏珊还记得约翰爬上颠簸的甲板时的恐怖经历。多么难以置信呀！她现在仍然站在同一艘船的甲板上。她用一根系索绑上一只水桶，接着把水桶抛过船舷，打上来一桶河水，准备冲洗甲板上的污泥，那是小锚从奥威尔河底带上来的河泥。提提拎了一根拖把，从甲板的一侧绕过来，时不时地甩一下手中的拖把，一连串的水珠飞溅出来，在阳光下形成一道道美丽的彩虹。罗杰还在拨弄油门杆，希望把引擎运转的最欢快的节点找出来。天啊，当他回到学校以后，他要给他那个喜爱机械的朋友讲述多少有趣的故事呀！

这时候，苏珊从前舱口爬下了船舱。几分钟后，她已经想好要做什么饭了，后来她又顺着水手梯爬了上来，点燃了火炉。

"无论如何我们都要喝茶吧，"她说，"想喝酒的可以喝格罗格酒，另外还有一大瓶腌肉，我们一直都没有发现。吉姆说，他最想吃的就是腌肉了。我还想热点豌豆罐头。"

"我们还有一大块荷兰面包呢，"罗杰说，"还有十一个橘子，还有这么多，怎么吃得完呀？"

拖过地之后，提提把拖把放回原位，然后坐在舱顶上，看着缓缓后退的河流，妖精号驶过时激起的一阵阵涟漪，还有穿过水面的河岸倒影。河湾处的浮标上立着一只鸬鹚。它时不时地拍拍长长的羽翼，看上去就像一只凶猛的德国苍鹰。

"约翰，"提提喊了一声，"上游来了一艘汽船。"

"我看到了。"约翰说。

这是一艘货轮。刚绕过那座浮标，他们就遇上了它。有那么一会儿，约翰想喊爸爸上来。那艘货轮鸣了两声汽笛。他记得"两声汽笛——往左舷转弯儿"。于是，他把船舵往左舷打了一点儿，告诉那艘汽船，他已经明白了它的意思。从甲板上往船舱里看，他看见爸爸半蹲在那儿，正透过舷窗向外张望，过了一会儿，他又坐下来聊天，偶尔抽一口雪茄。

平静的水面上传来一阵引擎的"突突"声，迎面又驶来两艘帆船。它们的船帆无一例外地低垂在桅杆上，偶尔轻轻地拍打几下。其中一艘帆船他不认识，但另一艘是康诺尼拉号，他们出发的时候，船上那些当地人见过他们。

他听见一阵欢呼声。

"啊嗬唷！妖精号！玩得愉快吗？"

"是的，谢谢。"约翰大声回应。接着，他和提提、罗杰一起向他们挥手致意。

"他们不知道我们去哪儿了，"罗杰说，"要不要告诉他们呀？"

"不用。"约翰说。不一会儿，康诺尼拉号就往下游驶去了，它根本想不到妖精号是从外国回来的。

他们又看见海豚了，它们在潮水中嬉戏，不时跃出水面。

"为什么我们在海上从没见到它们呀？"罗杰问。

"为了避开风暴，它们可能都在水下待着。"提提说。

河流北侧一条小溪的最上游，他们看见有一群人在游泳，个个都光着白亮亮的膀子。他们越走越远了，从水面上看，他们的航速很快，但由于退潮的阻挡，陆地只是很缓慢地往后移动。高潮刚刚退去，河水的水位还很高，几乎把泥滩全淹没了。波光粼粼的河面快要漫过长满树木的河岸。从普拉特河驶来的一艘巨轮静静地停在两座浮标之间，一群装卸工正在往驳船上卸货。妖精号紧贴着它驶过去，他们能够清晰地听见船上吊杆的"嘎嘎"声以及装卸工的号子声。

爸爸爬了上来，他把苏珊叫到面前来，想跟她说句悄悄话。

"你们的船主似乎很固执呀,"他说,"十四条拖船也无法把他拖回医院。我们进港后必须和医生说一声,不过我觉得他伤得还不算太重。可以想象,他的脑壳一定很硬实,竟然能把那辆巴士撞一个坑。不管怎么样,他已经决定留在船上了。如果你们谁愿意给他单独做点饭吃,我觉得他留下来也不见得是一件坏事。"

"我们当然愿意呀。"苏珊说。

"苏珊还带了鲍威尔小姐的急救箱,"提提说,"我们就把妖精号变成一艘医务船吧。"

"他不会介意的,"爸爸说,"可他一想到要回菲利克斯托港,马上就会变得闷闷不乐,然后就为他失踪了两天而自责。最好让他安静地躺一会儿,别去打扰他。"

"水开了,"苏珊说,"现在该把豌豆罐头放进去了,我们停船靠岸后,马上就能吃饭了。"

爸爸望了一眼前方。他们已经驶过停泊在硬堤下的船只。眼前可以看见造船工人的棚子,临水而建的古老的巴特奥伊斯特旅馆,还有一大串抛锚的游艇。

"你知道妖精号的浮标在哪儿吗?"爸爸问。

这时候,吉姆·布雷丁顶着一颗缠满白色绷带的大脑袋,沿着水手梯爬了上来。

"我来把船靠过去吧,"他说,"我了解它的脾气。"

"妈妈和布莱基特在岸上,"罗杰大声叫喊,"我能吹一声雾角吗?叫她们往这边看。"

"她们已经看见我们了。"提提说。

突然,爸爸猫着腰走到舱顶下边,躲了起来。

"喂,"他说,"我们不能一次给她太多惊喜。没有我,你们能应付吗?"

"我可以把船停好,先生,"吉姆说,"只要约翰能钩住浮标就行了。"

"好的,好的,遵命。"约翰说。

"不要太劳累了,你的脑袋上还缠着绷带呢,千万别又晕过去了。"爸爸说,"不用太急。你让约翰去停船吧。"

"我把船开到浮标那儿,然后就下船舱去,"吉姆说,"可我好担心啊,不知道该怎么跟沃克夫人解释。"

"放轻松点,年轻人,"爸爸说,"她又不是一条恶龙。你连巴士都敢撞,难道还怕她不成？"

吉姆咧开嘴巴笑了，有点将信将疑。

"万一有麻烦，我会帮你的。"爸爸说完，转身钻进了船舱。

"你去前甲板，约翰，"吉姆·布雷丁说，"用钩杆钩住那只浮标。然后拉住浮标上的系索，再把系索上连着的锚链拉上来，然后把它绑牢。"

"好的，好的，我这就去。"约翰说。看到妖精号在抛锚的船只之间蜿蜒穿行，他很庆幸自己已经不是船长了。

他走向前甲板，从防撞轮胎上解下钩杆，然后站在船头，等待着最后的时机。

锚地上停满了各种各样的船只。他们先从一艘双桅纵帆船和一艘小帆船之间穿过去，接着又从一艘高大的百慕大快艇身旁驶过，然后又紧贴着一艘动力巡逻艇的船舷驶过去。这艘巡逻艇的甲板上建有一间玻璃舱室，看上去离水面很高。这时候，"突突突"的引擎声忽然变柔和了。吉姆关闭了风门。每个泊位上似乎都停有船只。约翰朝四周望了一眼，找到那只黑色的系泊浮筒，上面用绿漆写着"妖精号"。哈罗！就是它了！再过两艘船就到了。他回头望了一眼。嗯，没错，吉姆早就看见了。引擎声又变了，听上去急切了许多。吉姆吩咐罗杰，准备调节变速杆。

"妈妈借了一艘小舢板，"提提大声叫喊，"她们刚上去。"

约翰扫了一眼河岸，但只扫了一眼，吉姆不像他，一直都不东张西望。罗杰还守在驾驶舱里，一只手放在变速杆上，随时待命。苏珊和提提这会儿只顾去看妈妈和布莱基特了，她们已经坐上借来的小舢板，正朝这边划过来。提提把辛巴达抱得高高的，希望它能看见她们。

妖精号驶过一艘帆船，接着又驶过一艘，前面就是它的浮标了，船速变得越来越慢。

"往前推！"吉姆平静地说。

罗杰把变速杆往前推了一下。

"够了。"

他又把它拉回来一点。

约翰仍然站在前甲板上，紧紧地盯着那只系泊浮标。浮标越来越近了，已经被船头挡住了。妖精号几乎不动了。它会不会撞上浮标？就在它停住的一瞬间，约翰伸出钩杆，钩住了浮标，接着又把系索钩上船，然后放下钩杆，双手交替着把系索拉过来。无论是否头疼，吉姆·布雷丁泊船的活儿总是干得很漂亮。

浮标系索从船头的导缆孔穿了进去，然后又穿了出来。忽然，下边传来一阵"咯咯"的响声。浮标上的锚链被扯了上来，链子湿漉漉的，还沾满了泥巴，一码、两码……约翰把锚链在绞盘上绕了两圈，系牢了。

"好了。"他喊了一声，然后扭头看了一眼，那颗戴着"白色无檐帽"的脑袋消失了。引擎"咳嗽"了几下，终于停了。妖精号回家了。甲板上只剩下约翰、苏珊、提提，还有罗杰。

约翰抬头朝岸上望去。妈妈和布莱基特划着小舢板，已经走了一半的距离，快到帆船这儿了。他又回头看了一眼船尾的苏珊、提提、罗杰，他们都在驾驶舱里等着妈妈呢。这时候，他身后的前舱口被推开了。

"别把事情一股脑儿地告诉妈妈。"爸爸在下边说。

妈妈用力划着船桨，似乎很着急的样子。布莱基特坐在小舢板的尾部，不停地向他们招手，但只有罗杰给她回了几下，其他人都在想着该怎么给她们解释这一切。幸好妈妈不知道他们独自出海了，也不知道吉姆被车撞了，而且还住院了。然而，现在必须告诉她真相了。除了昨天的电报，自从第一天晚上和她通过一次电话之后，她再也没有收到他们的任何消息了。他们向她保证过，他们不会出海的，而且应该在昨天喝下午茶之前就赶回来。

沃克夫人划到距离妖精号几码远的地方，停住了小舢板。她转过身来，看见驾驶舱里的四个人正看着下边，一个个神色十分凝重。她喊了他们一声，尽量让语气听上去很平静，但他们立即就听出来了，她非常伤心。

"约翰，苏珊，你们不是给我保证过昨天就赶回来吗？如果我不信任你们，我永远不会让你们去的。我知道你们遇上了大雾，不能回到上游来，可是，晚上的狂风暴雨多可怕呀！你们一定知道我很担心你们，早上总该打个电话回来吧。昨天下午你们为什么不回来？你们又有什么借口呢？只给我发了一封电报，这样做太不应该了。你们觉得呢？如果布雷丁先生不愿把船开回来，你们先打个电话回来也好啊，然后再从雪特里坐巴士回来……"

"妈妈，我们不能那样做，"约翰说，"真的，我们做不到……"

"我们根本不在雪特里，"罗杰说，"昨天不在那儿。"

"你们知道吗？就在你们离开的第二天，我收到你们爸爸从柏林发来的电报。他本来昨天早上就该回来了。不过他昨天又从弗利辛恩给我发来一封电报。现在他已经在回来的路上了。也许他早就到了……我的天，你的脑袋怎么啦？"

一颗缠满绷带的脑袋从水手舱口慢慢探了上来，看上去就像怪物一样。

"不是他们的错，沃克夫人，"吉姆说，"都怪我。"

"哪儿来的木鞋子呀？"布莱基特一抬头，看见罗杰把五双木屐整整齐齐地排在舱顶栏杆上，于是就好奇地问。

"当然喽，"沃克夫人继续说道，"如果你们出了意外，你的脑袋受伤了，那么你不开船回来的话，也没什么错。可他们几个应该从雪特里赶回来呀……你也该打个电话过来吧，不该只发一封电报说他们要再待一天……"

妈妈又转向约翰："爸爸可能已经乘晚班邮船回来了。他可能在等我们呢，他也许会想，怎么没人去接他呢……"

"他知道为什么没人去接他，"提提说，"他不会介意的，他说，你不会反对辛巴达……哦！辛巴达哪儿去了？它不见了……"

小猫咪爬上堆放在驾驶舱座椅上的背包上，现在又爬到栏杆上，正在舱顶散步呢。

"哦，快看！"布莱基特惊奇地说，"他们真有一只小猫咪。"

妈妈把目光从那些可怜的孩子们身上挪开。那天的大雾和风暴让她多担心他们呀。可他们后来不但没有按时回家，而且还不声不响地违背了诺言，只给她发来一封电报，不但没说一声抱歉，反而高兴地对她说，他们还要待上一天再回来。真是气人呀！她抬起头，像布莱基特一样，看了一眼毛茸茸的辛巴达。它摇摇晃晃地从船舱后面绕过来，走到前甲板上。紧接着，她发现了奇怪的一幕。一定有人从舷窗口看见辛巴达走过去了。前舱口伸出一只瘦削的褐色大手，这边抓一把，那边抓一把，似乎想抓住那只小猫。

妈妈的嘴巴张得大大的，就像提提平时吃惊时的样子。

"泰德！"她尖叫了一声。

一个脑袋探了出来。

"哈罗！玛丽，"爸爸说，"别太苛责他们了。没有谁落水，谁都不该受到责备。"

"我要上船去，"妈妈说，"本来不想上去的。你拉住那根缆绳，约翰。你们这帮可恶的孩子。你们是在哈里奇接到爸爸的吗？"

"不是。"罗杰说，他已经忍不住了，终于抢到了机会，其他人都在盯着妈妈的脸，"不是的……我们是在荷兰接到他的。"

"胡说。"妈妈一点也不相信，她一边说一边将布莱基特抱起来递给爸爸。爸爸已经从前舱口爬了上来，飞快地走到船尾。他接过布莱基特，把她抱上舱顶，放在木屐旁边，还把那个荷兰娃娃塞到她手中。接着，他又把妈妈拉上船，并且吻了吻她的脸颊。

"依我看，你们其他人我都不该吻。"她说，然而，她的语气中充满了笑意。

"他们都在这儿，你想吻谁就吻谁吧，"爸爸说，"相信我，他们都值得你吻呢。"

"哦，好吧，"妈妈说，"我想，你现在回来了，我只能原谅他们了。"她接受了爸爸的建议，挨个吻了吻他们，然后又和吉姆·布雷丁握了握手，关切地说，但愿他没有伤得太重。"是吊杆撞的吗？"她问，"它会把你的脑袋撞一个大肿包。"

"不是，"吉姆·布雷丁说，"不是吊杆撞的。"

"如果他们都能遵守诺言就好了，"妈妈转身又对爸爸说，"我们本来计划一起去哈里奇接你的，现在倒好，他们四个小坏蛋撂下我和布莱基特，自己跑去接你了。"

"你没听见吗？"罗杰又抢着说，"我们不是在哈里奇接到爸爸的，是在荷兰接到他的。"

"哦，就算是吧。"妈妈说，很显然，她一点也不信罗杰的话，一直以为他在开玩笑，"多可爱的洋娃娃呀，布莱基特。"

"喂，玛丽，"爸爸说，"我们在船舱下边准备了一桌丰盛的午餐，船主、船老大、船员、乘客，全都欢迎你和布莱基特过来吃饭。你说是不是呀，吉姆？"

吉姆轻轻点了点戴着"白色无檐帽"的脑袋。他一句话都不敢说了，害怕自己又会食言。

约翰、苏珊、提提看见爸爸给他们和吉姆使了一个眼色,似乎在鼓励他们不用担心。

"太让人高兴了,"妈妈说,"可我们必须先回去向鲍威尔小姐说一声。"

罗杰想解释荷兰的念头眼看就要落空了。

"你没听明白吗?妈妈,我们在荷兰接到爸爸的。"他说。

"哦,当然明白了,"妈妈"咯咯"地笑着说,"我猜,这是你们自己亲自去荷兰买的木屐,而且还在荷兰商店里试穿过吧。"

"他们的确去了荷兰。"爸爸说。妈妈看了看他的脸,发现他是认真的。

"吉姆!"妈妈大声嚷起来,"你不会冒着狂风暴雨带他们去横越北海吧?出港的时候,你是怎么向我保证的?"

"我……我……"吉姆支支吾吾地说,抬起一只手挠了挠他的白色脑袋。他不知道该怎么解释了。

"吉姆当时不在船上,"爸爸说,"哎呀,你提醒了我,我必须替他打个电话……现在,玛丽,了解事情真相之前,什么都不要说了,我先把你送到岸上去,然后再把一切都告诉你。"

他飞快地跳进小舢板,妈妈虽然有点迷糊和不解,但也跟着跳了下去。

"我们一刻钟后回来,"他愉快地说,"到那时,你们应该把吃的都准备好了吧。"

过了一会儿,他划着小舢板离开了帆船。

布莱基特已经从舱顶爬下来了。她一只手紧紧抓住那个荷兰娃娃,另一只手抓住栏杆,晃晃悠悠地向前甲板走过去。其他人则待在驾驶舱里,一起盯着那艘驶向岸边的小舢板。爸爸划着船桨,妈妈坐在船尾,越走越远了。他们偶尔还能看见爸爸停下船桨,斜过身子跟妈妈说话。他们不止一次看见她回头看了看妖精号。

"你们觉得她会原谅我吗?"吉姆问。

"爸爸会把这一切跟她解释清楚的。"约翰说。

"很快就会没事了。"提提说。

"爸爸会对她说,我们本来没想出海。"苏珊说。

"他刚才说,他们回来的时候,肚子会很饿。"罗杰提醒她说。

"小猫咪叫什么名字呀?"前甲板上的布莱基特问道。